*Chère lectrice,*

En ce mois de mars, alors que nous attendons toutes avec impatience les premiers signes du printemps, n'est-ce pas le moment de se laisser emporter loin, très loin, quelque part où le soleil brûle aussi fort que la passion ? Cette passion qui va bouleverser la vie de nos héroïnes…

Je vous propose de vous emmener au cœur de l'océan Indien, sur cette petite île paradisiaque où Nicolaï Baranski, le si séduisant héros de *La mariée insoumise* (Michelle Smart, Azur n° 3445) a entraîné Rosa, son épouse de convenance, pour la convaincre par tous les moyens de renoncer à divorcer. Ce qu'il n'avait pas imaginé, c'est que, dans ce décor propice à l'amour, la passion les emporterait…

N'oubliez pas non plus de vous plonger dans le dernier tome de notre merveilleuse trilogie Le destin des Bryant. Dans *Irrésistible tentation* (Kate Hewitt, Azur n° 3453), c'est au tour d'Aaron, l'aîné et le plus mystérieux des frères Bryant, de découvrir l'amour auprès de Zoe, cette femme exceptionnelle qui n'a pas peur de lui tenir tête.

Très bonne lecture !

*La responsable de collection*

Le souffle du désir

*

Dans les bras d'un milliardaire

SUSAN STEPHENS

# Le souffle du désir

collection *Azur*

*éditions* H HARLEQUIN

Collection : Azur

Cet ouvrage a été publié en langue anglaise
sous le titre :
THE BIG BAD BOSS

Traduction française de
LOUISE LAMBERSON

HARLEQUIN®
est une marque déposée par le Groupe Harlequin
Azur® est une marque déposée par Harlequin S.A.

ÉDITIONS HARLEQUIN
83-85, boulevard Vincent Auriol, 75646 PARIS CEDEX 13.
Service Lectrices — Tél. : 01 45 82 47 47
www.harlequin.fr
ISBN 978-2-2803-0657-7 — ISSN 0993-4448

# 1.

*L'aube déploie peu à peu ses grandes ailes bleutées sur le flanc des collines encore endormies... Des senteurs délicieuses montent de l'herbe humide de rosée...*

Avec un gémissement exaspéré, Heath éteignit la radio locale. Combien de temps allait-il devoir rester dans ce trou perdu ? Tout ce qu'il avait humé comme senteurs délicieuses, jusqu'à présent, c'étaient des odeurs de fumier. Quant à l'herbe, elle était *humide*, certes : la pluie tombait sans interruption depuis qu'il était arrivé dans ce fichu comté !

Il appuya à fond sur l'accélérateur et la Lamborghini bondit sur la petite route. La jungle urbaine et le béton, c'était cela qu'il aimait. En ville, pas d'odeurs incommodantes, pas de boue. Heath était *allergique* à la campagne. Son empire était né dans une chambre — à quoi pourrait bien lui servir tout cet espace ?

A l'instant même où il se posait la question, il vit une tente, juste derrière les barrières, *à l'intérieur de la propriété*, avant d'apercevoir... deux petits pieds roses sortant par l'ouverture. Oubliant d'un coup qu'il détestait cet endroit, Heath sentit son instinct de propriétaire reprendre le dessus. Aurait-il laissé quelqu'un camper devant la porte de sa maison londonienne ?

Après avoir coupé le contact, il descendit de voiture et se dirigea à grands pas vers la tente, puis en remonta la fermeture d'un geste sec. Un cri effarouché jaillit de l'intérieur tandis qu'il se redressait et reculait d'un pas en croisant les bras, prêt à affronter l'intrus.

Il n'attendit pas longtemps : un lutin sortit à quatre pattes, avant de se redresser comme un petit diable en hurlant qu'on ne dérangeait pas les gens comme ça, au beau milieu de la nuit. Ses cheveux roux ébouriffés auréolant son fin visage ovale et ruisselant sur ses épaules, la jeune femme dit à Heath ce qu'elle pensait de lui dans un langage aussi coloré que ses vêtements : un haut orange sur lequel elle tirait frénétiquement, et un legging violet vif découvrant ses minuscules pieds roses. Après avoir lancé un regard assassin vers sa voiture, elle accusa Heath de tous les maux, depuis la destruction de la faune et la flore locales jusqu'au réchauffement climatique de la planète entière.

Puis, quand elle se fut remise de son réveil brutal, elle déglutit et inspira à fond avant de dire d'une voix étouffée :

— Heath Stamp…

Elle posa la main sur sa poitrine en le regardant d'un air stupéfait, comme si elle n'en croyait pas ses yeux.

— Bronte Foster-Jenkins…, murmura Heath.

— Je t'attendais…

— C'est ce que je vois, dit-il en tournant brièvement la tête vers la tente.

En effet, Bronte l'attendait, mais elle n'avait pas prévu le tumulte d'émotions qui se déchaînaient maintenant en elle. D'autre part, Heath n'était pas censé débarquer à l'aube ; elle ne comptait le voir arriver que vers midi.

Heath Stamp, grand, mince et musclé, avec son look branché, chic et décontracté à la fois, le regard dur… Il était encore plus beau que sur les photos parues récemment dans la presse. Et il se tenait là, devant elle, dans une version encore plus sexy que celle dont elle rêvait depuis treize ans, deux mois et six heures, et il…

— Tu sais que tu es entrée par effraction dans une propriété privée, Bronte ?

… et il était toujours aussi aimable qu'autrefois, songea-t-elle tandis que les années se fondaient dans le néant. Moins de dix minutes venaient de s'écouler et ils s'affrontaient déjà. En outre, il fallait qu'elle se souvienne que Heath n'était plus le jeune rebelle qui, après avoir été arrêté et incarcéré pour combat à mains nues, était venu à Hebers Ghyll dans le cadre d'un programme de réinsertion. A présent, il était le nouveau *propriétaire* de Hebers Ghyll, le domaine où Bronte avait grandi, sa mère y travaillant comme gouvernante et son père comme garde-chasse.

— La propriété est tellement *privée* qu'elle est déserte depuis des semaines…

— C'est une raison d'y pénétrer illégalement ?

— Les barrières étaient ouvertes. Tout est à l'abandon, riposta-t-elle d'un ton de reproche.

— Et je suis responsable de cet état de fait ?

— C'est toi le propriétaire, non ?

Réalité qui affectait Bronte pour toutes sortes de raisons, notamment parce qu'elle se considérait *chez elle* à Hebers Ghyll.

Elle regarda Heath lui tourner le dos. Non seulement il n'avait rien gagné en amabilité, mais il se fichait toujours de ce que les autres pouvaient penser de lui.


Dérouté, Heath ressentit le besoin de prendre ses distances par rapport à Bronte. Dès la première fois qu'il était venu à Hebers Ghyll — où, ironie du sort, son propre oncle avait dirigé un centre de réinsertion pour jeunes délinquants —, une forte attirance l'avait poussé vers Bronte. La jeune fille sage avait été séduite par son côté mauvais garçon, et lui par sa candeur et son enthousiasme. Il avait tout fait pour la tenir à distance, pour ne pas exercer d'influence néfaste sur elle. Mais quand il se retrouvait seul et contemplait ses jointures tuméfiées, Heath pensait à elle.

A l'époque, Bronte représentait pour lui la pureté, la joie de vivre et le bonheur, alors que lui demeurait le gamin de la rue qui relevait tous les défis avec ses poings. Aussi l'avait-il vénérée de loin et en secret.

— Cet arbre a été abattu par la foudre, et personne ne s'en est occupé, dit-elle derrière lui.

Heath ne s'était même pas rendu compte qu'il contemplait

le vieil arbre, lorsque soudain il se rappela qu'oncle Harry lui avait raconté qu'il se dressait là depuis des siècles.

— Il va rester comme ça jusqu'à ce qu'il pourrisse, je suppose ? lança-t-elle vivement.

— Je le ferai enlever, répliqua-t-il en haussant les épaules. Et je ferai peut-être planter autre chose à sa place.

— Cela serait plus symbolique si tu le faisais toi-même.

Heath se retourna vers elle et lui adressa un regard d'avertissement. Mais elle allait insister, bien sûr. Elle l'avait toujours fait. Bronte était de tous les combats, de toutes les causes, qu'il s'agisse de libérer les poulets ou de trouver une salle où les jeunes du coin puissent se rassembler.

— Et pense un peu au bois de chauffage que cela représente, reprit-elle, l'air de rien.

Elle ne lâcherait pas, comprit Heath. Comme autrefois. Soudain, des souvenirs vivaces lui revinrent à la mémoire : elle avait tant fait pour lui, à l'époque. Et lui, il avait envié la vie simple et heureuse qu'elle menait avec sa famille. Il était rongé par un besoin désespéré de partager ce bonheur, mais il avait toujours refusé de s'immiscer dans sa vie, de peur de tout gâcher. Il cassait tout ce qu'il touchait, dans ces années-là.

Et maintenant ? Que ressentait-il par rapport à Hebers Ghyll ? Et pour Bronte ?

Tout s'enchaînait trop vite, *beaucoup* trop vite. Bronte se sentait dépassée par les émotions qui se bousculaient en elle. Dans l'espoir de retrouver son calme à l'ombre de leur épaisse frondaison, elle se dirigea vers le bosquet d'arbres géants en se forçant à respirer tranquillement. Elle devait se souvenir qu'elle était venue planter sa tente à l'entrée du domaine pour trouver Heath à son arrivée — *et connaître ses intentions.*

Quand il vint la rejoindre sous le grand tilleul, Bronte sentit aussitôt son cœur battre la chamade.

— J'ai entendu dire que le nouveau propriétaire envisageait de démanteler le domaine…

— Et… ?

— Tu ne peux pas faire une chose pareille. Tu ne connais

pas assez bien le domaine, Heath. Tout a changé. Tu ignores à quel point les gens d'ici cherchent désespérément du travail. Tu n'es pas venu dans la région depuis…

— Parce que toi, tu ne t'en es pas éloignée ? coupa-t-il.

Bronte devint écarlate. En effet, elle était partie, mais ses voyages avaient été destinés à mettre en pratique le savoir théorique acquis au cours de ses études. Petite fille, elle suivait oncle Harry partout, essayant de se rendre utile et lui posant d'interminables questions sur Hebers Ghyll. Il avait dit qu'elle faisait un bon petit lieutenant et qu'un jour, si elle travaillait bien, elle pourrait devenir régisseuse. Quand elle était sortie du lycée, oncle Harry avait financé ses études supérieures technologiques en sciences agronomiques et elle avait brillamment décroché son diplôme.

— Je suis partie ces derniers temps, admit-elle. Mais à part cela, j'ai passé toute ma vie au domaine.

— Que cherches-tu à me dire, Bronte ? Que tu es la seule à te soucier de Hebers Ghyll ? riposta Heath en fronçant les sourcils.

— Te soucies-tu d'autre chose que de sa valeur immobilière ? répliqua-t-elle avec agacement.

— Je serais stupide de ne pas m'en préoccuper.

— Mais la valeur de cette propriété ne se limite pas à sa valeur *marchande*. Sinon, tu crois que je serais allée fouiller de fond en comble le grenier de mes parents pour dénicher cette vieille tente ?

Un éclair menaçant fusa dans le regard de Heath, mais elle ne se laissa pas intimider.

— Franchement, tu crois que ça me plaît de camper sous la pluie ?

— Je ne sais pas ce qui te plaît.

Le gouffre s'agrandissait entre eux. Si Bronte avait vu Heath récemment, il aurait peut-être été plus simple de tout lui expliquer dans l'espoir de le convaincre. Mais le revoir après tout ce temps lui causait un choc si violent qu'elle perdait ses moyens.

— Alors, Bronte, reprit-il de la voix basse et un peu rauque qui l'avait toujours fait frémir, qu'attends-tu de moi ?

Bronte repoussa les pensées absurdes qui lui traversaient l'esprit.

— Quand je suis revenue à Hebers Ghyll, Heath, oncle Harry était mort et la pagaille régnait partout. Personne ne savait ce qui allait se passer, ni au domaine, ni au village. Les gens ignoraient s'ils allaient garder leur emploi ou non…

— Et tes parents ? l'interrompit-il.

Il devait connaître la réponse à sa question. Ses avocats avaient dû l'informer de ce qui était arrivé aux différents employés travaillant à Hebers Ghyll.

— Je pense qu'oncle Harry savait qu'il était gravement malade, puisqu'il leur a donné de l'argent avant de mourir. Il leur a conseillé de faire une pause et de réaliser le rêve de leur vie, c'est-à-dire de voyager à travers le monde.

Réalisant qu'elle serrait les bras autour de son buste dans un réflexe d'autoprotection, Bronte les laissa retomber. Difficile de trouver des arguments convaincants pour défendre le domaine, alors que Heath dardait ce regard pénétrant sur elle. Il la connaissait trop bien. Même après tout ce temps passé loin l'un de l'autre, il devinait ce qu'elle taisait. Il sentait ce qu'elle ressentait. Ils avaient toujours été unis par un lien mystérieux, dès le jour où Heath était venu pour la première fois à Hebers Ghyll. A l'époque, elle l'idolâtrait, tout en craignant qu'il n'arrache la tête à ses poupées.

Mais le sentiment que Heath lui inspirait maintenant était d'une nature toute différente.

— Je n'arrive pas encore à croire que tu sois le maître de Hebers Ghyll, dit-elle en secouant la tête.

— Cela t'ennuie ?

— Je n'ai pas dit cela…

— Tu n'en as pas eu besoin. Tu penses peut-être que c'est à toi qu'oncle Harry aurait dû léguer ses biens…

— Non ! protesta Bronte avec indignation. Je n'ai jamais pensé une chose pareille. Tu es son neveu, Heath, alors que je ne suis que la fille du garde-chasse…

12

— Qui est entrée par effraction pour s'installer chez moi, remarqua-t-il en se tournant un instant vers la tente.

— Les barrières étaient ouvertes, répéta-t-elle. Demande à ton régisseur, si tu ne me crois pas !

— L'homme embauché par les exécuteurs testamentaires d'oncle Harry ne travaille plus pour moi.

— Eh bien, je ne sais pas de qui il s'agissait, mais…

Bronte s'arrêta au milieu de sa phrase. Heath venait à peine d'arriver à Hebers Ghyll et il avait déjà viré un membre du personnel !

— Ce type ne servait à rien, laissa-t-il tomber d'un ton laconique. Et il est remplaçable.

Tout le monde était-il remplaçable à ses yeux ? se demanda-t-elle avec irritation.

— S'il y a tant de gens qui cherchent du travail dans la région, poursuivit-il, je ne devrais pas avoir de mal à trouver un homme qui…

— Ou une femme.

Heath laissa échapper un rire bref.

— Tu n'as vraiment pas changé, Bronte !

La dernière fois qu'ils avaient eu ce genre de discussion, elle avait douze ans et lui quinze. Une période difficile pour tous les deux, pendant laquelle ils ne parvenaient à trouver aucun terrain d'entente, se rappela Bronte en sentant ses seins se dresser sous son haut en coton fin. Elle croisa de nouveau les bras sur sa poitrine.

— Quand pouvons-nous nous revoir pour parler sérieusement ?

— Quand tu t'adresseras à moi par une voie plus classique.

— J'ai essayé de t'appeler, mais ton assistant a refusé de me mettre en contact avec toi. C'est pour cela que je suis venue camper sur place : j'étais déterminée à te parler, coûte que coûte.

— Toi, *déterminée*, Bronte ?

Pour la première fois, une pointe d'humour avait percé dans la voix de Heath.

— Quelqu'un doit savoir ce qui va se passer.

— Et comme d'habitude, ce quelqu'un, c'est toi ?

— J'ai proposé d'être le porte-parole.

— Tu as *proposé* ? répéta-t-il en plissant les yeux d'un air moqueur. Je suis vraiment étonné…

— Bon, et si tu me faisais part tout de suite de tes projets, Heath ?

Bronte se força à ne pas bouger tandis qu'il se rapprochait d'elle. Pourquoi son sang courait-il ainsi dans ses veines, comme un torrent joyeux ?

— Cet endroit est dans un état catastrophique, dit-il.

Il embrassa d'un geste les barrières cassées, les murets en ruine et les haies non taillées.

— Et régler la succession a pris du temps, poursuivit-il. Je suis venu…

Quand il laissa descendre son regard sur sa gorge, Bronte déglutit avec effort.

— … faire une évaluation des lieux.

— C'est tout ?

— C'est tout, approuva-t-il d'une voix dure en s'éloignant. Tu n'es pas encore allée au manoir, je suppose ?

— Non. Je suis venue directement m'installer ici.

Sa bravoure de façade en avait pris un coup. Le domaine comprenait un manoir et un château à moitié en ruine et pas mal de terres. De son vivant, oncle Harry avait vécu dans le manoir qu'il s'était toujours efforcé d'entretenir du mieux qu'il pouvait — c'est-à-dire pas très bien. Mais s'il avait fini par manquer de moyens, c'était surtout parce qu'il avait dépensé presque tout son argent à aider les autres.

Bronte repensa aux fenêtres à vitraux magnifiques, à la merveilleuse bibliothèque lambrissée où brûlait toujours un feu. Quant à la grande cuisine, d'une propreté immaculée en dépit de sa vétusté, elle avait été le domaine sacré de sa mère. Tout cela avait-il changé ?

— Je voulais te rencontrer, reprit-elle, pour te dire que j'aimerais me rendre utile.

— Je ne vois pas ce que tu pourrais faire.

Sa remarque la surprit, et la blessa. Par ailleurs, il fallait absolument qu'elle découvre ses véritables intentions.

— D'après certaines rumeurs, tu aurais déjà vendu la propriété…

Ses yeux gris étaient aussi beaux qu'elle s'en souvenait, et aussi froids. De nouveau, Bronte prit son courage à deux mains.

— On parle aussi de bulldozers…

Cela n'aurait servi à rien d'enrober les faits. Autant tout déballer.

— On raconte aussi que tu vas faire venir des démolisseurs et qu'ensuite, tu feras construire un centre commercial…

— Et que se passerait-il si c'était le cas ?

Une vague de panique envahit Bronte à cette pensée. Hélas, Heath en avait parfaitement le droit.

— Que fais-tu d'oncle Harry ?

— Il est mort.

Ses paroles lui firent l'effet d'un coup de couteau en plein cœur. Heath avait toujours été imperméable à toute émotion, sauf dans les rares occasions où il s'était détendu devant elle ou devant oncle Harry. Parfois, elle s'était demandé s'ils étaient les seuls avec qui il s'était laissé un peu aller. Et ces moments avaient été si rares et si fugaces que maintenant, elle avait l'impression de les avoir rêvés.

— Pour l'amour du ciel, Heath, tu es son neveu : tu ne ressens rien ? s'emporta-t-elle. Hebers Ghyll ne représente *rien* pour toi ? Tu as oublié ce que faisait oncle Harry…

— Pour les sales gosses comme moi ? coupa sèchement Heath.

Les paroles de Bronte l'avaient ramené dans le passé, à son bon à rien de père, le frère d'oncle Harry. A sa violence. Il avait fallu que le juge insiste pour qu'il accepte d'envoyer son fils à Hebers Ghyll, au centre créé et dirigé par oncle Harry. Heath s'y était lui-même opposé avec acharnement. Et une fois arrivé chez son oncle, il lui avait renvoyé sa gentillesse à la figure. Ce qu'il avait regretté toute sa vie d'adulte.

— Tu sais très bien que ce n'est pas ce que je voulais

dire, répondit Bronte. Oncle Harry t'aimait beaucoup, il était content que tu sois là. Tu devais bien te rendre compte que tu étais le fils qu'il n'avait jamais eu, non ?

— N'use pas de tes petits stratagèmes avec moi, Bronte.

— Mes stratagèmes ? explosa-t-elle. Je te dis simplement la vérité. Ne fais pas comme si tu t'en fichais, Heath. Je te connais mieux que…

— Ah, tu me connais ? l'interrompit-il avec une ironie mordante.

— Oui, je te connais, s'obstina-t-elle en redressant les épaules.

— Tu me *connaissais*, corrigea Heath.

Et il n'aimait pas regarder en arrière.

— Je n'ai pas envie de me battre contre toi, Heath.

Sa voix s'était adoucie. Bronte, battre en retraite ? Ce serait une première. Les années auraient-elles émoussé son tempérament combatif ? C'était fort improbable. Il suffisait de repenser à la façon dont elle était sortie de sa tente en rugissant comme une tigresse.

— J'accepte tes excuses, dit-il.

Mais lorsque leurs regards se croisèrent, Heath comprit que sa libido réclamait déjà son dû. Bronte était restée aussi attirante qu'autrefois ; elle était même devenue une jeune femme terriblement séduisante, surtout quand elle s'enflammait.

— Il faut continuer le travail d'oncle Harry, répliqua-t-elle avec ferveur. Sous ta direction.

Les trois derniers mots avaient été prononcés avec beaucoup moins de conviction.

Heath frémit. Elle était superbe avec ses yeux verts étincelants tandis qu'elle redressait son petit menton d'un air déterminé.

— Lorsque j'aurai pris ma décision, tu seras la première à en être informée. Mais écoute-moi bien : je ne suis pas du genre à passer mes week-ends et mes vacances à la campagne, alors je n'ai pas besoin de résidence secondaire. J'ai été clair ?

— Je crois que tu as répondu à ma question, dit-elle en soutenant calmement son regard.

— Si Hebers Ghyll compte tant pour toi, que comptes-tu faire pour lui ?

— Me battre.

Heath n'en doutait pas un instant.

— Ce qui signifie… ?

Elle redressa de nouveau le menton.

— Que tu gardes ou non le domaine, je vais poser ma candidature pour le poste de régisseur.

A ces mots, il éclata de rire. Cette fois, elle avait réussi à le surprendre.

— Ce n'est pas parce que ta mère t'a appris à préparer les tartes à la confiture que tu es qualifiée pour ce job.

— Tu n'es pas le seul à avoir fait quelque chose de ta vie, Heath, riposta-t-elle en le foudroyant du regard. J'ai un diplôme d'études supérieures en sciences agronomiques, et j'ai voyagé à l'étranger pour voir d'autres façons de diriger des propriétés aussi vastes que celle-ci.

A présent, elle piquait son intérêt.

— Et puis, c'est tout naturel que je veuille connaître tes intentions, poursuivit-elle. Je ne veux pas m'investir sans savoir dans quoi je m'engage.

— Mes projets ne te regardent pas, affirma Heath d'un ton sec.

Beaucoup d'eau avait coulé sous les ponts depuis le temps où il était un jeune adolescent rebelle toujours prêt à se battre. Et que Bronte, la petite fille sage de la gouvernante, l'épiait en cachette, persuadée qu'il ne s'en rendait pas compte. Heath avait changé depuis cette époque, mais il restait aussi protecteur envers ce qui lui appartenait. Et visiblement, Bronte ambitionnait de prendre le contrôle de Hebers Ghyll.

— Si tu veux que je libère du temps pour te voir, ôte-moi ce bazar et sors de ma propriété, dit-il en désignant la tente.

A vrai dire, il n'y avait aucun bazar, reconnut-il en son for intérieur. Bronte avait toujours montré le plus grand respect envers la nature.

Au lieu de s'exécuter, elle posa les mains sur ses hanches en le défiant du regard.

— Bon, je commence, répliqua-t-il en perdant tout à coup patience.

Interloquée, Bronte le vit se diriger vers la tente, puis se pencher et saisir un piquet qu'il déterra d'un geste brusque.

— Qu'est-ce que tu fais, bon sang ? s'exclama-t-elle en se jetant sur lui.

Heath lui prit les poignets et la tint devant lui, fasciné par ses lèvres entrouvertes.

— Je ne te conseille pas de recommencer, Bronte.

— Lâche-moi !

Son regard s'était assombri, sa belle bouche frémissait… Reprenant le contrôle de ses sens, il la libéra.

— Démonte cette tente.

— Tu ne me fais pas peur, murmura-t-elle en se frottant les poignets.

Elle mentait, songea Heath. Elle avait craint sa propre réaction par rapport à lui. Le courant qui était passé entre eux l'avait surpris lui aussi, admit-il en la regardant abattre la tente. Quant aux effluves fleuris émanant de sa chevelure flamboyante, Heath pressentit qu'il allait avoir du mal à les oublier.

# 2.

*Heath est de retour.*

Bronte se le répéta mentalement, comme un mantra — et comme si cela allait l'aider à le côtoyer sans se comporter en adolescente énamourée. Elle s'était crue prête à le revoir, mais elle ne s'était pas attendue à se sentir aussi vulnérable en face de lui, aussi… excitée.

— Dépêche-toi, Bronte.

— Je fais ce que je peux.

— Parfait, parce que je n'ai pas que cela à faire.

— Moi non plus ! riposta-t-elle du tac au tac en pliant soigneusement la toile mouillée.

A présent, la pluie s'était arrêtée et il faisait les cent pas dans l'allée. Déjà autrefois il débordait d'énergie, mais à présent sa vitalité émanait de sa haute silhouette, de façon presque palpable. A vrai dire, s'il n'avait pas été aussi beau, aussi sexy, Bronte aurait été plus rapide. Les fantasmes, elle pouvait les gérer, mais se retrouver face à Heath en chair et en os, c'était autre chose.

Ses cheveux avaient toujours été épais, mais il les avait laissés pousser si bien qu'ils lui caressaient le cou et bouclaient sur son col de chemise, remarqua-t-elle en le regardant à la dérobée. Ils étaient aussi indisciplinés qu'autrefois. Comme lui-même. Heath ne se battait plus, mais il entretenait son impressionnante musculature.

Toutefois, sa voiture de sport mise à part, il n'exhibait pas sa richesse, portant un jean délavé et des bottes probablement faites sur mesure, mais confortables et adaptées aux chemins

19

boueux. Heath avait des pieds très sexy… Bronte s'en souvenait pour l'avoir épié quand il allait nager dans le lac.

— Te serais-tu transformée en statue de sel ? J'aimerais bien m'en aller, Bronte…

— Tu es encore là ? répliqua-t-elle d'un ton ironique.

— Parles-tu sérieusement quand tu dis que tu as l'intention de poser ta candidature au poste de régisseur ?

— Bien sûr ! s'exclama-t-elle, recouvrant tout à fait ses esprits. Et si tu ne gardes pas le domaine, j'espère que tu glisseras un mot en ma faveur au nouveau propriétaire.

— Pourquoi le ferais-je ? Je ne sais même pas ce que tu vaux. D'accord, je reconnais que ce que tu m'as dit sur tes études et tes voyages m'a intrigué, mais qu'est-ce qui te fait penser que tu serais la bonne personne pour ce job ?

— Je sais que je le suis, c'est tout. Et je ne te demande qu'une chose : m'écouter.

— Et si j'accepte ?

— Alors, tu pourras prendre ta décision. Et peut-être m'engager pour une période d'essai ?

Elle y allait fort, mais après tout, elle n'avait rien à perdre.

Heath resta silencieux quelques instants, puis un faible sourire se dessina sur ses lèvres.

— Si je garde le domaine, je me souviendrai de ta proposition.

C'était déjà ça, songea Bronte en rassemblant les ustensiles de cuisine qu'elle avait apportés. De toute façon, Heath ne prenait jamais de décision à la hâte. C'était elle, la spécialiste.

— Rentre chez toi, maintenant, poursuivit-il. Tu habites toujours dans le cottage de tes parents, je suppose ?

— Heureusement qu'ils en sont propriétaires, répondit-elle en lui lançant un regard de défi. Ils ne vendront jamais. J'ai entendu dire que tu avais récupéré tous…

— Une autre de ces rumeurs ? l'interrompit-il, le regard presque noir. Cela ne t'a pas traversé l'esprit que ces gens *souhaitaient* me vendre leurs cottages ? Qu'ils avaient vu là une occasion de faire autre chose de leur vie — comme tes parents ?

— Et toi, tu as voulu faire table rase ?

Heath n'essaya pas de se justifier.

— Non. Je voulais dégager le terrain pour qu'il n'y ait pas de complications, si je décidais un jour de vendre. Qu'est-ce que tu as, Bronte ? demanda-t-il en l'observant avec attention. La perspective de me voir m'installer au manoir t'inquiéterait-elle ?

— Pas du tout.

— Alors, pourquoi ne te réjouis-tu pas pour moi ?

— Je suis heureuse pour toi, Heath.

— Et tu penses que nous pourrions travailler ensemble ? demanda-t-il, une nuance moqueuse dans la voix.

— Je ferai un effort.

— C'est généreux de ta part, répliqua-t-il calmement.

La plupart des gens auraient saisi la moindre occasion de travailler avec Heath Stamp, réalisa Bronte en lui tournant le dos pour remballer ses affaires. S'il décidait de garder le manoir et faisait paraître une annonce, il recevrait de très nombreuses candidatures. Le parcours de Heath était légendaire : après avoir refusé l'aide de son oncle bien intentionné, le jeune rebelle avait préféré se débrouiller seul et avait connu le succès — avant de finir par hériter du domaine de l'oncle. Pas étonnant qu'il ait fait la une des journaux !

Mais Heath n'avait jamais caché son dégoût pour la campagne. Tout s'y déroulait trop lentement pour lui, les choses prenaient trop de temps pour pousser… Bronte se souvenait de la façon dont il l'avait regardée quand elle l'avait supplié de rester, autrefois.

S'il restait maintenant, pourrait-elle travailler avec lui ?

Bonne question. La perspective de le voir régulièrement faisait naître un frisson brûlant au plus profond de sa féminité. Déjà, une foule de fantasmes éloquents s'emparaient d'elle, dans lesquels figuraient un amant fougueux prénommé Heath et une rousse prête à se plier à tous ses caprices… Alors que Bronte savait très bien que rien de cet ordre ne se passerait jamais entre eux.

— Je resterai en contact avec toi, réussit-elle à dire d'un ton détaché.

Puis elle se tourna vers lui et ajouta avec hauteur :

— Mais ne t'inquiète pas, je ne reviendrai pas traîner sur ta propriété *privée*.

Elle sentit la chaleur du regard de Heath la pénétrer et une sensation des plus troublantes palpiter au creux de ses reins.

— Secoue-toi un peu, Bronte, dit-il soudain.

— Oui, maître…

— Trêve de paroles — des actes ! l'interrompit-il sèchement.

Bronte bouillait d'irritation. Etait-ce bien elle qui avait bûché dur pour décrocher son diplôme ? Qui avait voyagé dans le monde entier pour être sûre de pouvoir être prête à poser sa candidature à son retour ? Allait-elle tout gâcher maintenant en se laissant aveugler par ses émotions ?

Elle aurait mieux fait de s'adresser aux avocats de Heath dès l'instant où elle avait remis le pied en Angleterre, se reprocha-t-elle. Et de suivre le processus normal.

Mais dès qu'il s'agissait de Heath, les choses pouvaient-elles être *normales* ?

En fait, s'il avait été au courant de ses intentions, il ne serait sans doute jamais venu. Et il se serait arrangé pour demeurer injoignable. Mais Hebers Ghyll avait besoin de lui, et de son argent. Aussi devait-elle mettre de côté ses sentiments personnels et le persuader de ne pas démanteler le domaine, de ne pas le vendre, ni de faire démolir les vieilles bâtisses au nom du prétendu progrès.

Bronte rangea sa torche électrique dans une poche de son sac à dos. Enfant, elle s'était sentie libre comme l'air dans les champs où elle allait s'installer pour lire et se perdre dans son roman. Mais maintenant que tout cela appartenait à Heath, elle n'y aurait plus accès, et elle n'y pouvait rien.

— Pourquoi as-tu apporté tout ce bric-à-brac ? demanda Heath en se rapprochant d'elle.

Bronte redressa la tête et le regarda dans les yeux.

— Je ne savais pas combien de temps je devrais attendre ton arrivée, répondit-elle avec sincérité.

— Tu avais décidé d'attendre, c'est tout, commenta-t-il d'un ton neutre.

— Oui.

— Rien n'a changé, n'est-ce pas, Bronte ?

Autant opter pour la franchise, songea-t-elle.

— Si, certaines choses ont changé, Heath. L'avenir du village était en jeu, alors je n'ai pas eu le choix. Personne ne choisit de dormir par terre.

Elle se reprocha aussitôt ses paroles. Heath avait forgé son succès grâce à une détermination farouche mêlée à une pauvreté absolue. Il savait très bien ce que c'était que de dormir à la dure. Oncle Harry lui avait raconté un jour que les parents de Heath avaient l'habitude de le laisser dehors le soir, quand ils allaient au pub ; qu'ils rentrent tard ou pas du tout, Heath devait se débrouiller pour se trouver un abri.

— Excuse-moi, Heath. Je suis désolée…

D'un bref hochement de tête, il mit un terme à la discussion.

Dormir dans un parc, sur un banc, pour fuir la violence qui régnait chez lui n'avait pas contribué à l'adoucir, songea Bronte en vérifiant ce qu'il restait comme place dans son sac à dos. Et ce séjour en prison avait dû étouffer tout sentiment en lui. Alors, pourquoi Heath se soucierait-il de la vie à la campagne ou de la propriété dont il avait hérité ?

— Heath, commença-t-elle en s'asseyant sur ses talons, tu vas laisser une chance au domaine, n'est-ce pas ?

Il la regarda un long moment avant de répondre.

— Je suis venu voir ce qu'il est envisageable de faire, Bronte, dit-il enfin. Et savoir si je veux le faire.

— Si tu envisages de laisser tomber Hebers Ghyll, je me battrai jusqu'au bout pour t'en empêcher.

— Tu as déjà décidé du mode de combat ?

Pendant quelques instants, elle le contempla en silence, tout en se demandant s'il plaisantait.

— Dis-moi, vas-tu remballer ces fichues casseroles ou dois-je m'en occuper moi-même ?

— Parce que tu as l'habitude de t'occuper de ce genre de chose ? riposta-t-elle en se redressant.

— Plus que tu ne le crois, dit-il en lui posant la main sur les reins.

Un flot de sensations délicieuses envahit tout son corps et elle recula d'un pas pour fourrer ses deux casseroles dans son sac avant de le fermer. Il était plein à craquer.

— Ça doit être lourd, laisse-moi t'aider…

— Va-t'en.

Heath attendit quelques instants, fit mine d'insister, puis se ravisa et finit par s'éloigner. Mais avant d'arriver à sa voiture, il se retourna.

— Je ne peux pas t'abandonner ici, dit-il d'un ton brusque. Donne-moi ce sac.

Sans attendre sa réponse, il la rejoignit et le lui ôta des épaules, puis repartit en le portant d'une seule main.

— Hé, reviens !

A cet instant, Heath et son sac disparurent derrière le rideau d'arbres. Autant parler à un mur, songea-t-elle en le suivant, les mâchoires serrées. Si Heath n'avait jamais été du genre à se préoccuper de l'avis d'autrui, elle n'avait pas pour habitude de renoncer. Quand elle se mit à courir, de la boue colla à ses semelles et des feuilles humides la giflèrent au passage.

Obligée de s'arrêter pour reprendre son souffle, Bronte s'arrêta un instant et s'assit sur une vieille souche d'arbre. Depuis le jour où il avait jeté les bases de son empire grâce à un ordinateur caché dans sa chambre aux murs suintant l'humidité, Heath avait toujours fonctionné en solo. Et en dépit de son mauvais départ dans la vie, ce garçon de la ville gardait la forme, plus qu'elle.

Après s'être remise en route, Bronte l'aperçut tout à coup derrière les branches et sentit un regain d'énergie l'envahir. Heath avait toujours été un rapide. La première fois qu'il avait fait la une de la presse, c'était après avoir transformé en un clin d'œil sa vieille maison de famille en café internet ouvert à tous les gens du quartier.

Quand elle le rejoignit au bord de la route, essoufflée et en nage, il l'attendait, frais et dispos.

— Je t'aurais bien ramenée, mais…, commença-t-il.

— … mais tu ne voudrais pas salir ta voiture, l'interrompit-elle. Ne te fatigue pas, Heath !

Il haussa un sourcil.

— … mais ton sac ne tiendrait pas dans le coffre, acheva-t-il, comme si elle n'avait rien dit.

— Ça t'arrange bien, n'est-ce pas ?

Sa bouche sexy se moquait d'elle. Son regard gris aussi.

Après avoir ramassé son sac et l'avoir remis sur son dos, Bronte se détourna et s'éloigna sans même lui dire au revoir.

# 3.

Heath sentait encore les ondes de choc qui l'avaient traversé en revoyant Bronte. Mais maintenant qu'il contemplait le vieux manoir, qu'il le regardait pour la première fois avec des yeux d'adulte, il se sentait assailli par un flot de souvenirs d'une intensité stupéfiante.

Heureusement, il était seul. Quelques instants plus tôt, en dépit de la forme physique dont il était si fier, il avait senti un étau se resserrer autour de sa poitrine. Il entendait les sirènes de police dans sa tête ; les cris de sa mère suppliant son mari de ne pas la frapper. Il se revoyait petit garçon, resté dehors en attendant le retour de ses parents, toujours très tard, parfois même à l'aube. Et il revivait, dans sa chair, la différence entre cette ambiance délétère et l'atmosphère chaleureuse qui régnait à Hebers Ghyll. La gentillesse qu'on lui témoignait, la patience dont chacun faisait preuve envers lui, le gamin qui ne les méritait pas — mais qui en avait désespérément besoin.

Soudain, Heath éprouva la même soif qu'autrefois, de changer, de vivre quelque chose de différent. Il était revenu à Hebers Ghyll sans s'interroger sur les motivations qui l'y poussaient. Il savait seulement que c'était là que sa colère était née, au moment du passage délicat de l'enfance à l'adolescence. Ensuite, elle s'était affirmée de façon brutale, impérieuse, et à l'époque il n'avait pas trouvé d'autre moyen de l'exprimer qu'avec ses poings.

La première fois qu'il était venu à Hebers Ghyll, Heath avait été dévoré par le ressentiment et s'était senti étranger, pas à sa place. Et quand il avait vu Bronte, il était d'abord resté interdit, fasciné par son innocence. N'ayant connu que la violence dans sa famille, il ignorait qu'une famille pût vivre dans une telle harmonie.

Mais en dépit des efforts de Bronte pour le faire revenir à Hebers Ghyll, de l'attention constante dont elle avait fait preuve à son égard, il n'avait pas pu se débarrasser de cette sensation d'étrangeté. A ce moment-là, il ne possédait qu'une certitude absolue : il ne pourrait jamais être assez bon pour Bronte.

Bon sang, elle lui avait appris *à lire* !

Une vague de honte submergea Heath à ce souvenir. Il eut envie de s'engouffrer dans sa voiture et de repartir à Londres pour ne jamais revenir. Pourquoi pas ? Il mettrait le domaine en vente, laissant le passé enfoui au plus profond de la campagne anglaise, à Hebers Ghyll.

Sa décision prise, il fit demi-tour avant de s'arrêter net devant la vieille cloche suspendue par oncle Harry à côté de la porte principale. Chaque soir, il l'actionnait pour appeler ses pensionnaires à dîner. Heath contempla la corde usée en secouant la tête. Non, le passé n'était pas encore disposé à le lâcher, songea-t-il en sortant le trousseau de clés de sa poche.

Quand il découvrit l'état du hall, un mélange de tristesse et de culpabilité l'envahit. Comment la dégradation avait-elle pu se produire aussi rapidement ?

A quoi s'était-il attendu ? A trouver un feu crépitant dans la cheminée et une délicieuse odeur de pain sortant du four ? Plus personne ne vivait au manoir, depuis des mois. Le délicieux parfum de feu de bois et de pain chaud de son enfance appartenait à une époque révolue. A présent, l'atmosphère était humide, froide. Heath s'avança dans l'espace déserté, tandis qu'une foule de souvenirs affluait à sa mémoire.

Oncle Harry avait toujours tenu à ce qu'un feu brûle en permanence dans l'âtre, afin que ses hôtes se sentent les bienvenus. Heath repensa à la table sur laquelle son oncle lui avait appris les rudiments du jeu d'échecs, avant qu'il ne franchisse le pas fatal qui l'entraîne dans la dégringolade. Qu'étaient devenus l'échiquier et les pions de bois ?

Terrassé par un assaut de nostalgie inattendu, il regarda autour de lui en se rappelant les paroles de Bronte. Elle avait raison : il était venu dans la seule intention de faire un rapide état des lieux, avant de vendre la propriété, vite fait bien fait. Mais à présent, il ne savait plus ce qu'il souhaitait vraiment. En évoquant la mémoire de l'homme généreux qui avait tant fait pour eux, Bronte avait instillé le doute dans son esprit.

Car si Heath pouvait se targuer d'avoir développé tout seul son sens artistique inné et son sens des affaires, c'était oncle Harry qui avait insufflé en lui le désir de se dépasser.

Quelle décision prendre ? se demanda-t-il en se passant la main dans les cheveux. Faire restaurer le domaine de fond en comble ? Il n'avait pas de temps à accorder à Hebers Ghyll. Sa maison, son travail — toute sa vie — se trouvaient à Londres. Et son héritage se résumait à un vieux manoir en piteux état, assorti d'un château en ruine et de terres en friche.

A quoi donc avait pensé oncle Harry en lui léguant son domaine ? Personne n'ignorait qu'il détestait la campagne. En revanche, il ne détestait pas les vieilles pierres, reconnut-il en examinant les fissures qui lézardaient les murs.

Heath créait avec talent des jeux électroniques et son entreprise florissante deviendrait bientôt internationale, mais dans ses moments libres, il adorait travailler avec ses mains. Ce n'aurait pas été la première fois qu'il aurait rassemblé une équipe pour rénover une vieille bâtisse.

Peut-être, mais il s'agissait d'un chantier gigantesque, songea-t-il en continuant son inspection. Frottant la vitre d'une fenêtre du premier étage pour mieux voir à l'extérieur, il songea au dortoir installé par oncle Harry dans la grange. Là, avec les autres gamins venus du centre de détention, Heath s'était bien amusé — ce qu'il n'aurait jamais admis à l'époque. Tard dans la nuit, ils se racontaient des histoires de fantômes en essayant de se faire peur. Et la journée, ils montaient à cru les chevaux ou risquaient leur vie en provoquant les bœufs.

Et si l'espace et le silence lui avaient souvent tapé sur

les nerfs, le village ne manquait pas d'attraits. Après avoir relevé un défi lancé par le leader des gars du coin, Heath s'était taillé une solide réputation. Ensuite, quand il était retourné en ville, il avait franchi un pas supplémentaire et fatal en se battant à mains nues pour de l'argent, dans des caves sombres et humides. Jusqu'à ce qu'il soit repéré par les autorités. Après avoir mené l'enquête, la police était venue l'arrêter là, à Hebers Ghyll. Il y était revenu tel un pigeon voyageur qui rentre au pigeonnier, réalisa Heath.

Cette fois, il était resté au centre de détention pour une plus longue peine.

Ce n'était qu'au tribunal qu'il avait appris qu'il avait été dénoncé par oncle Harry. C'était pour son bien, avait affirmé celui-ci. La haine qu'il avait alors ressentie envers son oncle envahit un bref instant Heath, avant qu'il ne songe à la suite. Il sourit : oncle Harry lui avait envoyé un ordinateur, accompagné d'une petite carte sur laquelle il avait écrit :

« Pour Heath, de la part de ma conscience. »

Pendant des semaines, il avait résisté et n'avait pas ouvert le paquet apporté dans sa cellule, jusqu'au jour où la curiosité avait eu raison de lui.

Le bouleversement que ce cadeau produisit dans sa vie fut décisif. L'ordinateur offert par oncle Harry apportait à Heath la solution qu'il cherchait désespérément : il pouvait désormais gagner de l'argent autrement qu'avec ses poings. A sa sortie de détention, il s'était installé un bureau dans sa chambre minuscule située sous les toits, là où personne ne pouvait le voir ni le juger.

Car il était pauvre, certes, mais il n'avait qu'à cliquer sur la souris pour que le monde s'ouvre à lui. Et bientôt, le monde se prit de passion pour ses jeux.

Heath s'écarta de la fenêtre et appuya légèrement sur le mur ; des morceaux de plâtre s'écrasèrent sur le plancher vermoulu. Il suffirait de pas grand-chose pour que tout s'écroule, songea-t-il. Par conséquent, il serait plus facile de tout démolir et de repartir de zéro…

Mais depuis quand choisissait-il la *facilité* ?

Alors que Heath songeait déjà à appeler son architecte, une vision de lèvres roses et pleines, de petits seins hauts et fermes surgit dans son esprit.

La dernière fois qu'il avait vu Bronte à Hebers Ghyll, elle avait essayé de le faire échapper à la police. Après l'échec de sa tentative, elle l'avait embrassé pour lui dire adieu.

Heath secoua la tête pour chasser le souvenir de son baiser, le goût de sa bouche — il ferait mieux de s'assurer qu'elle était rentrée saine et sauve.

Il trouva Bronte au bord de la route et se gara à sa hauteur, de l'autre côté. Puis, après être sorti rapidement de voiture, il s'approcha d'elle : l'une des sangles de son sac s'était rompue et, à genoux sur le tapis de sol roulé, elle essayait de réparer les dégâts avec de la ficelle.

— Tu ne crois pas qu'une bonne vieille boucle ferait mieux l'affaire ? demanda Heath en la regardant faire des nœuds compliqués.

— Les boucles ont craqué à Katmandou.

— Bien sûr, acquiesça-t-il avec un sourire.

— Non, c'est vrai ! insista-t-elle en relevant la tête.

Mais, se rappelant sans doute qu'ils s'étaient quittés en mauvais termes, elle baissa de nouveau les yeux, les joues en feu.

— Tu as besoin d'aide ?

— Je vais me débrouiller, merci.

— Tu ne peux pas changer de discours, Bronte ?

Après l'avoir poussée gentiment mais fermement, il s'empara du tapis de sol, le fixa sur le dessus du sac et l'emporta vers sa voiture.

— Tu as dit qu'il ne tiendrait pas dans ce coffre ridicule, cria-t-elle dans son dos.

— Dans ce cas, je le porterai chez toi.

— Pas la peine, répliqua-t-elle en le rattrapant.

Elle essaya de lui prendre son sac des mains.

30

— Tu veux cet entretien, oui ou non ? demanda-t-il en levant le sac hors de sa portée.

— Cela veut dire que tu vas garder Hebers Ghyll ?

— On verra…

— Donne !

Heath ne put réprimer un sourire.

— Ce ton aimable est-il destiné à me convaincre de te le rendre ?

— Donne-le-moi, *s'il te plaît*, reprit-elle à contrecœur.

— D'accord.

Il l'aida à hisser le lourd sac sur ses épaules, en faisant bien attention à ne pas la toucher plus que nécessaire. De son côté, Bronte ajusta son fardeau plus confortablement, chancela un peu, le temps de s'habituer au poids, puis se remit en chemin vers la maison de ses parents. Heath lui emboîta le pas : il tenait à s'assurer qu'elle parviendrait sans encombre à destination.

— Tout va bien, Heath, lança-t-elle par-dessus son épaule en accélérant le pas.

— Fais attention, regarde où tu mets les pieds, ça descend…

Trop tard. Bronte glissa sur l'herbe mouillée, mais Heath plongea pour l'empêcher de tomber sur une grosse pierre à l'arête tranchante. Dans son élan, il se prit le pied dans une racine d'arbre et roula dans le fossé en serrant étroitement Bronte dans ses bras.

— Espèce d'idiot ! s'écria-t-elle quand ils s'immobilisèrent.

— J'aurais préféré que tu me remercies, répliqua-t-il tout en appréciant le contact du corps mince pressé contre lui.

— Merci, souffla-t-elle avec colère en décollant ses hanches des siennes. Super : le type de la ville pense pouvoir diriger Hebers Ghyll, alors qu'il n'arrive même pas à garder l'équilibre sur un peu de mousse !

— Est-ce la façon de souhaiter la bienvenue, dans ce pays ?

— Plutôt de dire aux intrus de ficher le camp !

En même temps, elle ne semblait pas décidée à se relever… Le désir brûlait entre eux. De posséder, d'être possédé, de donner du plaisir et d'en recevoir. Il les dévorait telle une

31

flamme éblouissante, avec une intensité qui surprenait Heath. Les yeux émeraude de Bronte étincelaient, et sa bouche n'avait jamais été aussi attirante. Elle était excitée. Autant que lui.

Fermant brièvement les yeux, Bronte laissa échapper un gémissement. Soit elle se réfugiait dans ses fantasmes et restait lovée dans les bras de Heath, soit elle se ressaisissait et rentrait chez elle.

— Excuse-moi.

Heath l'aida à se relever et elle se dégagea, mais pas assez vite. Son corps vibrait tout entier, dans ses moindres cellules. Et cette fois, quand il lui proposa de la raccompagner, elle accepta.

— Il y a quelque chose de drôle ? demanda Heath en souriant.

— Tu as une de ces allures…

— A ce point ?

— Oui, si la tenue camouflage était à la mode cette saison, on pourrait dire que tu es superbe !

— J'ai entendu dire que la boue, les feuilles et les brindilles étaient très en vogue cette année, répliqua-t-il en frottant sa veste.

Bronte ne put s'empêcher d'éclater de rire. La complicité s'était de nouveau installée entre eux, comme autrefois, réalisa-t-elle avec un léger effroi. C'était dangereux…

Eh bien, il suffirait qu'elle dissimule ce qu'elle ressentait pour lui — où était le problème ?

Ils marchèrent en silence jusqu'à ce que Heath laisse tomber d'un ton détaché :

— Si je décide de garder le domaine et de faire passer des entretiens, tu es toujours partante ?

— Bien sûr ! s'exclama-t-elle en s'arrêtant et en se tournant vers lui. Enfin, si tu n'envisages pas seulement de rafraîchir les lieux pour t'en débarrasser ensuite en faisant le maximum de profit.

— Depuis quand faire du profit serait-il une mauvaise chose ?

— Les humains comptent plus que l'argent.

— Ce qui confirme que tu es une rêveuse et moi un homme d'affaires, Bronte. Sans profit, pas d'emplois — et pas de personnel à Hebers Ghyll. D'autre part, je ne veux pas subir de pression. Je ne prends jamais de décision avant de connaître tous les éléments d'un problème.

— Dans ce cas, répliqua Bronte en se redressant, nous ne pourrons jamais faire équipe, toi et moi.

— Non, approuva Heath. Je resterai toujours le boss.

— Tu es incroyable !

— C'est ce qu'on dit.

Eclatant de nouveau de rire, Bronte s'avança devant lui.

— Si je décide de lancer un projet, ce ne sera pas à moitié, poursuivit Heath en la rejoignant. Il s'agira de tout transformer et d'insuffler une nouvelle énergie à ce lieu.

— Impressionnant ! dit-elle en haussant les sourcils d'un air faussement admiratif.

Bronte avait toujours été très douée pour le sarcasme. En outre, elle prenait sa revanche après qu'il eut douté d'elle, comprit Heath. Et puis, pourquoi discutait-il de tout cela, alors que son projet n'était qu'à l'état d'embryon ?

— J'aime restaurer des vieux bâtiments, dit-il. J'en ai retapé pas mal, alors je sais de quoi je parle.

Et en plus, il se justifiait ?

— Redescends sur terre, Heath, riposta-t-elle. Nous ne sommes pas dans le cyberespace : tu ne peux pas transformer la propriété en quelques clics et la faire surgir sur ton écran sous la forme d'un domaine flambant neuf, sans plus aucune trace de toutes ces années de négligence !

— Non, mais je peux essayer. J'ai beau ne pas être fan de la campagne, je n'ai pas l'habitude de renoncer à la première difficulté.

— Moi non plus.

— Serions-nous d'accord sur un point ?

Pour toute réponse, elle lui jeta un regard assassin.

— Hebers Ghyll ne survivra que si des gens comme toi s'investissent, Bronte.

— Oh ! je vois… Les gens comme moi bossent dur pendant

que toi, tu diriges les opérations depuis ton confortable bureau londonien ? A moins que tu ne comptes vivre sur place — ce dont je doute fort.

— Il faudrait savoir, Bronte : tu veux que Hebers Ghyll survive, ou pas ? Si tu es sérieuse quand tu dis que tu voudrais faire revenir des gens ici, il faut qu'ils aient quelque chose à quoi s'accrocher, non ?

— Parce qu'à présent, tu es *aussi* visionnaire ?

— Non. Je suis réaliste.

Et il aimait les défis, surtout quand une femme y était impliquée.

— La campagne n'a rien à voir avec la ville, Heath.

— Ah bon ? L'air est peut-être pollué par les pollens au lieu des gaz d'échappement mais, comme tu l'as dit toi-même, les emplois sont aussi difficiles à trouver ici qu'à Londres. Alors choisis, Bronte : ou tu continues comme ça et tu laisses sombrer Hebers Ghyll, ou tu te retrousses les manches et tu te bats !

— Avec toi ? Qu'est-ce qui t'a fait changer d'avis, Heath ?

Quand elle vit son visage se fermer, Bronte se maudit. Pourquoi ne savait-elle jamais s'arrêter ? Elle aurait bien dû savoir ce qu'il ressentait en revenant à Hebers Ghyll.

Mieux valait rester sur le terrain de la provocation.

— Tu ne peux pas te contenter d'installer deux ou trois ordinateurs dans la salle des fêtes du village, Heath. Les gens ont besoin de *vrai* travail, et d'un chef qui soit là, sur place, pour les diriger.

— Veux-tu dire que tu ne serais pas capable de remplir ce rôle ?

— Si j'ai la chance de décrocher le job, je ferai tout ce qu'on me demandera de faire, et même davantage, répliqua-t-elle, ravie qu'il ait relancé la joute.

Car apparemment, il envisageait bien de garder le domaine.

— De toute façon, si j'en juge par ton enthousiasme, riposta Heath, tu accepterais volontiers de seconder celui qui obtiendrait le poste, non ?

Il l'avait bien eue. Côté stratégie, Heath avait toujours été un champion, se souvint-elle en lui décochant un regard noir.

— Reste un problème…, reprit-il.

— C'est-à-dire ?

— Toi, répondit-il en la regardant dans les yeux. Si je prends ta candidature en considération, je ne dois pas oublier que tu es partie, pour voyager. Comment être sûr que tu ne disparaîtras pas de nouveau ?

— Mes voyages avaient un but professionnel, et maintenant que je suis revenue, je compte mettre en pratique tout ce que j'ai appris à l'étranger.

— Très bien. Mais si je me lance dans cette entreprise, il y aura du travail en perspective et beaucoup de décisions difficiles à prendre. Je dois être sûr que celui ou celle que je prendrai comme régisseur aura à la fois assez d'endurance et de cran pour le poste.

— Qu'est-ce que tu insinues au juste, Heath ?

Il souleva le loquet de la barrière de bois qui ouvrait sur le jardin de ses parents.

— Je dis que je ne connais pas tes possibilités, Bronte. Et cela fait longtemps que nous ne nous étions pas vus.

— C'est réciproque, fit-elle remarquer d'une voix crispée.

Heath posa le sac à dos contre la porte du cottage.

— Hé ! dit-elle quand il se détourna pour partir. Où vas-tu ? Nous sommes en train de parler !

— Nous continuerons un autre jour. Je dois m'en aller.

— On ne peut pas parler d'abord ? Tu es si pressé ?

Etrangement, Heath était heureux qu'elle veuille le retenir.

— J'ai des rendez-vous que je ne peux pas déplacer. Au cas où tu l'aurais oublié, je travaille à Londres et moi aussi je me déplace pour raisons professionnelles. C'est comme ça que je gagne l'argent qui pourrait servir à maintenir cet endroit en vie.

Une fois arrivé à la barrière, il s'arrêta et se retourna vers Bronte.

— Avant que je m'en aille, promets-moi une seule chose.

— De quoi s'agit-il ?

— Hebers Ghyll est en très mauvais état, Bronte. Certains endroits sont très dangereux, alors ne t'aventure pas par là, s'il te plaît.

— Le manoir n'est pas dangereux, s'obstina-t-elle en redressant les épaules. Il y a quelques mois, oncle Harry y vivait encore.

— Peut-être, mais moi, je te demande de ne pas t'en approcher jusqu'à mon retour.

— Tu reviendras, donc ?

Il s'appuya la hanche contre le muret de pierre.

— Oui, pour savoir si je t'ai manqué.

— Ah ah ! Très drôle !

— Si tu as besoin de me joindre, tu as mon numéro.

— Il ne me sert à rien, puisque ton assistant refuse de te passer mes appels !

— Tu renonces trop facilement, Bronte, lança-t-il en poussant la barrière.

Sur ces mots, Heath lui fit un signe de la main, puis s'éloigna de crainte qu'elle n'ait un projectile à sa portée…

# 4.

Après le départ de Heath, Bronte resta dans un état de surexcitation insensé durant un bon moment. Elle avait besoin d'action. De beaucoup d'action. Aussi reprit-elle la direction de Hebers Ghyll sans se soucier de l'interdiction du nouveau propriétaire.

Prenant son téléphone, elle appela deux copines du village qu'elle connaissait depuis toujours et leur proposa une petite virée exploratoire — qu'elles acceptèrent avec enthousiasme.

Comment le manoir aurait-il pu être dangereux ? Il n'y avait pas si longtemps qu'il était inhabité. De toute façon, elle ne prendrait aucun risque, se dit Bronte en prenant la tête de la petite troupe sous un ciel maussade.

Heath exagérait ou, plus vraisemblablement, essayait de la tenir à distance. Aussi avait-elle expliqué à ses amies, Maisie et Colleen, qu'il y avait quelques zones interdites et qu'elles ne devaient surtout pas s'y aventurer seules.

— C'est sinistre, fit Colleen.

Elle avait exprimé à voix haute la pensée de Bronte tandis que le trio contemplait les broussailles devenues impénétrables. D'un accord tacite, elles s'avancèrent au pas de course jusqu'à l'endroit dégagé où les douves asséchées emplies de feuilles mortes et de ronces entouraient les restes du château. Les ruines aux pierres noircies formaient une masse menaçante sous le ciel de plus en plus chargé de nuages sombres.

— Charmant…, murmura Colleen.

Il fallait nettoyer les douves, les emplir d'eau et y faire venir des canards, songea Bronte. Mais pour l'instant, mieux valait ne pas s'aventurer sur le pont-levis, auquel de nombreuses planches manquaient. Quant à la herse rouillée, il suffisait d'y jeter un coup d'œil pour comprendre que Heath avait eu raison de lui dire de ne pas s'en approcher.

Cependant, même ce vieux château pouvait être restauré. Enfin, ce n'était pas le plus urgent…

— Allons directement au manoir, dit-elle à ses compagnes en s'éloignant à la hâte de la zone de danger.

Lorsqu'elles s'arrêtèrent devant la vieille demeure, le soleil réapparut, perçant les nuages. Sa chaleur et sa lumière changeaient tout, songea Bronte. Elles remontaient le moral et adoucissaient la pierre noircie par le temps, lui donnant de beaux reflets rosés. Le manoir aurait pu être tellement romantique s'il n'avait pas été aussi décrépit !

Quant à ses deux acolytes, elles ne semblaient pas partager son excitation. Elles ne disaient plus rien, ce qui était mauvais signe.

— Bon, fit Bronte dans l'espoir de leur insuffler un peu de son enthousiasme. Voyons à quoi ça ressemble à l'arrière.

Malheureusement, la décadence y était encore plus avancée : fontaine couverte de moisissures, jungle d'herbes folles, pierres tombées au sol…

L'espace d'un instant, Bronte se sentit vaincue, avant de se ressaisir. Elle ne baisserait pas les bras et trouverait un moyen d'entrer dans le manoir. A l'intérieur, elle était sûre de trouver moins de dégâts. Mais après avoir essayé la clé de sa mère, elle avait constaté que le précédent régisseur avait fait changer la serrure.

Grimpant le long d'un tuyau d'écoulement, elle parvint à une fenêtre du premier étage et la força. Lorsqu'elle sauta sur le plancher, le bruit se répercuta en écho dans la pièce vide. Bronte se frotta les bras et la poitrine tandis qu'une odeur de moisi lui montait aux narines et que la poussière formait un rideau translucide dans l'air poudré de lumière.

Pas étonnant que Heath n'ait pas montré grand enthousiasme après avoir vu un tel spectacle ! se dit-elle en descendant prudemment les escaliers.

Et pourvu que les filles ne se soient pas enfuies pendant ce temps… Elle s'avança sur les pavés cassés et disjoints du hall. C'était déprimant de constater que tout s'était dégradé aussi vite. En plus, elle en avait rajouté en forçant la fenêtre — la maison d'oncle Harry ne méritait certes pas un tel traitement.

Des plantes s'étaient étiolées dans leurs pots et étaient mortes, du plâtre tombait des murs… Poussant un soupir, Bronte rassembla ses cheveux en arrière et en fit un chignon rapide, quand l'image de Heath surgit devant elle. Debout au milieu du hall, il la contemplait d'un air moqueur.

Elle chassa résolument la vision. Pourquoi ses pensées revenaient-elles toujours à lui ?

Parce que Heath dégageait un tel charisme qu'il était impossible de ne pas penser à lui. Alors que de son côté, il avait autre chose à faire qu'à traîner dans les débris et la poussière ! Et il n'avait pas de temps à perdre avec une femme comme elle, alors qu'il devait être entouré d'admiratrices prêtes à se pâmer devant lui — ce qui n'était certes pas le genre de Bronte !

Persuadée de l'avoir chassé de ses pensées, elle regarda autour d'elle en fronçant les sourcils.

— Je vais changer tout ça, dit-elle.

— Tu parles toute seule, maintenant ? demanda Colleen depuis le palier du premier étage.

— Bravo ! lança Bronte. Descends, la place est à nous.

— Pas de fantômes à l'horizon ? demanda Maisie en apparaissant à son tour. Ça me plairait d'en rencontrer au moins un — bien fait de sa personne, de préférence.

Aussitôt, Bronte imagina Heath l'attendant dans une chambre du manoir, à moitié nu, son torse musclé luisant à la lueur d'une bougie. Furieuse, elle s'ordonna de cesser ces divagations stupides, juste au moment où un morceau de plâtre lui tombait sur l'épaule dans un nuage blanchâtre.

— Il devrait y avoir de la vie à Hebers Ghyll, dit-elle. On ne peut pas le regarder tomber en poussière sans rien faire.

Ses amies applaudirent en poussant de grands cris.

— Et si on t'aidait après le travail et le week-end ? proposa Colleen une fois calmée.

— Je ne peux pas vous demander ça, répondit Bronte, émue par sa générosité.

— Pourquoi pas ? intervint Maisie. Ça pourrait être marrant.

— Les araignées, tu trouves ça *marrant* ? demanda Bronte d'un ton dubitatif.

— On ne peut pas te laisser là toute seule, dit Colleen. Si tu veux te battre contre les fantômes et les araignées, on veut participer — pas d'accord avec moi, Maisie ?

— J'échange mes talents de balayeuse et ma tenue de Superwoman experte en fantômes contre un verre au pub, répondit celle-ci. Qu'est-ce que tu en dis ?

— Marché conclu ! répondit Bronte en s'avançant vers la buanderie.

— Nous sommes à tes ordres, annonça Colleen en s'armant bientôt d'un balai-brosse et de sacs-poubelles. Par où veux-tu qu'on commence ?

— Pas par les crottes de souris et les toiles d'araignée, plaida Maisie en brandissant sa pelle à poussière. Je veux bien crier, mais *uniquement* parce que je viens de découvrir un type superbe — de préférence non momifié.

Bronte repoussa une nouvelle vision de Heath.

— Quand nous aurons fait le plus de boulot possible, je vous propose d'aller chaparder des pommes dans le verger. Et ensuite, que diriez-vous d'aller nager dans le lac ?

— Toutes nues ? s'écrièrent ses deux amies d'une seule voix.

— Eh bien, comme nous n'avons pas encore apporté toute notre garde-robe, ça me semble être la seule option possible.

— Tu pourrais t'arranger pour que l'eau soit chauffée avant notre arrivée ? demanda Colleen.

— Tu vas bientôt être réchauffée, promit Bronte.

Elle ferma les yeux, assaillie par une foule de souvenirs d'enfance. Les jours d'été, quand ils nageaient ou faisaient du bateau sur le lac, le soleil inondant les prés… Heath devenu adulte sortant de l'eau, des gouttelettes scintillant sur son torse puissant…

— Bronte ?

— Excusez-moi.

Un frisson la traversa : et si Heath ne revenait pas ?

De toute façon, ils resteraient en contact.

— Alors, on fantasme encore sur Heath ? la taquina Colleen.

— J'ai d'autres soucis en tête, crois-moi, répliqua Bronte d'un ton sérieux. Des *gros* soucis…

— Plus gros que…, l'interrompit son amie avant d'échanger un regard entendu avec Maisie.

— Vous ne pensez qu'à ça ! riposta Bronte en réprimant un sourire.

Son voyage d'affaires avait été un succès retentissant, si bien que Heath fut de retour à son bureau londonien avant la fin de semaine. Mais depuis son départ de Hebers Ghyll, il ne cessait de penser à Bronte et il était inquiet. Il la connaissait : elle était bien trop curieuse pour rester tranquillement au cottage de ses parents. Elle ne pourrait pas résister à l'envie d'aller traîner du côté de Hebers Ghyll, ce qui était dangereux. Elle s'y trouvait peut-être à cet instant même, débordant d'énergie et de bonnes intentions.

Avant de partir, Heath s'était assuré que toutes les portes étaient fermées à clé, mais il se méfiait de Bronte — et les meilleures intentions du monde n'empêcheraient pas les murs de tomber sur sa tête. Il n'avait pas le choix : il devait retourner là-bas.

Il appela Quentin de sa voiture pour lui donner ses instructions et lui demander de s'occuper de tout pendant son absence. Puis il passa quelques autres coups de fil. Cela n'aurait servi à rien d'aller à Hebers Ghyll sur une seule journée, ni de se rendre sur place uniquement pour voir si Bronte se tenait tranquille. Par ailleurs, il fallait faire avancer les choses et, qu'il décide de garder la propriété ou non, quelques travaux de rajeunissement ne lui feraient pas de mal. De toute façon, Heath en tirerait profit.

Tenant parole, Colleen et Maisie vinrent aider Bronte en sortant du boulot et toutes trois commencèrent par le hall.

Mais au milieu de la semaine, Heath n'avait toujours pas donné signe de vie. Impossible de le joindre non plus au téléphone : son assistant était décidément d'une efficacité redoutable. A vrai dire, Bronte était très déçue, mais elle ne pouvait se résoudre à accepter l'éventualité que Heath ait de nouveau disparu. Aussi cacha-t-elle sa déception à ses amies et refusa-t-elle de se laisser affecter par cette absence. Au contraire, elle s'investit à fond dans le nettoyage pour ne pas penser à lui, jusqu'à s'écrouler de fatigue tard le soir sur son lit, avant de sombrer dans un sommeil profond et sans rêves, ce qui était parfait.

A la fin d'une semaine de travail acharné, les trois amies avaient systématiquement déblayé, nettoyé, et ôté toutes les toiles d'araignée du grand hall. Quant à la cuisine, elle avait repris son aspect immaculé d'autrefois. Elles avaient aussi arraché les mauvaises herbes du jardin potager et poussé des cris de triomphe lorsque Bronte, les mains et le visage noirs de cambouis, avait enfin réussi à faire démarrer la tondeuse à gazon.

Une fois la pelouse relookée et les dernières saletés enlevées, une petite partie de Hebers Ghyll avait retrouvé un peu de sa gloire d'antan. Et, comme pour les remercier, un bel été indien s'installa dans la région.

Une seule ombre gâchait ces moments idylliques pour Bronte : le silence de Heath. Apparemment, il ne souhaitait même pas savoir si le manoir tenait encore debout, songeait-elle avec amertume.

Un soir, alors qu'elle musardait au bord du lac avec Colleen et Maisie, elle sortit son téléphone de la poche de son jean.

— Qu'est-ce que tu fais ? demanda Colleen en s'appuyant sur un coude. Tu vas *encore* l'appeler ?

— Oui, répondit-elle d'un ton déterminé. Heath m'a

donné son numéro, alors je finirai bien par tomber sur lui à un moment ou un autre.

— Tu rêves ! dit Maisie.

— S'il répond, on t'invite au pub trois soirs de suite, ajouta Colleen.

— Je n'ai pas l'intention de renoncer.

— Tu m'étonnes…, murmura Maisie en chassant une mouche de son visage.

La sonnerie retentit dans l'oreille de Bronte, puis l'éternel assistant lui répondit comme d'habitude et sur le même ton las que Heath n'était pas joignable pour l'instant.

Colleen et Maisie avaient raison : Heath ne souhaitait pas lui parler. Et elle ne le reverrait sans doute jamais, songea Bronte en laissant tomber son téléphone dans l'herbe.

— Quand vas-tu te fourrer dans le crâne que…

Elle lança un regard noir à Colleen.

— *Tais-toi*, d'accord ?

Ses deux amies restèrent silencieuses tandis qu'elle s'allongeait sur le dos et regardait le ciel encore bleu à travers un rideau de feuilles dorées. Et si Heath vendait le domaine ? S'il l'avait *déjà* vendu et qu'elles se retrouvent toutes les trois éjectées de la propriété ? Elle devait épargner cela au fidèle duo. Elles pourraient être arrêtées. Ce serait tellement injuste ! Elles commençaient à voir le résultat de leurs efforts et elles avaient un but : Noël dans le grand hall, une fête géante comme au temps d'oncle Harry. Autrefois, on en parlait dans toute la région ! Bronte prévoyait d'inviter tous les gens du village. Comment aurait-elle pu décevoir Colleen et Maisie, après tout le travail qu'elles avaient fourni en se réjouissant à la perspective de faire la fête ?

Quant à savoir ce que penserait Heath de ce projet, alors que personne ne lui avait demandé son avis, c'était une autre histoire… à laquelle Bronte réfléchirait plus tard.

— L'eau est trop froide pour se baigner, dit soudain Colleen. Je rentre. Tu viens, Bronte ?

Maisie s'était déjà levée et mettait ses sandales.

— Non, allez-y. Je vais faire quelques brasses.

Après s'être déshabillée tandis que les filles disparaissaient derrière les arbres, Bronte ne se donna pas la peine d'enfiler son maillot et offrit bientôt son corps nu au soleil en s'étirant. Puis, avant de changer d'avis, elle courut vers le lac et y plongea.

L'eau était si froide que le choc lui coupa le souffle. Après s'être agitée dans tous les sens, Bronte se mit à nager puis s'arrêta au milieu du lac. Se retournant alors sur le dos, elle se laissa flotter sur l'eau et savoura le silence.

Le silence ? Elle tourna la tête en essayant de localiser l'endroit d'où venait le grondement. On aurait dit qu'une division armée progressait sur l'allée…

Bronte fit demi-tour et nagea vigoureusement en direction de la berge : il fallait qu'elle récupère ses vêtements avant que quelqu'un ne la voie… Mais le grondement se rapprochait de plus en plus. Elle n'aurait pas le temps, comprit-elle avec effroi. Elle allait devoir rester là, dans l'eau, et faire du surplace…

Où était-elle ? Heath scruta les alentours à travers le pare-brise en fronçant les sourcils. Il était passé au cottage qu'il avait trouvé vide. La vieille voisine avait dit que Bronte devait être à Hebers Ghyll, comme d'habitude. La colère l'avait alors envahi et ne l'avait pas quitté depuis. La colère — et l'inquiétude à la pensée que Bronte n'ait pas respecté ses consignes.

Mais il avait quand même espéré apercevoir un morceau de legging violet, ou une mèche de cheveux roux brillant dans les derniers rayons du soleil. Au lieu de cela, il n'avait aperçu que deux jeunes femmes sortant nonchalamment du bois entourant le lac, comme si elles étaient chez elle. Où était Bronte, bon sang ? Et que se passait-il *chez lui* ?

Après s'être garé au bord de l'allée, il sortit de la Jeep et attendit que toute l'équipe l'ait rejoint pour donner quelques instructions rapides. Ensuite, il s'avança vers les deux jeunes femmes. Il n'avait pas l'intention de palabrer avec elles : il voulait qu'elles répondent à une seule question.

— Où est Bronte ? demanda-t-il à la blonde.

— Heath Stamp…, murmura-t-elle. C'est toi ?

— Je veux la voir, répliqua-t-il sèchement, ignorant sa réaction.

— Je suis Colleen, insista-t-elle. Tu ne te souviens pas de moi ? Ni de Maisie ?

— Où est *Bronte* ? répéta-t-il d'une voix tranchante.

— Un amour…, murmura Colleen.

— Aussi charmant qu'autrefois ! renchérit Maisie dans un souffle.

Les deux le regardaient d'un air prudent, à présent.

— Allez-vous enfin me dire où elle est ?

— Dans… Dans… Dans le lac, bredouilla Maisie.

— Dans le lac ? répéta-t-il en se retournant.

— Oui, elle nage, expliqua Colleen.

A cet instant, Heath aperçut à travers les arbres quelque chose qui fit naître un frisson glacé dans son dos. Sans réfléchir, il partit en courant et traversa la pelouse en déboutonnant sa chemise.

# 5.

Terrifiée par l'invasion des camions et de la Jeep roulant en tête du convoi, Bronte avait barboté dans l'eau en se demandant comment se sortir de là, avant de se prendre la jambe dans les algues.

Non seulement elle se retrouvait coincée, mais en agitant les bras alors qu'elle tentait de se dégager, elle avait obtenu le résultat qu'elle redoutait.

Le convoi s'était arrêté et les véhicules s'étaient garés devant le manoir puis, le cœur battant, Bronte avait vu Heath bondir de la Jeep. Après avoir parlé aux types descendus eux aussi de leurs véhicules, il s'était adressé à Colleen et Maisie, puis s'était retourné vers le lac au moment même où elle commençait à se débattre dans l'eau.

Et à présent, tout le monde regardait dans sa direction.

Horrifiée, elle vit alors Heath traverser la pelouse en courant. Et quand il ôta sa chemise, elle comprit qu'il allait se jeter à l'eau pour lui venir en aide. Prise de panique, Bronte concentra toutes ses forces dans l'espoir de se libérer.

Au prix d'un effort surhumain, elle réussit à dégager sa jambe et s'éloigna en fendant vigoureusement l'eau, mais Heath la rattrapa en un clin d'œil. Avant qu'elle n'ait eu le temps de faire demi-tour pour repartir en sens inverse, il s'empara d'elle comme il aurait attrapé au vol un ballon de rugby et la ramena jusqu'à la berge.

— Repose-moi par terre ! cria-t-elle dès qu'il eut regagné la terre ferme. Lâche-moi ! Ce n'était pas la peine de venir me chercher !

— Au contraire, riposta-t-il d'un ton sec.

Il n'était pas d'humeur à plaisanter. Après l'avoir déposée dans l'herbe, il recula d'un pas en la foudroyant du regard. Consciente de sa nudité, Bronte se recroquevilla sur elle-même le plus qu'elle put, au risque de perdre l'équilibre.

De son côté, Heath semblait indifférent à ce qu'il avait devant les yeux, constata-t-elle avec dépit. Alors qu'elle aurait dû se sentir uniquement *soulagée*…

— Qu'est-ce que je t'ai dit, avant de partir ? demanda-t-il.

— Je ne me suis pas approchée des zones dangereuses…, se défendit-elle en rougissant jusqu'aux oreilles.

— Et tu te baignes seule dans le lac ? Bravo.

La colère se lisait sur ses traits. Tout en lui respirait la virilité, et la désapprobation. Quant à son torse nu, incroyablement musclé, à la peau brunie humide et scintillant au soleil, elle ne pouvait s'empêcher de le dévorer des yeux.

Mais lorsqu'elle vit Heath laisser errer son regard sur son corps nu, elle s'ordonna de se ressaisir *sur-le-champ*.

— Qu'est-ce que tu faisais dans ce lac, bon sang ?

— Je nageais.

*C'était évident, non ?*

— Et je sais ce que je fais, ajouta-t-elle à la hâte.

— Ce serait bien la première fois ! rétorqua-t-il en la toisant.

— Tu veux bien te retourner, s'il te plaît ?

— Ne reviens plus jamais nager ici seule, répliqua-t-il en ignorant ses paroles. Tu m'as bien compris ?

— Parfaitement.

Bronte essaya de se rapprocher de ses vêtements — entreprise difficile avec les jambes croisées l'une devant l'autre. Mais elle réussit à ramasser son legging, puis son T-shirt. Un peu rassurée, elle se redressa vivement et les plaça devant elle. Elle avait sans doute l'air ridicule, mais c'était au moins un petit écran protecteur. A présent, il fallait juste qu'elle s'éloigne en marche arrière, en faisant attention où elle posait les pieds…

Elle aurait dû voir la racine émergeant du sol. Elle aurait dû savoir que la foudre tombe parfois deux fois de suite au même endroit. Effarée, Bronte vit Heath plonger pour l'empêcher de tomber. Par miracle, il réussit à l'attraper avant qu'elle ne touche le sol et amortit la chute avec son propre corps. Choquée par l'enchaînement des événements, Bronte n'eut que le réflexe de hurler.

— Lâche-moi !

— Pour cela, il faudrait d'abord que *tu* me lâches, répliqua-t-il avec un large sourire.

Fantastique. Elle le chevauchait tandis que Heath savourait apparemment chaque instant de cette mésaventure, et laissait ses grandes mains posées sur ses hanches nues.

— Lâche-moi, répéta-t-elle en gigotant pour se dégager.

Mais dès qu'il écarta ses mains, elle eut envie qu'il les repose sur sa peau. Heureusement, son bon sens l'emporta sur ses désirs saugrenus et elle commença à ramper.

— Pour être franc, ce n'est pas ton meilleur angle…

Bronte rougit jusqu'aux oreilles en se forçant à ne pas se relever. Tant pis pour son ego, le plus urgent était de se mettre à couvert derrière les arbres et les buissons et de se rhabiller.

— Qu'est-ce que tu fais ? s'écria-t-elle en sentant un corps puissant s'emparer du sien.

Heath l'étendit sous lui, dans l'herbe.

— Je préserve ta dignité, répondit-il avec calme. Ou du moins, ce qu'il en reste.

Suivant son regard, Bronte laissa échapper un gémissement : Maisie, Colleen, et tous les hommes venus avec Heath s'étaient rassemblés et contemplaient le spectacle de loin.

— Ne dis rien, la prévint Heath. Je déteste entendre une femme jurer.

— Jurer ? Je peux à peine respirer tant tu m'écrases. Lève-toi.

Heath se contenta de lui adresser un sourire de prédateur.

— Lève-toi, s'il te plaît, reprit-elle avec réticence.

Dieu merci, le petit groupe de spectateurs commençait à se disperser, vit-elle du coin de l'œil.

— Nous n'attendions pas de visiteurs, poursuivit-elle en s'efforçant d'empêcher sa voix de trembler.

Le torse nu pressé contre son corps, nu lui aussi, faisait naître des sensations vertigineuses en elle.

— C'est ce que j'ai compris, murmura-t-il en contemplant sa bouche.

Il ne semblait pas pressé de bouger.

— Pourquoi ne m'as-tu pas prévenue de ton arrivée ?

Mieux valait bavarder comme si de rien n'était.

— Parce que maintenant, les propriétaires doivent avertir les squatteurs de leur venue ?

— Je ne suis pas une squatteuse ! protesta Bronte.

Elle laissa descendre son regard sur la bouche sensuelle de Heath.

— Nous ne nous sommes pas *installées* au manoir…

— Je devrais vous en être reconnaissant, c'est ça ?

C'est elle qui aurait dû lui être reconnaissante de ce qui se passait maintenant, s'avoua Bronte. Pourquoi ne pas se détendre et savourer ces précieux instants ? D'autant qu'ils ne se reproduiraient jamais.

— Quand vas-tu admettre que Hebers Ghyll ne t'appartient pas et que tu ne peux pas en faire ce que tu veux, Bronte ?

*Le corps somptueux de Heath non plus, malheureusement.*

— Nous essayons juste de donner un coup de main.

— En enfreignant mes consignes ?

— Nous ne sommes pas allées du côté du château.

— La prochaine fois, fais-moi le plaisir de me demander l'autorisation de pénétrer dans ma propriété, s'il te plaît. Même si tu refuses de le comprendre, ce domaine *m'appartient*, et la sécurité est l'un de mes soucis majeurs.

Comment aurait-elle pu comprendre quoi que ce soit alors que la fine toison brune couvrant son torse lui caressait les seins ?

— Mais tu es charmante, ainsi, remarqua-t-il en se redressant légèrement. Je ne te savais pas adepte du nudisme, Bronte.

— Et moi je ne te savais pas aussi arrogant ! riposta-t-elle.

Etait-ce moins dangereux de le regarder dans les yeux et d'y voir des lueurs troublantes, ou de contempler sa bouche en mourant d'envie de l'embrasser… Dans un cas comme dans l'autre, c'étaient les ennuis assurés, conclut Bronte. Mais la pression de ce corps viril contre le sien était d'un érotisme insensé... Elle ne voyait qu'une solution : fermer les yeux pour ne plus voir Heath.

— Ouvre les yeux, Bronte. Ce n'est pas le moment de t'endormir.

*Ni de sentir ses lèvres caresser les siennes, hélas.*

— Oh ! relève-toi ! lança-t-elle en essayant de le repousser. Bon sang, tu es en kryptonite, ou quoi ?

— Non, je suis comme toi : fait de chair et de sang.

— Certainement pas ! Moi, je sais me tenir.

— Et tu as les fesses nues, remarqua Heath tandis qu'elle tentait d'entourer son legging autour de ses hanches.

— Tu es un vrai barbare.

— Allez, habille-toi, dit-il en se redressant.

Il l'entraîna dans le mouvement si bien qu'elle se retrouva debout devant lui, ses mains toujours arrimées sur sa taille.

— Ce petit jeu a assez duré, Bronte. Tu es entrée par effraction chez moi et tu me dois pas mal d'explications.

Après s'être libérée d'un geste vif, elle s'accroupit et resserra les bras autour de ses genoux.

— Oui, mais plus tard. Tu peux me laisser, maintenant.

— Oh ! tu crois ça ? riposta-t-il, les yeux étincelants.

— Tu es d'une ingratitude... Nous avons nettoyé *ton* manoir, *ton* jardin...

— Et si un mur s'était écroulé sur *ta* tête ?

— Je te répète que nous avons été prudentes et que nous...

— Tu es retournée au manoir en dépit de mon interdiction, l'interrompit Heath.

— Crois-tu sérieusement que j'aurais pu exposer mes amies au danger ?

— Non, mais tu te conduis de façon irresponsable, sans penser qu'en cas d'accident, ce serait à moi d'en assumer les conséquences. Si je t'avais interdit de t'approcher du manoir, c'est que j'avais une très bonne raison de le faire.

Mon Dieu, pourquoi ses vêtements mouillés ne coopéraient-ils pas ? Et pourquoi Heath ne s'en allait-il pas ?

— Au fait, quand comptes-tu me parler de cette fenêtre, Bronte ?

Elle le regarda d'un air stupéfait.

— Tu pensais que je ne verrais rien ? continua-t-il.

— Je suis vraiment désolée, Heath…

— Tu es désolée ? répéta-t-il en la regardant avec froideur.

Bronte contempla ses puissants biceps : elle avait oublié qu'il était aussi grand, et aussi costaud.

— Tu as fini de te rincer l'œil ?

— Je rentre chez moi, répondit-elle, à bout de patience. Je voudrais me laver, je suis couverte de boue…

— Je ne peux pas *t'inviter* au manoir, observa-t-il d'un ton ironique, puisque tu y as déjà établi tes quartiers.

— Je préfère utiliser ma propre salle de bains, merci.

— Comme tu voudras.

Cette fois, Bronte réussit enfin à enfiler son T-shirt sans se casser la figure.

— Je n'ai pas besoin de toi, Heath.

— Sauf pour le job, je suppose ?

Bronte se figea.

— Tu as une façon bien singulière de t'y prendre, Bronte. Tu entres par effraction chez moi. Tu y amènes tes amies…

— Maisie et Colleen n'y sont pour rien, dit-elle précipitamment. Tout est ma faute, Heath. Mais je ne voulais rien faire de mal, j'ai juste essayé d'aider. Je pensais que…

— Tu n'as rien pensé du tout ! coupa-t-il d'un ton sec. Tu es entrée dans un vieux bâtiment sans te soucier de sécurité — comme tu es venue nager dans ce lac seule. Je pourrais te pardonner ces actes irréfléchis si tu n'avais pas impliqué tes amies dans l'aventure. Ça, c'est irresponsable. Aurais-tu oublié qu'entrer par effraction dans une propriété privée constitue un délit ?

Bronte voulut se défendre, mais il ne lui en laissa pas la possibilité.

— Rentre chez toi, Bronte. Je ne comprends pas que tu puisses espérer travailler ici. Si c'est toujours le cas, tu es mal partie, vraiment. Et je ne vois pas comment tu pourrais te rattraper.


Assise sur le sofa, Bronte appuya les coudes sur ses cuisses et se prit la tête entre les mains. Au lieu de s'être attiré les bonnes grâces de Heath, elle s'en était fait un ennemi — et elle avait saboté ses chances de décrocher le job. En plus, elle avait failli à la promesse faite à ses amies : fêter Noël à Hebers Ghyll. Elles avaient travaillé d'arrache-pied pour rien.

La situation n'aurait pu être pire.

Eh bien, il suffisait de réparer les dégâts, se dit-elle en bondissant soudain sur ses pieds et en sortant son téléphone de la poche de son jean.

Quand elle débarqua au manoir, escortée de ses deux amies, Heath n'eut pas l'air enchanté et ne les accueillit pas à bras ouverts, loin de là.

— Que veux-tu, Bronte ? demanda-t-il d'un ton peu amène.

— Nous sommes venues aider.

A vrai dire, Maisie et Colleen ne s'étaient pas montrées très enthousiastes à l'idée de retourner à Hebers Ghyll et il avait fallu la perspective d'un verre au pub pour les convaincre.

— Aider ? répéta Heath en plissant les yeux d'un air méfiant. Nous nous occupons du toit, Bronte. Comment pourriez-vous nous aider ?

Le grand air doit vous ouvrir l'appétit, non ?

— Vous avez apporté des pizzas ? Où sont-elles, je ne les vois pas...

— Non, je voulais proposer de vous préparer à dîner, mais si tu préfères qu'on s'en aille...

— Tu sais faire la cuisine ? l'interrompit-il.

— Bien sûr ! Ma mère a travaillé ici comme gouvernante, lui rappela-t-elle en fronçant les sourcils. Et je crois avoir hérité de quelques-uns de ses talents. Mais attention, ne me sous-estime pas : je sais aussi réparer un moteur.

— Toute l'équipe aura sans doute besoin d'un bon repas

après le travail. Alors si vous êtes prêtes à préparer un dîner pour neuf personnes…

— Douze, coupa Bronte en se tournant vers son escorte. On s'y met tout de suite ?

Sans dissimuler sa réticence, Heath les laissa enfin passer.

# 6.

Le dîner était quasiment prêt. Il ne manquait plus que quelques herbes aromatiques pour la soupe. Colleen et Maisie proposèrent d'aller en chercher au jardin pendant que Bronte surveillait les casseroles posées sur la cuisinière. Mais avant de sortir, Colleen s'arrêta devant la fenêtre et, surexcitée, appela ses amies.

Bronte les rejoignit en s'essuyant les mains à son tablier. De toute façon, il allait falloir ouvrir la fenêtre pour évacuer la vapeur.

Vêtu de son seul jean, Heath lavait le sol pavé à grande eau. Il était… sublime, et quand il fit lentement remonter un seau plein du puits avant de le renverser au-dessus de sa tête, les gouttes d'eau brillèrent dans les derniers rayons du soleil puis s'envolèrent de ses cheveux tandis qu'il se peignait avec les doigts. Lorsque ensuite il versa le reste du contenu du seau sur son torse musclé, puis se passa les mains sur la poitrine et le ventre, Bronte sentit un frisson brûlant parcourir tout son corps.

— Ah… on pourrait avoir un orgasme rien qu'à le regarder, soupira Colleen en s'appuyant contre l'épaule de Bronte.

— Chut ! Il va nous voir ! chuchota-t-elle en retenant son souffle.

— Je n'avais encore jamais rencontré d'homme aussi bien fichu, avoua Maisie.

— Ça suffit ! déclara Colleen d'une voix ferme. On te le laisse, Bronte.

— Ne dis pas n'importe quoi ! protesta celle-ci d'un ton

faussement innocent. Heath ne s'intéresse pas à moi. Et même si c'était le cas...

— Il s'intéresse à toi, coupa Colleen en continuant à le dévorer des yeux malgré tout.

— Bon, remettons-nous au travail, lança Bronte.

On aurait dit sa mère, songea-t-elle en s'efforçant d'ignorer l'effet produit par les paroles de Colleen. Enfin, elle ne ressemblait à sa mère qu'en apparence. Alors que celle-ci possédait un esprit calme et logique, Bronte était une rêveuse incapable de dominer ses émotions.

Le cœur frémissant encore, elle commença à dresser la table avec ses amies. Soudain, une terrible pensée la traversa : si Colleen et Maisie devinaient ses fantasmes, Heath devait lui aussi lire en elle à livre ouvert !

— Pourquoi ne t'intéresserais-tu pas à lui ? demanda Colleen à brûle-pourpoint en s'approchant avec les cuillers. Tu as mis de l'anti-aphrodisiaque dans ton thé, Bronte ?

— Non. Juste du sucre, murmura-t-elle distraitement.

— Je me contenterais de lécher cette peau dorée en guise de sucre, répliqua Maisie en posant des verres sur la table.

— Le dîner est prévu pour 19 heures, dit Bronte. Et je n'ai toujours pas mes herbes aromatiques...

— On y va ! s'exclama Colleen en prenant Maisie par le poignet.

Bronte ne resta pas longtemps seule car une minute plus tard, Heath arriva. N'osant pas se retourner, elle l'entendit ôter sa veste puis la suspendre à la patère, avant de se débarrasser de ses bottes et de les poser sur le tapis-brosse, à côté de la porte.

— Hé ? Qu'est-ce que tu fais ? demanda-t-elle en sursautant quand il la frôla tout à coup.

— Je viens goûter la soupe : ça sent drôlement bon...

— Pas touche ! riposta-t-elle en repoussant la main qui allait s'emparer de la cuiller en bois.

Heath avait l'air endormi, mais elle ne s'y laissa pas tromper. Et d'aussi près, ses yeux, sa bouche...

— Recule, dit-elle. Pourquoi t'es-tu approché sans faire de bruit ? Tu m'as fait peur…

— Je ne cherchais pas à t'effrayer, répliqua-t-il avec un sourire désarmant. Quand tu me connaîtras mieux, tu sauras que ce n'est pas mon genre.

Que voulait-il dire par *le connaître mieux*, exactement ? se demanda Bronte en s'efforçant d'ignorer les effluves enivrants qui émanaient de lui. Elle ferait mieux de surveiller la cuisson !

Mais au lieu de se concentrer sur ses casseroles, elle se retrouva à contempler les pieds sexy de Heath, puis laissa remonter son regard sur ses cuisses musclées emprisonnées dans le jean mouillé. Il était hors de question qu'elle s'attarde sur le bouton ouvert de sa braguette, sur la ceinture non bouclée…

Elle contemplait son torse impressionnant, moulé dans un T-shirt bleu marine quand soudain, il la prit par les coudes et la souleva de terre avant de la reposer un mètre plus loin.

— Je détesterais que tu laisses brûler la soupe, dit-il en haussant les épaules. Il faut que je te surveille : je n'aimerais pas décevoir mes hommes.

Le voyant plonger la cuiller en bois dans le faitout avant de la porter à ses lèvres, Bronte posa les mains sur ses hanches et le regarda d'un air furieux.

— Qu'est-ce qu'il y a ? demanda-t-il. Tu ne pensais quand même pas que j'allais te laisser le champ complètement libre ?

— Tu ne me fais pas peur, Heath Stamp. Maintenant, fiche le camp d'ici !

— Pas avant d'avoir repris un peu de cette soupe — qui n'est pas mauvaise, ajouta-t-il, moqueur.

— Si tu veux attraper froid en gardant ce jean mouillé, ça te regarde.

— Il a séché moins vite que je ne le pensais. Et si je l'étendais près de la cuisinière ?

— Tu crois peut-être que j'ai envie de voir tes vêtements traîner dans ma cuisine ? Et je n'ai pas l'intention de te laisser déambuler autour de moi en caleçon pendant que je prépare le repas.

— Tu viens d'émettre deux hypothèses qui sont toutes deux fausses.

*Primo* ce n'était pas sa cuisine, c'était celle de Heath. Et *secundo* ? Il ne fallait pas qu'elle s'aventure sur ce terrain-là, se dit Bronte en voyant une lueur malicieuse traverser les yeux de Heath.

— Je voulais simplement dire par là que tu pourrais peut-être aller te changer pour le dîner, répliqua-t-elle d'un ton détaché.

— Tu as peut-être raison.

Il s'était détendu. Finalement, l'air de la campagne lui faisait du bien, songea Bronte. Dommage qu'elle se sente un peu déstabilisée par ce changement d'humeur. A cet instant, il plongea de nouveau la cuiller dans le faitout.

— Arrête ! Il ne va plus en rester !

Elle se pencha pour ouvrir la porte du four.

— Et si tu mettais tes fesses là-dedans ? Tu serais vite sec.

— Un peu radical, comme procédé, non ?

— C'est une méthode de réchauffement reconnue.

— Tu as l'air d'en connaître un rayon, en matière de réchauffement…

Aussitôt, Bronte regretta ses paroles. Croisant les bras, elle redressa le menton et soutint son regard.

— Mais ça va aller, poursuivit-il. Je suis sûr que ma chaleur naturelle va s'en charger.

Il reposa la cuiller sur la table.

— Dis-moi, je te rends nerveuse, Bronte ?

— Pas du tout. Enfin si, tu me rends un peu nerveuse, c'est vrai, se reprit-elle.

— Ah… ? fit-il en plissant les paupières.

— Oui : tu manges toute la soupe, expliqua-t-elle avec le plus grand sérieux. Maintenant, va-t'en !

Il se rapprocha d'elle et lui prit le bras.

— Pourquoi es-tu venue au manoir, Bronte ?

— Et toi, pourquoi es-tu revenu ? lui retourna-t-elle.

Comme chaque fois qu'il la touchait, Bronte s'embrasait et perdait tous ses moyens.

— J'ai posé la question en premier.

— J'ai eu pitié de toi et… Bon, d'accord, j'avais tellement insisté pour que tu fasses quelque chose de ton héritage que je ne pouvais pas rester chez moi à me tourner les pouces.

— Dire que j'ai failli te mettre dehors ! répliqua-t-il en poussant un soupir exagéré.

Il plongea son regard dans le sien.

— Bon, je vais répéter ma question, Bronte : que fais-tu ici, au juste ?

— Tu me manquais trop, répondit-elle de son ton le plus ironique. Tu es satisfait ?

— Au moins, tu es franche.

— Quelle modestie !

Se tournant vers la cuisinière, elle se mit à remuer la cuiller dans la soupe d'un air concentré.

— La seule raison de ma présence ici est l'avenir de Hebers Ghyll, dit-elle.

— Menteuse, répliqua doucement Heath.

— Tu veux bien aller mettre ces bols sur la table, s'il te plaît ?

Elle prit la pile et la lui fourra dans les mains. Il fallait l'occuper, à tout prix.

Après s'être exécuté docilement, il revint et s'appuya la hanche contre le rail de la cuisinière.

— Ça va mieux, maintenant ? demanda-t-il, l'air très content de lui.

Saisissant les premiers objets à sa portée, Bronte lui tendit le pot de sel et le moulin à poivre.

— Ça ira encore mieux quand tout sera prêt. Tiens, prends ceci, s'il te plaît. Et ne reste pas aussi près du feu…

— Tu as peur que nous nous consumions tous les deux ?

— Pousse-toi, sinon c'est la soupe qui va se consumer ! S'il te plaît…

Son cœur allait-il enfin cesser de battre comme un fou ? Les mains posées sur les hanches, Bronte attendit que Heath lui laisse l'accès au faitout.

— Je me demande toujours pour quelle raison tu es venue proposer tes services, dit-il. Je veux dire : la *vraie* raison.

— O.K., fit-elle en le regardant dans les yeux. Quand je dis que je veux ce job, je suis *vraiment* sérieuse, Heath. Et je pensais que si je me rendais utile, tu te souviendrais peut-être de moi au moment de faire passer les entretiens.

Les reins appuyés contre le rail, Heath croisa les bras et lui adressa l'un de ses regards qui la mettaient dans tous ses états.

— Ainsi, tu es venue pour me rappeler que tu possèdes de multiples talents ?

— Je me suis dit que préparer le dîner pourrait être un bon début.

— Sans avoir la moindre idée derrière la tête…

D'aussi près, Bronte voyait l'épaisseur de ses cils bruns.

— Si, au contraire : j'ai une idée et je sais ce que je veux.

— Moi aussi, affirma Heath en se redressant.

— En effet, tu l'as déjà montré.

A ces mots, il éclata de rire et se planta devant elle.

— Excuse-moi, dit-elle poliment. Je dois m'occuper de la soupe.

Il ne bougea pas d'un pouce.

— Tu m'empêches de travailler, Heath.

— Ah bon ?

— Si tu veux dîner, tu ferais mieux de t'en aller.

— J'adore te voir prendre cet air sévère.

Quand il se détourna enfin et s'éloigna, Bronte poussa un soupir de soulagement. Dans ses fantasmes, il n'y avait aucun danger, mais face au vrai Heath, aussi près de son corps viril…

— Ne laisse pas brûler la soupe, lança-t-il dans son dos. Sinon, je serai obligé de te punir.

Interloquée, Bronte retint son souffle. Les images que ses paroles avaient suscitées étaient si torrides qu'elle ne pouvait supporter d'y penser. Elle se retourna vers lui en redressant le menton d'un air agressif, et vit un lent sourire se former sur sa bouche sensuelle. Heath était un expert en séduction et elle s'offrait en victime idéale.

Heureusement, ses amies réapparurent avec leur cueillette, et Bronte reprit son rôle de cuisinière en titre.

— Du thym ? demanda Colleen en lui en tendant un petit bouquet.

— Dommage, fit Heath avec un petit sourire en coin.

Puis il haussa un sourcil d'un air complice, comme pour signifier à Bronte qu'il n'en avait pas terminé avec elle, avant de quitter la cuisine pieds nus.

Bronte ne pensa quasiment qu'à cela durant tout le dîner. Quant à Heath, il la regardait à peine. En tout cas, le repas était réussi, songea-t-elle avec fierté — grâce aux leçons de sa mère et aux ingrédients fournis par le jardin potager remis en état. Et aux œufs du poulailler. Heureusement, les exécuteurs testamentaires d'oncle Harry avaient dû juger les poules comme des éléments dépourvus de valeur car ils les avaient laissées gambader dans la cour.

Le menu avait débuté avec le minestrone testé et approuvé par Heath, suivi d'une énorme omelette espagnole aux légumes de saison émincés, servie avec des pommes de terre rôties à point. Une salade verte accompagnait le tout, ainsi que du pain cuit au four et du beurre frais acheté à la ferme voisine. Ensuite viendrait le fromage.

Comme boisson : de la bière, du vin et des jus de fruits provenant de la boutique du village. Bref, il y avait de quoi régaler douze bouches affamées.

Bronte regarda les convives bavarder avec entrain tout en dégustant leur omelette — notamment Heath qui semblait se régaler. Et quand il se resservit, elle ne put résister et lui lança :

— En fin de compte, ce n'est pas si mal, la campagne, n'est-ce pas ?

— Je reconnais que cela développe l'appétit.

Comment était-elle supposée comprendre ces paroles ? Bronte se força à contrôler sa respiration mais de l'électricité vibrait entre eux.

— Tu nous as préparé un vrai festin, Bronte ! dit Colleen en passant le fromage à Heath, assis à côté d'elle.

Bronte les regarda tour à tour. Quand ils étaient allés à la ferme ensemble, ils avaient dû bavarder en chemin. Et n'étant pas du genre à tenir sa langue, Colleen avait sans doute fait allusion à ses sentiments pour Heath…

Eh bien, tant pis ! De toute façon, il était trop tard pour l'empêcher de parler, songea Bronte en déposant l'Eton Mess sur la table. Elle l'avait préparé selon la recette traditionnelle, avec de la crème fouettée toute fraîche, du yogourt grec, des fraises, des framboises et de la meringue faite maison.

— Servez-vous ! dit-elle en souriant.

Quelques instants plus tard, Heath leva les yeux de son assiette et se tourna vers Bronte.

— Ce dessert est délicieux, dit-il.

Toutes sortes de commentaires se lisaient dans son regard, dont la plupart n'avaient rien à voir avec le dessert. Comment se manifesterait la vitalité débordante de Heath s'ils se retrouvaient seuls dans un endroit intime ? se demanda-t-elle en se sentant rosir.

— A en croire le boss, nous allons travailler ici pendant presque six mois, dit l'un des hommes à son adresse. J'espère que vous allez rester ?

— Elle sera là, répondit Heath à sa place.

Bronte le défia du regard.

— Ah bon ?

— Bien sûr.

Tout le monde s'était tu et les regardait.

— Nous ne pouvons pas laisser partir une cuisinière aussi douée que vous, intervint galamment l'homme pour faire diversion.

— Non, nous ne la laisserons pas partir, confirma Heath.

Bronte fronça les sourcils. Non seulement elle n'aimait pas qu'on lui donne des ordres, mais elle commençait à se demander si elle n'allait pas voir le job qui l'intéressait le plus lui passer sous le nez.

Elle adorait cuisiner, mais à l'inverse de sa mère, s'occuper des tâches ménagères ne représentait pas son objectif principal. Et elle n'avait pas fait des études spécialisées pour se retrouver confinée dans la cuisine.

Toutefois, il ne fallait pas s'emballer…

— J'ai adoré préparer ce repas pour vous tous, dit-elle sincèrement.

— Si tu restes travailler ici, intervint Colleen, je suis sûre que Heath te versera un très bon salaire.

— Il faut en effet que nous discutions des détails, approuva Heath au milieu de l'hilarité générale. N'est-ce pas, Bronte ?

Elle sourit comme si tout cela lui était indifférent. Mais quand les convives se levèrent l'un après l'autre et que Heath resta immobile en la regardant, elle sentit des myriades de sensations exquises parcourir tout son corps. Quelle position choisiraient-ils en premier ? Celle du missionnaire ? Ou feraient-ils l'amour debout, contre un mur…

Atterrée, elle s'ordonna de ne plus s'égarer ainsi. Elle était là pour travailler, comme régisseuse, se rappela-t-elle en passant la main sur son front moite.

Se levant précipitamment, elle se mit à nettoyer la table, et réussit à se heurter à Heath.

— Eh bien ? fit-il en posant ses mains chaudes sur ses bras. J'attends toujours ta réponse, Bronte.

— Tu parles du salaire ?

— Non, des conditions, murmura-t-il.

— Et tu penses qu'en me regardant comme cela, tu m'aides à y réfléchir ?

Les yeux de Heath descendirent sur sa bouche…

— Je ne t'ai encore rien proposé, fit-il remarquer. C'est mieux comme ça, côté regard ?

Son visage était si proche qu'elle voyait les pépites ambrées luire au fond de ses yeux gris.

— Pas vraiment.

Bronte baissa les yeux sur les mains toujours refermées sur ses bras.

— Tu peux me lâcher, maintenant, dit-elle.

Heath obéit, mais il laissait une marque invisible qui ne

s'effacerait pas de sitôt, pressentit Bronte en se remettant à nettoyer la table.

Flirter avec Heath était une très mauvaise idée. Son cœur risquait gros, tandis que le sien n'encourrait aucun danger. Et si elle s'y prêtait, elle savait pertinemment où mènerait ce petit jeu. Heath avait en effet un appétit de loup, et c'était à elle, Bronte, qu'appartenait de décider si elle était prête à en assumer les conséquences — quelle que soit sa décision.

Excepté Heath, tout le monde avait maintenant quitté la cuisine et était retourné au travail. Personne ne s'arrêtait avant d'avoir terminé la tâche en cours, même s'il était déjà tard. Influence de Heath, sans doute, qui semblait infatigable.

A cet instant, il se rapprocha d'elle et lui demanda si elle désirait qu'il remplace le fusible dont elle avait parlé juste avant le dîner.

— Apparemment, je ne peux pas me débarrasser de toi, dit-elle en s'efforçant de prendre un ton léger.

— Tu es pressée de te *débarrasser* de moi ?

Bronte détourna les yeux.

— Je…

Sans lui laisser le temps de protester, Heath la prit dans ses bras.

— Tu ne l'as peut-être pas remarqué, dit-elle avec calme, mais cette fois, je ne risque pas de perdre l'équilibre.

— Tu as raison, répliqua-t-il en laissant retomber ses bras. Tu ne cours aucun risque.

L'expert en séduction venait de marquer un nouveau point : Bronte se sentit abandonnée avant même qu'il ne soit sorti de la cuisine. La chaleur de Heath lui manquait déjà.

# 7.

Une fois le travail achevé, tout le monde partit en direction du pub du village, sauf Heath et Bronte. Après avoir fait la vaisselle et rangé la cuisine, celle-ci avait annoncé qu'elle comptait peindre le mur enduit par Heath le matin. Dans ces conditions, il ne pouvait pas la laisser.

Décidément, elle était toujours aussi têtue, songea-t-il en l'observant par la fenêtre de la cuisine. Vue de l'extérieur, la pièce paraissait encore plus confortable et accueillante : ses lampes répandaient une lumière chaude et quelque chose mijotait sur la cuisinière. Sans doute un plat pour le lendemain.

Perchée sur un escabeau, les cheveux protégés par un foulard rose fuchsia, elle passait le rouleau. Une coulée de peinture lui descendait jusqu'au coude et elle en avait sur le nez !

— Il est temps de t'arrêter, Bronte, dit-il en entrant dans la cuisine. Il est plus de 22 heures.

Elle se tourna vers lui d'un air moqueur.

— Tu as dépassé l'heure d'aller au lit ?

Tout en parlant, elle avait posé les mains sur ses hanches sans lâcher son rouleau.

— J'espère que c'est de la peinture à l'eau.

— Je vais te dire une chose, Heath, commença-t-elle d'un air songeur en ignorant ses paroles. Finalement, je me demande si j'ai envie de travailler ici. La perspective de te voir rôder autour de moi jour et nuit…

— … est irrésistible, enchaîna-t-il en s'appuyant au mur.

Il resta néanmoins prudemment à distance de l'escabeau.

— Je suis sûr que tu adorerais cela, poursuivit-il. Imagine : tu pourrais te disputer avec moi sans interruption.

— Hélas ! soupira-t-elle, je ne possède pas ton énergie.

Heath aurait été tout à fait disposé à vérifier cette affirmation, mais il ne devait *absolument* pas s'aventurer sur ce terrain dangereux.

— Tu plaisantes. On voit bien que tu débordes d'énergie. Au fait, je ne t'avais pas demandé de t'arrêter ?

— Parce que je dois t'obéir, à présent ?

— Je ne t'ai pas dit que cela faisait partie des conditions ?

Il se frotta le menton en faisant mine de réfléchir à la question. Zut, il avait oublié de se raser ! Bronte avait eu raison de le traiter de barbare.

— Dans ce cas, tu vas avoir de sérieux problèmes. A moins que…

— A moins que quoi ?

— A moins que tu ne me serves quelque chose à boire ? répondit-elle en souriant.

— Un gin tonic ?

— Non, du café, dit-elle d'un ton sévère.

Heath s'avança vers la bouilloire, mais Bronte descendit précipitamment de son perchoir et voulut la lui prendre des mains. Pas question ! Elle lui avait demandé de préparer du café, eh bien, c'était lui qui dirigeait les opérations, maintenant.

— Tes voyages t'ont rendue sauvage — incontrôlable ! remarqua-t-il en levant la bouilloire hors de sa portée. Tu n'as pas de discipline, tu…

— Mais tu m'aimes comme je suis, l'interrompit-elle.

Aussitôt, elle rougit et se dirigea vers l'évier.

— J'ai une discipline de vie que je me suis créée moi-même, Heath, poursuivit-elle d'une voix sage. Et j'ai beaucoup appris en voyageant à l'étranger.

Heath n'en doutait pas, et pendant qu'elle lavait rouleau et pinceaux, il l'encouragea à lui parler de ses voyages d'études.

Au bout de quelques instants, il se rendit compte que, s'il lui confiait le poste de régisseur qu'elle convoitait, son expérience s'avérerait en effet précieuse. Il l'écouta raconter ses découvertes, ses apprentissages, fasciné de suivre le chemin qu'elle avait parcouru, de la jeune fille naïve qu'il avait connue autrefois à la jeune femme expérimentée qu'elle était devenue. Elle savait construire des enclos, aider les génisses à vêler, elle connaissait les techniques de forage des puits artésiens…

Et quand elle termina en disant :

— La vie est simple quand on est libre et sans attaches. J'avais besoin de m'en aller, Heath. De quitter ce petit village : pas seulement pour découvrir de nouveaux horizons, mais pour me mettre à l'épreuve et savoir de quoi j'étais capable.

Il s'était trompé sur son compte, reconnut Heath. Mais il n'en montra rien.

— Et qu'as-tu découvert ?

Elle réfléchit quelques instants avant de répondre.

— Je me suis rendu compte que j'aimais vraiment cet endroit, dit-elle en mordillant sa lèvre pulpeuse.

— Ce n'est pas la première fois que tu prononces le mot *aimer*, mais l'amour n'est pas une panacée, Bronte.

— Peut-être, mais sans lui on n'arriverait pas à grand-chose.

— Impossible de dire le contraire, concéda-t-il en levant les bras au ciel. Aimais-tu m'apprendre à lire ?

Elle soutint son regard quelques instants en silence.

— J'adorais être avec toi, répondit-elle enfin. Et tu étais un bon élève.

— Et maintenant ?

— Je ne crois pas que j'aie encore quelque chose à t'apprendre, dit-elle avec franchise.

— Eh bien, merci, madame…

Ils éclatèrent tous deux de rire et il se rapprocha d'un pas tandis qu'elle se lavait les mains.

— Je n'ai pas eu ton éducation, reconnut-il.

Bronte se tourna vers lui, le visage sérieux.

— Tu as appris toutes sortes de choses à l'école de la vie, Heath.

Ils restèrent silencieux un moment, puis Heath sourit.

— On dirait que cette peinture a du mal à partir…

— Oui, elle était pourtant supposée s'en aller sans difficulté, dit-elle en plongeant ses coudes dans l'évier rempli d'eau savonneuse.

— J'ai le droit de sourire ? demanda-t-il.

— Il me semble que jusqu'à présent, tu te passes de ma permission.

Après avoir vidé l'évier, elle se passa les bras sous l'eau claire. Mais elle avait rougi, remarqua Heath.

— Serviette ? demanda-t-il.

— Oui, s'il te plaît.

Il versa le café dans une tasse et la lui tendit.

— Il est bon ?

— Excellent. Tu possèdes des talents cachés, Heath.

— Je suis un homme d'affaires : je fais ce que je dois faire, le plus efficacement possible.

— Mais tu te sens de mieux en mieux ici, n'est-ce pas ?

Elle n'avait pas pu empêcher sa voix de trembler, constata Heath en l'observant.

— Je n'ai jamais pensé que l'amour pouvait tout changer, Bronte. Crois-tu sincèrement que cela suffirait, ici ?

— Hebers Ghyll a besoin de plus que d'un peu d'attention, reconnut-elle.

— Par exemple, d'une aide financière offerte par un type de la ville qui n'y connaît rien à la campagne ?

— Oui, ton aide serait précieuse, c'est vrai, approuva-t-elle avec aplomb.

— Et nos petites joutes ? Tu penses que ce serait compatible avec le travail ?

— Je trouverais un moyen de faire avec, répondit-elle en fronçant les sourcils.

A quoi pensait-elle, exactement ? se demanda Heath avec curiosité.

— Je suis ici pour une seule raison, affirma-t-elle d'un air convaincu : veiller à ce que tu ne fasses pas démolir le domaine pendant que tout le monde a le dos tourné.

Il éclata de rire.

— Pour faire construire un centre commercial ? Oui, bien sûr, c'est la seule raison de ta présence…

— Je n'en vois pas d'autre.

Après avoir ouvert la porte du réfrigérateur, Heath prit une bouteille de bière, en fit sauter la capsule sur le bord de la table d'un petit coup sec, puis en avala le contenu.

— Je n'aime pas détruire, Bronte. Quand vas-tu te mettre ça dans la tête ? Je suis un constructeur par nature, et un créateur de jeux informatiques parce que je suis doué pour cela et que j'en ai fait ma profession. Pour moi, cela ne s'oppose pas : je construis — des univers cybernétiques, et des murs. C'est la même chose.

— Mais tu vis en ville, Heath. Alors, tu ne pourrais pas rester ici toute l'année. Et pour que Hebers Ghyll renaisse, il faut que son propriétaire l'aime suffisamment pour y vivre.

— Chaque jour et à chaque minute ? répliqua-t-il en haussant les épaules. Non, je ne crois pas. C'est d'ailleurs pour cela que j'ai besoin d'un bon régisseur.

Bronte médita ses paroles en silence. Même si elle décrochait le job, Heath ne resterait pas.

— On ne peut pas gérer un endroit comme Hebers Ghyll avec des bonnes intentions, Bronte. Pense à oncle Harry…

— Oui, *pense à lui*, l'interrompit-elle farouchement.

Cette fois, ils ne dirent plus rien ni l'un ni l'autre. Bronte alla déposer sa tasse dans l'évier, puis s'empara d'un pinceau et le trempa dans le bac en plastique contenant encore de la peinture.

— Tu veux te battre, c'est ça ? demanda-t-il, les yeux brillants.

— Tu l'as cherché, dit-elle en lui donnant un coup de pinceau sur le bras

Bronte recula vivement.

— La campagne, ce n'est que de l'espace vide…, murmura-t-il en s'avançant vers elle. Pense à tout ce qu'on pourrait y construire…

— Arrête ! lança-t-elle avant de tenter un deuxième assaut.

Heath l'esquiva de justesse.

— Qu'est-ce qui est le mieux ? poursuivit-il en se rapprochant lentement d'elle. Le bruit et le rythme effréné de la ville — ou le silence et le vide de la campagne ? Laisse-moi réfléchir…

— Le vide ? s'exclama Bronte, acculée contre le mur. Tu devrais ouvrir les yeux et regarder autour de toi, Heath.

Cette fois, elle réussit à lui donner deux coups de pinceau sur le visage avant de se glisser sous son bras.

Après s'être essuyé la joue du revers de la main, Heath bondit sur elle.

— J'ai les yeux grands ouverts, crois-moi…

Il lui saisit le poignet, et le pinceau se balança à quelques centimètres du visage de Bronte.

— Je suis un profiteur, hein ? continua-t-il en faisant légèrement pivoter son poignet.

Le pinceau traça une fine trace de peinture sur la joue de Bronte.

— Qu'est-ce que…

— Un barbare ? reprit-il en orientant le bout du pinceau vers son adorable petit nez.

— Je ne te le pardonnerai jamais !

Ses paroles n'impressionnaient pas Heath. D'autant que ses yeux verts tenaient un tout autre langage. Sa bouche pulpeuse aussi. Il n'y mettrait pas de peinture, décida-t-il en lui prenant le pinceau de la main avant de le déposer dans l'évier. Cela n'aurait pas été dans son intérêt.

— Confisqué, dit-il en ouvrant le robinet.

Après avoir nettoyé le pinceau, il prit un torchon et le mouilla.

— Et maintenant, je vais te laver.

Quand elle essaya de résister, il haussa un sourcil d'un air faussement sévère.

— Je dois m'en aller, dit-elle dans un souffle en regardant la porte.

— Non, tu te trompes : tu dois *rester*, corrigea-t-il d'une voix douce.

— Tout est donc plaisanterie pour toi, Heath ?

— Tu trouves que je plaisante ? demanda-t-il en lui frottant délicatement la joue avec le torchon.

Il lui passa un bras autour des épaules et l'attira plus près.

— J'ai pris une décision, murmura-t-il.

— Ah… ?

Autour de ses pupilles, l'iris était réduit à un tout petit anneau d'émeraude tandis qu'elle le regardait en écarquillant les yeux.

— Désolé de te décevoir, dit Heath en souriant. Pour l'instant, je suis uniquement prêt à remettre les lieux en état.

— Je vais reprendre mon pinceau, menaça-t-elle.

— Dans ce cas, je serai obligé de te laver tout entière…

Elle haussa les sourcils d'un air effarouché.

— Tu n'oserais pas…

— Tu en es sûre ?

— Qu'est-ce que je dois faire pour t'en empêcher ?

La note d'excitation teintant sa voix n'avait pas échappé à Heath.

— Tout ce que je te demanderai, murmura-t-il.

— Où est le piège ?

— Il n'y a pas de piège.

— Alors, dis-moi ce que je dois faire.

Heath se tourna brièvement vers la porte.

— Heath, nous ne pouvons…

— Pourquoi pas ? l'interrompit-il en lui soulevant le menton pour la forcer à le regarder dans les yeux.

— Parce que ce serait scandaleux…, chuchota-t-elle.

Sa voix tremblait maintenant d'excitation.

— Tu as peur du scandale ?

Sans attendre sa réponse, Heath pencha la tête et l'embrassa dans le cou.

# 8.

Lorsqu'il la regarda de nouveau dans les yeux, Bronte vit dans les siens la promesse de ce qui allait suivre. Ses longs doigts lui caressèrent la joue, chauds et doux. Pour un homme aussi grand, aussi puissant, il faisait preuve d'une délicatesse incroyable. Ce mélange de passion et de tendresse était exactement ce dont Bronte avait besoin. Peut-être parce qu'elle était fille unique. Ses deux parents travaillant, ils n'avaient pas eu beaucoup de temps pour les câlins. Et même si d'autres enfants venaient souvent à Hebers Ghyll, Bronte s'était toujours sentie à part, extérieure. Sauf avec Heath. Sans doute parce que tous deux étaient différents, elle, l'éternelle rêveuse et lui, le gamin sauvage venu de la ville.

— Hé, reviens avec moi, dit Heath en lui prenant le menton.

Bronte contempla son beau visage aux traits virils. Elle avait toujours été folle de Heath. Il avait allumé un feu en elle impossible à éteindre, et qui avait couvé pendant treize ans. Comment l'empêcher de flamber, à présent ?

— Tu trouves toujours ça scandaleux ? demanda-t-il en la serrant contre lui.

— Tu es un *bad boy*, Heath.

Il sourit, puis effleura sa joue de ses lèvres. Il la faisait trembler tandis qu'au fond de son ventre, Bronte sentait le désir se déployer, emportant tout romantisme sur son passage.

Le regard soudé au sien, Heath laissa glisser ses mains sur ses bras. Il lisait tout ce qu'elle ressentait dans ses yeux : Bronte le savait et se sentait affreusement exposée. Mais elle était heureuse que Heath voie le désir palpiter en elle, pour lui. Et lorsque son pouce effleura son mamelon, elle gémit. La main ne s'attarda pas et continua à descendre. Heath savait ce qu'il faisait et tissait sa toile érotique autour d'elle. Mais Bronte n'avait pas envie de s'en échapper, au contraire ; elle se constituait prisonnière de son plein gré.

Lorsque l'autre main chaude se posa sur ses reins, Bronte se détendit soudain. Mais quand elle sentit les doigts habiles se remettre à bouger pour lui caresser les fesses, elle poussa un cri étouffé et creusa le dos pour mieux s'offrir au plaisir.

— S'il te plaît…, gémit-elle en fermant les yeux. Cesse de me tourmenter ainsi…

Elle tremblait de plus en plus violemment, sans plus aucune retenue — elle était prête, pour lui.

Au lieu de lui obéir, Heath continua de la caresser. Seul le souffle de Bronte résonnait dans le silence.

— Et si je m'arrêtais maintenant ? demanda-t-il en immobilisant ses mains.

— Non, tu ne peux pas, dit-elle en rouvrant les yeux. Parce que moi, je ne peux pas m'arrêter.

— Alors ? Que veux-tu que je fasse ? chuchota-t-il.

— Il va falloir que tu m'embrasses.

— Serait-ce un ordre ? demanda-t-il avec un sourire amusé.

— Oui. S'il te plaît, ajouta-t-elle en souriant à son tour.

La bouche de Heath était si proche de la sienne que ses lèvres frémissaient sous la caresse de son haleine. Bronte soupira et leva les bras avant d'enfouir les doigts dans ses cheveux, puis ferma de nouveau les yeux.

Elle ne fut pas déçue. Le baiser de Heath était à la fois doux et ferme, et les sensations que faisaient naître ses mains étaient indescriptibles. La chaleur coulait en elle comme un torrent de lave et quand Heath glissa sa langue entre ses lèvres, elle fut parcourue d'un tel tremblement que s'il ne l'avait pas tenue serrée contre lui, elle se serait effondrée sur place.

Le désir rugissait en elle. Bronte se consumait, de la tête aux pieds. Elle voulait s'offrir à Heath, complètement. Elle voulait sentir son corps nu contre elle, sentir Heath en elle, dur et chaud. Toute inhibition l'avait quittée, désormais.

Bronte ne pouvait plus attendre et quand Heath fit descendre son jean sur ses hanches puis la souleva et l'adossa au mur, elle laissa échapper un cri rauque.

— Maintenant, murmura-t-elle.

— Pas si vite…

Ses doigts experts trouvèrent l'endroit où sa chair moite vibrait et le réclamait. Après avoir constaté qu'elle était prête, il ouvrit sa braguette et sortit un préservatif de sa poche avant d'en couvrir rapidement sa superbe érection.

— Oh non, non…, gémit-elle en nouant les jambes autour de sa taille.

L'extrémité de son sexe ferme et brûlant titillait l'orée du sien, suscitant des ondes de volupté presque insupportables.

— Oh si… si…, murmura-t-il en s'enfonçant en elle.

Bronte laissa échapper un halètement. Il était si gros qu'il l'emplissait complètement, faisant naître en elle des sensations fabuleuses. Non, plus que fabuleuses… A vrai dire, aucun mot n'aurait pu traduire ce qu'elle ressentait. Et lorsque le plaisir devint trop fort, elle noua les doigts sur la nuque de Heath et s'accrocha à lui en rejetant la tête en arrière.

C'était tellement plus intense que ce qu'elle avait pu imaginer, même dans ses fantasmes les plus fous. Bronte se sentait perdue dans le plaisir, au-delà de toute raison. Heath était incroyable, il percevait ses moindres désirs, s'accordait à son rythme au lieu de lui imposer le sien, songea-t-elle tandis qu'il donnait un vigoureux coup de reins qui lui arracha un nouveau cri.

— Tu es fantastique, dit-elle dans un halètement, juste avant de sombrer dans la jouissance.

C'était vrai, Heath était un amant extraordinaire, songea-t-elle en recouvrant ses esprits, quelques instants plus tard. Elle appuya son visage contre son torse en se repaissant de son odeur virile. Heath représentait tout ce qu'elle aimait chez un homme, et il était exactement comme elle l'avait rêvé. En plus, il était *tendre*, se dit-elle lorsqu'il la reposa avec précaution sur le sol pavé. Il ne la lâcha pas avant d'être certain qu'elle tenait bien debout.

Bronte sentit sa poitrine se serrer. Son cœur appartenait à Heath. Pour toujours.

— Ça va mieux ? demanda-t-il en souriant.

— Oui, beaucoup mieux.

— Jusqu'à la prochaine fois ?

— Nous sommes faits l'un pour l'autre, je l'ai toujours su, dit-elle en posant la tête dans le creux de son épaule.

Aussitôt, Bronte le sentit se raidir. Elle en avait trop dit, comme d'habitude. Elle l'avait effrayé en révélant ses émotions. Le corps de Heath avait même perdu de sa chaleur, constata-t-elle avec un frisson. Et les mains qui l'avaient caressée quelques instants plus tôt avec un art divin reposaient désormais bien sagement le long de son corps.

— Heath ?

Il demeura immobile. Il aurait aussi bien pu avoir déjà quitté la pièce, songea Bronte.

— Oui, je suis là, répondit-il enfin avant de déposer un baiser sur sa tête.

Quand elle se rhabilla sans le regarder, Bronte l'entendit se rajuster. Ils n'échangèrent pas un mot, comme s'ils étaient soudain redevenus des étrangers l'un pour l'autre. Alors, elle réalisa qu'ils venaient de commettre une erreur. Une erreur phénoménale. Et elle allait devoir étouffer les sentiments qu'elle ressentait pour Heath — *sinon, ce seraient eux qui l'étoufferaient.*

Une liaison avec lui n'aboutirait nulle part, alors mieux valait y mettre un terme tout de suite et lui montrer qu'elle savait se conduire en adulte avertie. Autrement, elle risquait de voir lui échapper le poste de régisseuse.

— Dire que j'avais seulement demandé du café…, dit-elle d'un ton désinvolte.

— J'ai promis aux autres de les rejoindre plus tard, répliqua-t-il sur le même ton. Tu es sûre que ça va ?

Quand il tendit la main pour lui caresser les cheveux, Bronte recula vivement.

— Mais oui ! Je vais finir de nettoyer, puis je rentrerai à

la maison : je meurs d'envie de prendre un bain bien chaud et de regarder un bon film.

— Tu es sûre que je peux te laisser ? insista Heath, l'air perplexe.

— Tu es sûr que tu peux aller au pub tout seul ? rétorqua Bronte. Je peux t'accompagner, si tu veux.

— Je crois que ça ira, répondit-il avec un léger sourire.

Redressant le menton, Bronte réussit à sourire à son tour. Puis elle attendit qu'il ait quitté la pièce pour laisser échapper un profond soupir. Un peu de dignité, bon sang ! Elle avait désiré Heath, elle avait satisfait son désir et maintenant, elle devait en assumer les conséquences.

Après avoir entendu la porte du manoir se refermer, elle écouta Heath traverser la cour. Même le bruit de ses pas lui était familier. Mais ils décrurent rapidement, avant de faire place au silence. Avec un peu de chance, ses sentiments envers lui décroîtraient eux aussi, puis s'évanouiraient dans le néant, se dit-elle en serrant les paupières.

Au lieu d'aller au pub, Heath monta dans la Jeep et reprit la direction de Londres.

Dès qu'il eut rejoint la route principale, il appuya à fond sur l'accélérateur, pressé de mettre le plus de kilomètres possible entre lui et Bronte. Le désir de s'éloigner d'elle était plus puissant que celui qui avait flambé entre eux. Elle s'était embrasée dans ses bras, l'avait supplié de la prendre, comme si sa vie en dépendait. Mais sous ce feu ardent, Bronte était toute tendresse et vulnérabilité : Heath l'avait toujours su et il ne pouvait se pardonner de s'être laissé aller ainsi. Bronte dévorait la vie à pleines dents, mais son appétit était teinté de l'espoir absurde que personne ne lui fasse de mal. Or c'était inévitable : elle souffrirait — notamment à cause de lui. Par conséquent, il devait partir.

A quoi avait-il pensé ? se demanda Heath en se passant nerveusement la main dans les cheveux. Bronte était restée aussi innocente qu'autrefois, tandis que lui ne l'avait jamais été. Et il était hors de question qu'il alimente cette folie. Il fallait qu'il cesse de songer à elle, tout de suite…

Mais il eut beau essayer de la chasser de son esprit, elle y demeura, son frais parfum de fleurs sauvages mêlé aux vapeurs de peinture. Il voyait encore l'humour pétiller dans ses yeux, la façon provocatrice dont elle redressait le menton… Cette bouche adorable, tentante, sensuelle…

Heath poussa un gémissement, suivi d'un juron. Il n'aurait jamais dû venir dans cette foutue campagne ! Sa place était en ville. Plus vite il aurait remplacé les champs, les pâtures et Bronte par son univers familier de béton et de ciment, et retrouvé les femmes sans complication qu'il avait l'habitude de fréquenter, plus vite il se détendrait…

Avait-il raison ? Bronte l'avait ébranlé de mille façons. Elle avait mis le doigt sur des sentiments qu'il avait réussi à réprimer au fil des années. Elle l'avait amené à s'interroger sur sa relation avec oncle Harry et sur ses liens avec Hebers Ghyll. Elle lui avait rappelé des choses dont il avait eu honte autrefois. Elle était la première femme à avoir assouvi pleinement son appétit sexuel et à avoir été à la hauteur de son désir. La première à l'avoir *vraiment* attiré. La première qu'il ait jamais envisagé de considérer comme une amie…

Mais la vulnérabilité de Bronte le freinait chaque fois. Dès qu'il s'en rendait compte, Heath s'arrêtait net, conscient de commettre une erreur. Bronte était trop sensible, et il avait bien compris sa réaction, même si elle avait cherché à jouer les indifférentes après s'être trahie.

Bronte portait ses sentiments sur son visage, et il serait trop facile de lui déchirer le cœur, sans le vouloir, rien qu'en étant lui-même. Car il n'y avait aucune place dans la vie de Heath pour les émotions. Il n'avait rien à lui offrir, mais il ne romprait pas sa promesse : il avait pris Hebers Ghyll en charge et il ne changerait pas d'avis. Et il donnerait à Bronte une chance de décrocher le job qu'elle désirait tant.

Entretenir une relation professionnelle avec elle serait différent, se convainquit-il. Quand elle travaillerait pour lui — si cela se produisait un jour —, il contrôlerait la situation.

La pauvreté avait fait de lui un véritable tyran. Heath ne pouvait pas déléguer, et il n'avait jamais appris à se détendre.

De toute façon, Bronte n'était pas son type, se dit-il en redémarrant quand le feu passa au vert. Rien que sa façon de s'habiller…

*… lui donnait envie de lui arracher ses vêtements chaque fois que son image resurgissait dans son esprit.*

Il sourit malgré lui. Bon sang, il lui fallait une femme, charmante, sophistiquée, docile…

Malheureusement, ce type de créature l'ennuyait à mourir, se souvint-il en tournant dans la rue qui menait à son appartement. Il songea à la liste de candidates prêtes à satisfaire ses moindres caprices, à leurs sourires figés, aux seins qu'elles arboraient comme des trophées. Avant d'ouvrir sa portière, il sourit de nouveau à la pensée qu'elles avaient été supplantées par une minuscule créature passionnée — si vraie, si réelle, qu'il doutait de pouvoir jamais revenir à la version édulcorée.


D'ordinaire, Bronte se réveillait pleine d'énergie, impatiente d'aller à Hebers Ghyll et de se mettre au travail. Mais ce matin, elle se sentait vide.

Parce qu'elle avait un poids terrible sur la conscience, et beaucoup de choses à se reprocher, réalisa-t-elle en se forçant à se lever. Elle aurait voulu ne plus ressentir les effets de cette étreinte passionnée avec Heath et la considérer autrement. Mais c'était impossible : ce qui s'était passé lui paraissait juste, même si elle se rendait très bien compte que Heath ne partageait pas cette impression.

Et il avait raison, se dit Bronte en se dirigeant vers le manoir une demi-heure plus tard. Il fallait *avancer* ! Et comme l'été indien se poursuivait et qu'il faisait un temps superbe, elle ne se laisserait abattre par rien, ni personne.

Où était la Jeep ? Le cœur battant à tout rompre, elle examina rapidement les possibilités, avant de choisir la moins effrayante : il était peut-être parti de bonne heure pour acheter du matériel...

La cuisine était vide et il y flottait encore une légère odeur de peinture.

Qu'avait-elle espéré ? se demanda-t-elle en ouvrant la fenêtre pour aérer et se rafraîchir les idées. Que Heath soit venu l'attendre avec un bouquet de fleurs et un sourire jusqu'aux oreilles ? Il n'avait jamais eu l'intention de rester longtemps à Hebers Ghyll et de toute façon, ce n'était pas son genre. Par ailleurs, il ne lui avait jamais donné de faux espoirs — c'était même d'ailleurs étonnant qu'il soit resté aussi longtemps à la campagne.

Sa vraie vie était en ville, se répéta Bronte. Il reviendrait quand il aurait un peu de temps à perdre. *Si toutes les femmes somptueuses qui attendaient leur tour pour coucher avec lui le libéraient...*

Elle ne devait pas se laisser aller à de telles pensées. Ce qui s'était passé la nuit précédente était normal, après tout. Naturel. Elle était une jeune femme indépendante, libre de vivre ses désirs, et elle ne regrettait pas d'avoir vécu ces moments passionnés avec Heath. Et ce qu'il vivait de son côté ne regardait que lui. Et...

Et, zut ! Elle venait de fondre en larmes.

# 9.

Agacée par ce stupide accès de faiblesse, Bronte s'essuya rapidement les joues et se mit au travail. Après avoir rempli la bouilloire, elle trancha le pain pour le faire griller. Dieu merci, elle avait tant de choses à faire qu'elle ne penserait bientôt plus à Heath.

Mais au fond d'elle-même, elle savait bien que c'était un leurre. Elle ne pourrait pas l'oublier. Par conséquent, il fallait qu'elle se concentre sur le job qui lui tenait tant à cœur. Dès que tout le monde aurait déjeuné, elle appellerait l'assistant de Heath et lui demanderait des informations concernant les entretiens. Il fallait qu'elle prenne les choses en main.

A sa grande surprise, l'assistant la devança et l'appela alors qu'elle achevait de ranger la cuisine, après le petit déjeuner. Cette fois, il déclina son identité, puis lui annonça d'abord que les entretiens auraient lieu la semaine suivante, au siège de la société, à Londres. Après une légère pause, Quentin Carew demanda si Bronte souhaitait toujours poser sa candidature pour le poste de régisseur général de Hebers Ghyll et lui proposa une date de rendez-vous.

— Absolument, confirma Bronte en gravant le jour et l'heure dans son esprit.

Après ce coup de fil inespéré, elle se mit à arpenter la cuisine d'un pas nerveux. Qu'est-ce que cela signifiait? Qu'elle manquait déjà à Heath? Qu'il voulait la revoir?

Pauvre idiote! se dit-elle en s'arrêtant devant la fenêtre donnant sur la cour. Elle le revit le torse nu, les gouttelettes scintillant sur sa peau hâlée… Il ne s'agissait pas d'un rendez-vous amoureux, mais d'un *entretien professionnel*. Heath respectait sa promesse, un point c'est tout. Et le fait qu'il ait demandé à son assistant de l'appeler au lieu de s'en charger lui-même prouvait bien que, désormais, leurs relations demeureraient strictement professionnelles. Ce qui était parfait. A sa place, Bronte aurait fait la même chose. Et puis, il lui offrait l'opportunité de démontrer ses compétences et une chance de décrocher le job auquel elle tenait tant.

Elle y arriverait. Elle *devait* y arriver, se dit-elle avec détermination.

— Tu as pris contact avec elle ? demanda Heath d'un ton impatient.

Dès son retour à Londres, il avait dû s'envoler pour New York. Mais après avoir perdu un temps précieux avec ses avocats, il était d'une humeur massacrante.

— Bien sûr, répondit Quentin. Je l'ai appelée en priorité : avant même de boire mon premier café.

— J'apprécie ton sacrifice, répliqua Heath avec un léger sourire. Qu'a-t-elle dit ?

— Elle a pris rendez-vous pour un entretien.

Heath se détendit dans son fauteuil et le fit pivoter vers la fenêtre donnant sur Central Park. Il ne s'était pas rasé. Il n'avait même pas encore pris sa douche. En outre, il avait l'impression de ne pas avoir dormi depuis une éternité, depuis qu'il était venu d'urgence à New York afin de sceller le contrat qui allait donner une dimension internationale à son entreprise. En plein milieu des négociations, les mains dissimulées sous la table, il avait envoyé un SMS à Quentin pour lui demander de fixer un rendez-vous avec Bronte, tout en discutant chiffres avec ses avocats.

Il avait promis à Bronte de lui donner sa chance et il n'était pas homme à oublier ses promesses. C'était *la seule raison* pour laquelle il avait demandé à Quentin de la faire venir. Cela n'avait absolument rien à voir avec le fait que, dès qu'il avait un instant de libre, il ne pensait qu'à elle. Aux yeux de

Bronte, à la courbe sensuelle de ses lèvres, à l'expression de son visage, au son de sa voix quand elle s'était abandonnée au plaisir dans ses bras, aux cris qui lui avaient échappé quand elle sombrait dans la jouissance…

Pour la première fois, Heath se posait des questions qui ne lui étaient encore jamais venues à l'esprit. Pourquoi le passé devrait-il toujours se dresser entre eux ? Pourquoi ne pourraient-ils avoir une liaison, comme n'importe quel couple ? Le sexe avait été si bon avec Bronte ; ils s'accordaient à merveille.

Mais s'ils couchaient de nouveau ensemble, elle lui mentirait de nouveau. Il l'entendait déjà affirmer que le sexe n'impliquait pas forcément les sentiments. Puis elle le regarderait avec ses grands yeux candides et ils sauraient tous les deux qu'elle mentait. Heath ne pouvait pas lui faire ça. Il ne voulait pas la blesser. Pour Bronte, le sexe n'était pas innocent. Elle s'impliquait tout entière, cœur compris.

Evidemment, le siège de la société de Heath se trouvait dans l'un des quartiers les plus branchés de la capitale. Et dans un immeuble dont l'architecture audacieuse avait remporté plusieurs concours.

Bronte se devait de soigner son allure. Elle ne possédait certes rien d'approprié dans sa garde-robe, mais elle ferait de son mieux pour être à la hauteur. Cela faisait un siècle qu'elle ne s'était pas préoccupée de son apparence, mais elle savait se mettre en valeur.

Après s'être plantée devant le miroir en pied de sa chambre, elle écarta les pans de son peignoir et contempla son corps d'un œil critique. Ses bras, son visage et son cou étaient dorés, mais le reste était tout blanc et parsemé de taches de rousseur — et elle avait le bout du nez rouge tomate.

Se dirigeant vers son armoire, Bronte en ouvrit la porte et examina le contenu, qui se résumait à vrai dire à pas grand-chose. Elle n'avait pas quitté le monde civilisé, mais elle avait adopté le look campagne, la vie à Hebers Ghyll ne se prêtant pas vraiment à l'élégance…

Que mettre pour aller passer l'entretien ? Elle n'avait pas le temps de s'acheter un tailleur, mais si elle voulait être prise au sérieux et décrocher le job, elle devait soigner son apparence. Et sans aide, elle n'arriverait à aucun résultat.

Il lui fallait du renfort.


— Tu vas passer un entretien avec lui à Londres ? s'exclama Colleen, visiblement impressionnée. C'est génial ! Heath doit avoir une haute opinion de toi pour t'inviter dans son fief.

— C'est là qu'ont lieu les entretiens, expliqua Bronte. Et c'est son assistant qui m'a appelée pour fixer le rendez-vous. Heath ne m'a pas *invitée*, Colleen.

— Tu peux dire ce que tu voudras, répliqua son amie, tu devras quand même aller le voir à son bureau, à Londres — et tu as besoin de moi, c'est ça ? Qu'est-ce que je peux faire pour toi ?

Bronte s'arrêta à son tour et se tourna vers son amie.

— J'ai peur qu'il préfère embaucher quelqu'un de plus âgé, et de plus sage.

— Je ne suis pas d'accord, Bronte. Tu représentes la nouvelle génération.

— Mais l'assistant de Heath ne voit peut-être pas les choses comme toi… Et si je ne passe pas le premier barrage ? Il a l'air très snob et dans ce milieu, les apparences comptent énormément. J'ai peur qu'il me trouve un peu… ordinaire.

— Là, tu as peut-être raison, approuva Colleen en éclatant de rire.

Elle baissa les yeux sur sa salopette maculée de poussière, puis demanda en plissant le front d'un air sérieux :

— Réponds-moi franchement : est-ce que tu penses que tu as une chance de décrocher ce job ? Ça serait formidable si tu y arrivais, ça redonnerait du courage à tout le monde.

— Merci, répliqua Bronte en se forçant à sourire. Puisque

je vais aller à cet entretien, c'est que je crois avoir une chance de l'obtenir. J'ai toutes les qualifications qu'il faut pour le poste, la pratique et l'expérience aussi. Et je connais bien la région, ce qui me donne un avantage sur les autres, j'espère. Alors je devrais être sélectionnée, au moins dans un premier temps. Mais je dois avoir l'air *professionnel*, tu comprends ? Et c'est là que j'ai besoin de ton aide.

— Je ferai tout ce que tu voudras.

— Eh bien, ça fait un moment que je ne suis plus très au courant, côté mode… Et il me faut un tailleur.

— Et comme il y a des tas de boutiques fantastiques par ici, enchaîna Colleen avec humour, tu ne sais pas par laquelle commencer.

— Tu as tout compris, et le temps presse.

— Tu dois être superbe pour aller voir Heath.

— Cela n'a rien à voir avec lui, protesta Bronte avec un tout petit peu trop de véhémence.

— Bon, d'accord.

— Il faut que Heath revienne superviser le projet, dit Bronte. Hebers Ghyll a besoin de son nouveau propriétaire.

— Et toi de ton amant.

— Colleen…

— Si des amies ne peuvent plus être franches entre elles, soupira son amie. Bien sûr que je vais t'aider !

Elle s'interrompit d'un air songeur avant d'ajouter :

— Tu crois vraiment que tu pourrais persuader Heath de revenir ?

— Il *faut* qu'il revienne — tu as vu tout le boulot qui a été abattu quand il était là ? Qu'est-ce qu'il y a ? demanda-t-elle en voyant Colleen détourner les yeux.

— Je ne veux pas que tu souffres, Bronte.

— Je n'ai pas l'intention de souffrir, répliqua-t-elle d'une voix ferme. Je sais ce que je fais. Et c'est une histoire strictement professionnelle, Colleen. Bon, si on reprenait le travail ? Ces écuries ne se nettoieront pas toutes seules. Je peux aller faire une razzia dans ta garde-robe, tout à l'heure ?

— Bien sûr, et tu pourras prendre tout ce que tu voudras, répliqua Colleen.

— Merci !


— Comment ça, tu ne peux pas y arriver ? tonna Heath en se tournant vers son assistant.

— C'est dur de travailler avec un génie ! soupira Quentin. Tu crois que tout le monde peut suivre ton rythme infernal, Heath. Eh bien, j'ai une nouvelle à t'apprendre : je n'ai que deux mains…

— Et si tu t'arrêtais moins souvent pour te passer de la crème dessus, tu aurais peut-être plus de temps à consacrer à ton travail.

— Ah, je vois… Souffrirait-on de manque ?

— Depuis quand cela te regarde-t-il ?

— Cela me regarde, Heath, parce que j'en subis les conséquences tous les jours.

— Si tu n'étais pas…

— Le seul ami gay que tu auras jamais ? l'interrompit doucement Quentin.

— Le seul ami tout court, admit Heath en se passant la main dans les cheveux.

Se haussant sur la pointe des pieds, Quentin lui passa le bras autour des épaules.

— Ecoute-moi, et je sais de quoi je parle : il faut que tu règles ce problème d'abord.

— Je m'en occupe.

— Bien… Alors, tu pourrais peut-être te calmer et arrêter de faire cette mine de taureau enragé ? Et moi, je pourrais travailler et arriver à quelque chose.

— Embauche quelqu'un.

— Cette fois, je suis vexé, répliqua Quentin.

— Je veux dire que tu n'as qu'à prendre quelqu'un pour faire passer les entretiens, si tu es submergé.

— Ah, je vois, dit son assistant avec un fin sourire en baissant les yeux sur ses ongles manucurés. Une intérimaire, peut-être, pour s'occuper de la routine pendant que je fais passer les entretiens ?

Il redressa la tête et foudroya Heath du regard.

— Dis donc, tu crois sérieusement que je laisserais quelqu'un recevoir les candidats à ma place et faire le premier tri, alors qu'il s'agit d'un poste aussi important pour le domaine dont tu es le châtelain ?

— Je ne suis pas *châtelain*, Quentin, et crois-moi, Hebers Ghyll n'est pas la propriété de rêve que tu imagines.

— Mais vu que tu es un as en matière de restauration de vieilles bâtisses en ruine, tu remettras ton domaine sur pied, Heath.

— Peut-être. Bon ! Qu'est-ce que tu attends pour te remettre au boulot ?

Quentin s'inclina devant lui d'un air moqueur.

— Vos désirs sont des ordres, milord…

Heath ne put s'empêcher de sourire.

— Eh bien, trouve-moi un régisseur qui ait la même façon de voir les choses que toi.

— Tu doutes de mes talents, à présent ? répliqua Quentin, vexé.

— Je ne pourrais pas me passer de toi, reconnut Heath.

— Moi, je sais ce que je ferais sans toi : des économies ! riposta son assistant. J'ai développé des tas de rides à cause du stress depuis que je travaille pour toi, et…

— Et non, tu ne peux pas faire passer tes traitements de beauté hors de prix en notes de frais.

Quentin bouda une seconde, puis souleva le téléphone.

— Je vais embaucher une intérimaire.

— Bonne idée, approuva Heath en retournant à son écran.


Jamais Bronte n'avait été soumise à un tel supplice. L'assistant de Heath, Quentin, s'était révélé le type le plus sophistiqué qu'elle ait jamais rencontré. Et c'était lui qui faisait passer les premiers entretiens.

Elle n'avait pas une seule chance de réussir l'épreuve.

Quentin était plus élégant, plus raffiné qu'elle ne le serait jamais, et les bureaux de la société de Heath surpassaient tout ce qu'elle avait imaginé. Tout en acier et verre, l'espace était d'un luxe et d'un chic inouïs, comme Quentin. Alors qu'elle, même dans le plus beau tailleur de Colleen et armée de ses précieux conseils…

Toutefois, pour une raison mystérieuse, l'assistant de Heath semblait la trouver sympathique. Peut-être avait-il perçu sa vraie valeur sous son apparence soignée…

— Vous êtes sélectionnée, dit-il soudain. Heath vous fera passer un deuxième entretien cet après-midi.

— C'est vrai ? s'exclama Bronte, le cœur battant.

Sa joie et son excitation n'avaient aucun rapport avec la perspective de revoir Heath, se persuada-t-elle en se redressant sur sa chaise.

— Je ne sais pas à quelle heure il arrivera, reprit l'assistant en hochant la tête. Vous connaissez Heath, il est un peu… imprévisible.

— Oui, en effet, approuva-t-elle. Mais ce n'est pas grave, j'attendrai. Et je vous remercie, infiniment.

Quentin ôta une peluche imaginaire du revers de sa veste.

— Il n'y a pas de quoi me remercier, dit-il en levant les yeux au ciel. Depuis que je travaille ici, j'ai vieilli de dix ans au moins.

— Cela ne se voit vraiment pas ! répliqua-t-elle en souriant.

— Eh bien, fit Quentin avec une légère moue. Ce n'est certainement pas grâce à celui pour qui je travaille !

Il l'observa quelques instants avant d'ajouter :

— Je dois vous prévenir qu'il est un peu énervé, ces temps-ci…

— Je suis prête, mentit Bronte.

— Comprenez-vous que nous travaillons à un rythme effréné, tout le temps ?

— Oui, affirma-t-elle en se souvenant de la cadence infernale imposée à Hebers Ghyll.

— Je doute que Heath fonctionne différemment à la campagne, mais si jamais c'était le cas, dites-le-moi…

Quentin haussa ses sourcils qui formèrent deux arcs parfaits au-dessus de l'élégante monture de ses lunettes.

— … Je postulerai peut-être pour aller travailler là-bas.

— Si je suis choisie pour le job, je vous tiendrai au courant, promit Bronte.

— Vous avez de bonnes chances de l'être.

Soudain, une lueur inquiète passa dans ses yeux bleus.

— Etes-vous sûre que travailler pour un véritable tyran ne va pas vous traumatiser ?

— Absolument.

— En temps normal, je ne retiendrais pas la candidature d'une personne aussi jeune que vous, mais votre CV est si convaincant…, remarqua Quentin en baissant les yeux sur le document posé devant lui.

— Merci.

Il redressa la tête et regarda longuement Bronte. La trouvait-il trop godiche ? De toute façon, elle n'aurait jamais sa distinction et sa sophistication. Dans ces conditions, autant opter pour la franchise.

— D'habitude, je porte un jean ou une salopette, expliqua-t-elle avec embarras.

— Je n'en doute pas. Mais Heath est un citadin avant tout, il vit au rythme de la ville. Et il considère que ses employés doivent s'habiller… avec un certain style.

Vexée, Bronte plissa le front en pinçant les lèvres.

— J'essaie de vous aider, se défendit Quentin. A mon avis, vous auriez plus de chances d'obtenir le poste si vous vous conformiez au look que Heath attend d'une candidate. C'est tout ce que je voulais dire.

Il lui donnait un conseil judicieux, et sincère, comprit-elle avec reconnaissance. Finalement, cet homme lui plaisait.

— Je ne me suis jamais conformée à rien, expliqua-t-elle. Alors, je ne sais pas comment faire… Vous pourriez peut-être m'aider ?

Quentin appuya son coude sur le plateau de verre de son bureau et posa son menton dans sa main en la regardant.

— Oui, je pourrais vous aider — si cela ne vous dérange pas de sauter le déjeuner…

— Pas du tout ! s'exclama-t-elle en se levant de sa chaise.

— Heath vous a déjà vue en tenue décontractée, je suppose, reprit posément Quentin.

Il se leva avec grâce de son fauteuil et vint tourner autour de Bronte.

— Il est temps qu'il vous voie vêtue de façon professionnelle : look soigné, actuel, et chic.

— Ça me paraît être une bonne idée.

— Et relever du défi, ajouta Quentin. Au fait, je peux vous demander quel est votre budget ?

— Peu importe.

Elle devrait juste vérifier l'état de son compte en rentrant…

— Parfait, répliqua Quentin en se dirigeant vers la porte. Allons faire du shopping !

# 10.

Deux heures plus tard, Bronte sortit du salon de coiffure préféré de Quentin, les cheveux tombant en cascade soyeuse sur son dos. Elle était vêtue d'une courte jupe noire, les jambes gainées dans un collant noir opaque, chaussée de babies à bride en agneau noir, et les seins moulés dans un petit haut gris anthracite coupé dans un tissu si fin qu'il était presque transparent.

A vrai dire, Bronte n'était pas persuadée que ce soit la tenue idéale pour passer un entretien d'embauche en vue d'obtenir un poste de régisseur. Mais Quentin semblait content et déclara qu'elle était parfaite.

— Vous ne pensez pas qu'il aurait mieux valu choisir une veste en tweed, ou…

— Une veste en tweed ? la coupa-t-il d'un air offusqué. Certainement pas. Heath fait partie de l'élite dans le domaine, il est…

— D'accord, d'accord ! J'ai compris, dit Bronte en levant les bras en signe de reddition.

Une fois de retour au siège de la société, Quentin l'installa dans la salle d'attente jouxtant le bureau de Heath.

Elle allait y arriver, se persuada Bronte en essayant de contrôler le tremblement de ses genoux. Elle en était capable. Mais pourquoi était-elle habillée comme si elle avait l'intention de séduire le patron de cette entreprise, alors que c'était le dernier de ses souhaits…

Réprimant ses craintes et ses contradictions, elle s'ordonna de garder son calme. Il était hors de question qu'elle se laisse déstabiliser par les souvenirs qui défilaient maintenant dans son esprit. Elle oublierait ce qu'elle avait ressenti lorsque, après leur étreinte brûlante, Heath s'était écarté d'elle, lui donnant l'impression d'avoir commis une erreur fatale.

Ils avaient avancé depuis. Leur relation serait différente.

Quand la porte s'ouvrit brusquement, Bronte eut l'impression que son cœur s'arrêtait de battre. Elle regarda la haute silhouette se découpant dans l'encadrement de la porte : Heath, en tenue décontractée, jean et pull en coton — mais qui ne venaient pas de la première boutique venue —, bottines en cuir souple, très certainement sur mesure.

Son esprit se vida et ses lèvres refusèrent de bouger. Heureusement, elle surmonta sa faiblesse et réussit à passer en mode robot.

— Bonjour, Heath.

— Bonjour…

Il la dévisagea de la tête aux pieds tandis que Bronte se demandait si elle avait bien fait d'écouter les conseils de Quentin.

— J'ai rendez-vous avec toi, dit-elle en se levant.

— Je suis en retard, alors il va falloir faire vite.

— Je me suis déplacée jusqu'ici, répliqua-t-elle en fronçant les sourcils. Alors tu vas m'accorder la même attention qu'aux autres candidats, n'est-ce pas ?

Le regard sombre et indéchiffrable, il resta silencieux.

— J'espère que tout va bien ? hasarda-t-elle d'un ton badin.

— *Bien ?* répéta-t-il en plissant le front d'un air presque menaçant.

Bronte le connaissait suffisamment pour savoir que lorsqu'il était de cette humeur, cela n'aurait servi à rien de chercher à plaisanter.

— Dégager du temps pour Hebers Ghyll ne doit pas être facile pour toi, reprit-elle. Mais je pourrais te débarrasser de ce genre de…

Un petit muscle tressaillit dans la mâchoire de Heath.

— Laisse-moi tenter ma chance, Heath. Oublions ce qui s'est passé entre nous depuis que je… que tu…

— Oui… ? demanda-t-il en redressant le menton.

— Depuis que nous avons couché ensemble, répondit-elle d'un ton neutre. Heath, je suis la personne idéale pour le job. Tout ce que je te demande, c'est de me donner la possibilité de le prouver.

— Vas-y, je t'écoute, répliqua-t-il en s'appuyant contre la porte.

Heath l'écouta avec attention parler de son expérience et exposer les projets qu'elle envisageait de mettre en place à Hebers Ghyll. Il lui trouvait l'air encore plus juvénile, plus innocent, à tel point qu'il crut un instant avoir rêvé l'épisode torride de la cuisine. Bronte s'était toujours laissé guider par ses émotions, mais il y avait désormais quelque chose de différent en elle…

Dès qu'il avait ouvert la porte, il avait senti l'électricité fuser entre eux, mais Bronte s'était dominée. Elle affichait même une assurance qu'il ne lui avait jamais vue. Elle était passée à autre chose, comprit-il. Et elle l'intriguait encore davantage.

Avant de la recevoir, Heath avait fait son enquête auprès de l'établissement où elle avait suivi ses études, puis des gens avec qui elle avait travaillé. Bronte était exceptionnelle, lui avait-on répété partout. Elle représentait une aubaine providentielle pour celui qui l'embaucherait.

Ils s'étaient côtoyés au quotidien à l'adolescence, puis s'étaient connus de façon intime, récemment. Et pourtant, ils ne savaient rien l'un de l'autre, songea-t-il en l'observant. Bronte était qualifiée, certes, et représentait peut-être la candidate idéale pour le job, mais il regrettait de ne pas avoir eu le temps de comprendre ce qui la faisait vraiment vibrer. Heath jeta un coup d'œil à sa montre et retint un juron.

Bronte s'était tue et attendait. Face à Heath qui la dominait de toute sa hauteur, elle ne savait pas combien de temps elle réussirait à jouer la comédie du calme et de l'assurance. Sa virilité et sa sensualité exsudaient de lui, la soumettant à rude épreuve. Il était un artiste doublé d'un guerrier, et il ne changerait pas.

— Il est très tard, Bronte.

Découragée, elle sentit ses épaules s'affaisser. Cela faisait à peine dix minutes qu'elle était là…

— On y va ? demanda-t-il en la regardant dans les yeux.

— Pardon ? Mais… où veux-tu aller, Heath ?

— Comme je te l'ai dit, je suis en retard, et j'ai un rendez-vous important. Viens avec moi, nous parlerons en route, expliqua-t-il en tenant la porte ouverte pour elle.

— Oui, bien sûr…

La façon de procéder de Heath n'était pas très orthodoxe, mais du moment qu'ils poursuivaient l'entretien, pourquoi pas ?

La Lamborghini attendait devant l'immeuble et dès qu'ils furent installés à bord, Heath démarra sur les chapeaux de roue.

— Où allons-nous ? demanda Bronte avec un détachement feint.

Dans l'espace confiné, le courant qui frémissait entre eux était encore plus palpable.

— Assister au lancement de l'un de mes jeux.

— Fantastique.

Pas terrible, pour parler de sa candidature, mais intéressant quand même, comme expérience. Quant à *parler en route*, Heath ne semblait pas disposé à le faire.


Le grand événement avait lieu dans l'un des grands magasins les plus prestigieux de Londres. Des gens avaient fait la queue toute la nuit pour participer aux animations et gagner des jeux, lui avait expliqué Heath avant de l'entraîner à l'intérieur du luxueux établissement.

Lorsqu'il rejoignit son équipe de concepteurs sur le podium, Heath fut salué par un tonnerre d'applaudissements. Ils ressemblaient plutôt à un groupe de rock, se dit-elle en les regardant lever les poings pour saluer leurs fans.

Heath resta pour signer des autographes et répondit en souriant à toutes les questions. De temps en temps, il se tournait vers Bronte, comme pour lui dire : « Je suis chez moi, ici, dans mon univers, à Londres. » Il avait tout investi dans son travail et son empire. Le sexe représentait pour lui une activité sportive, comme la course, la natation ou une séance de musculation. Il aimait cela et était un amant fabuleux, mais il s'agissait pour lui de se libérer d'un surplus d'énergie. Rien d'autre.

Quand la signature fut terminée, Heath lui prit le bras et l'entraîna vers la voiture. Ils allaient peut-être retourner au bureau, songea Bronte en se penchant pour se glisser à l'intérieur du véhicule. Mais après avoir roulé pendant une dizaine de minutes, Heath s'arrêta devant un restaurant huppé. Très bien, ils allaient enfin pouvoir parler, se dit-elle en approuvant son choix. Mais soudain, elle craignit de ne pas se sentir à l'aise dans ce genre d'endroit.

— Tu crois que…, commença-t-elle en se tournant vers Heath.

— Tu n'as pas faim ? Moi, si.

Pourquoi la regardait-il ainsi ? De quoi avait-il faim, au juste ?

— Euh… oui. J'ai faim aussi.

Elle contempla la devanture raffinée du restaurant.

— J'apprécie que tu m'aies amenée ici…

— Mais ?

— C'est un endroit très chic. Je ne sais pas si je vais…

Sans attendre la fin de sa phrase, il ouvrit sa portière et s'élança vers la porte, puis ressortit deux minutes plus tard.

— Qu'est-ce qui se passe ? demanda Bronte quand il se réinstalla au volant.

— J'ai annulé la réservation.

— Je suis désolée. J'espère que cela n'a pas posé de problème ?

Question idiote, songea-t-elle en regardant à la dérobée ses longues mains fines posées nonchalamment sur le volant. *Rien* ne posait problème à Heath.

— Où allons-nous, maintenant ? poursuivit-elle.

— Dans un endroit qui devrait te plaire davantage, je pense. Où nous pourrons discuter.

— Merci.

Une nouvelle inquiétude traversa Bronte.

— Est-ce que ma tenue convient ?

Heath se tourna brièvement vers elle.

— Du moment que tu n'as pas froid, répondit-il en souriant.

Puis il ajouta d'un ton moqueur :

— Arrête de te casser la tête, Bronte. Tu te sentiras bien là-bas, j'en suis sûr. Et tu seras forcée de te détendre. Ensuite, nous pourrons enfin bavarder sérieusement.

Il lui lança un regard en biais.

— Tu as toujours faim, j'espère ? reprit-il tandis que la Lamborghini se faufilait entre les autres véhicules.

Elle avait très faim, mais pas seulement de nourriture, reconnut Bronte, soudain découragée.

# 11.

Heath se sentait très troublé par la proximité de Bronte. Son parfum lui titillait les narines, sa chaleur le pénétrait… si bien qu'il avait de plus en plus de mal à se concentrer sur la conduite.

Se forçant à ralentir, il s'ordonna de songer à elle de façon *objective*. C'était la première fois qu'une femme le poussait à considérer les choses et les gens autrement. Non seulement Bronte avait tenu bon et restait déterminée à obtenir le job, mais Quentin lui avait affirmé qu'elle était, et de loin, la plus qualifiée pour le poste. D'autant qu'elle possédait un avantage sur les autres candidats : elle connaissait la région sur le bout des doigts. Quant à son jeune âge, Bronte avait raison, il ne nuisait en rien à ses compétences. De toute façon, Heath était certain qu'à soixante ans passés, elle garderait le même enthousiasme…

— Pourquoi souris-tu ? demanda-t-elle.

— Je me demandais comment tu allais réagir quand je t'annoncerais qu'il y avait un peu de trajet pour arriver à destination, mentit-il.

— Je peux tenir. Je ne suis pas un bébé qui a besoin d'être nourri à heures précises.

— Tu ne vas pas t'endormir ?

— Quand tu es dans les parages, je préfère garder les yeux ouverts.

Très bien, elle avait retrouvé son mordant — c'était moins périlleux ainsi. A cet instant, la voiture venant en sens inverse fit une embardée et Bronte poussa un cri d'effroi. Heath avait évité la collision, mais de justesse.

— Ça va ? demanda-t-il en se penchant vers elle.

— Oui, je crois, murmura-t-elle en fixant la main posée sur son genou.

Heath la reposa sur le volant. Le simple fait de toucher Bronte avait embrasé sa libido.

— Qui a choisi ta tenue ? demanda-t-il d'un ton neutre.

— Quentin m'a aidée.

Le traître…, songea Heath.

— Elle te va bien.

Après tout, il n'y avait pas de mal à dire la vérité.

— Mais je plains les pauvres vendeuses, ajouta-t-il.

— Quentin s'est montré très poli, et il connaît les meilleures boutiques, protesta Bronte.

— Je n'en doute pas, murmura-t-il. Mais si je peux me permettre une remarque : un jean aurait peut-être été plus approprié pour l'endroit où nous allons.

— Je ne pouvais pas le savoir ! Et je me demande vraiment où tu m'emmènes…

— Patience : nous sommes presque arrivés.


Les cris excités de Bronte lui déchirèrent les tympans tandis que le wagon amorçait une descente à quatre-vingt-dix degrés. Accrochée à Heath, le visage enfoui sous sa veste, elle tremblait d'excitation et de froid.

Quand elle lui fit ensuite faire la queue pour racheter des tickets, Heath l'enveloppa dans sa veste.

— Je ne connais personne capable d'affronter mes cris une seconde fois, dit-elle en sautant sur place pour se réchauffer.

— Du moment que tu ne me cries pas dans l'oreille, ça ne me gêne pas, mentit bravement Heath. La grande roue ?

— Oui ! acquiesça-t-elle, les yeux brillants.

Une fois installés dans une nacelle, il la força à enfiler sa veste. Comment avait-il pu ne pas remarquer à quel point elle était fragile et menue, se demanda-t-il en la regardant.

— Tu t'amuses bien ? demanda-t-elle quand la roue commença à tourner.

— C'est un peu lent pour moi. Mais la vue est intéressante.

Londres se déployait sous leurs yeux comme un tapis magique de couleurs sombres où scintillaient et s'agitaient des lumières, sous le ciel d'une somptueuse teinte indigo.

— Tu crois qu'on peut voir la cathédrale Saint-Paul, d'ici ? demanda-t-elle en tendant le cou au moment où la nacelle atteignait le sommet du parcours.

— Je n'en sais rien.

— Oui ! s'écria-t-elle joyeusement. Regarde, là-bas !

La beauté du panorama aurait enthousiasmé n'importe qui, mais l'excitation de Bronte gagna Heath.

— Oui, je la vois !

— C'est fantastique, comme vue, tu ne trouves pas ?

— Pas mal, approuva-t-il.

Les lèvres de Bronte étaient rouge framboise, ses taches de rousseur ressortaient sur sa peau claire, ses pommettes roses, et le bout de son petit nez de lutin était écarlate.

— Reconnais que c'est fabuleux, Heath !

Oui, sa bouche était fabuleuse, c'était le mot, songea-t-il en hochant la tête. Pour lui, le plaisir consistait à créer des jeux de plus en plus sophistiqués, à explorer de nouveaux marchés, contrôler le bilan, les comptes... Mais Bronte avait ébranlé cet univers bien ordonné, et donnait à Heath l'envie de vivre de folles aventures — au risque de basculer dans un excès d'émotions.

Lorsque la roue amorça sa descente, Bronte offrit son visage au vent en fermant à demi les yeux et en plissant le nez à cause du froid. Mais même ainsi, elle était belle... et vulnérable. Elle méritait quelqu'un qui puisse la chérir et lui accorder toute son attention. Un homme qui lui offre ce que lui, Heath, ne pourrait jamais lui donner.

— Qu'est-ce qu'on fait, maintenant ? demanda-t-elle lorsque la roue s'immobilisa pour les laisser descendre.

Il l'aida à sortir de la nacelle.

— Qu'est-ce que tu aimerais faire ?

— Je te laisse le choix, répondit-elle. Et je te rappelle que nous n'avons toujours pas dîné. Ni discuté de ma candidature.

Heath n'avait rien prémédité de tout cela. Il ne souhaitait pas parler de Hebers Ghyll, ni de ses affaires, ni du job convoité par Bronte. Il voulait faire tout ce qu'ils n'avaient jamais pu faire ensemble, tout ce qu'il avait rêvé de faire avec elle bien des années plus tôt, dans les rares moments où il s'autorisait ce genre de fantasme.

Même les types comme lui en nourrissaient. Mais que désirait-il en faire, maintenant ?

— Brr… Il fait froid, dit Bronte en resserrant les pans de sa veste autour de sa poitrine.

— Si on allait dans un endroit plus chaud ? proposa-t-il.

— Tu lis dans mes pensées, répliqua-t-elle en riant. Tu me dis où tu m'emmènes, cette fois ?

Sans réfléchir, Heath la prit dans ses bras et la serra sur sa poitrine. Bronte s'abandonna contre lui, complètement, puis ils s'écartèrent l'un de l'autre d'un accord tacite.

— Tu aimes danser ? demanda-t-il.

Son visage s'illumina.

— D'après toi ? Mais je croyais que nous allions manger quelque chose…

— On y va. Viens, dit-il en se dirigeant vers l'endroit où était garée la voiture.

Evidemment, Heath ne lui révélerait pas où ils allaient, comprit Bronte en enfonçant le nez sous le col de sa veste. Avait-elle jamais rêvé qu'il soit un homme comme les autres ? Et puis, il lui avait montré un autre aspect de lui-même et elle aimait ce qu'elle découvrait. Toutefois, Bronte se rendait compte qu'elle avait tendance à oublier les bonnes résolutions destinées à protéger son cœur et à ne pas se laisser aller à des espoirs qui ne pourraient qu'être déçus.

Lorsque Heath gara la puissante Lamborghini, Bronte se secoua mentalement et tourna la tête vers la vitre.

Ça alors ! Jamais elle ne se serait attendue à ce qu'il

l'emmène dans un endroit pareil ! Ecarquillant les yeux, elle contempla le café rétro dont les néons roses éclairaient les murs peints en orange vif.

— Décidément, tu me réserves des surprises, ce soir, murmura-t-elle.

— J'ai quelques connaissances, ici. Mais tu vas peut-être trouver l'ambiance un peu folle.

— Ne t'inquiète pas : j'adore les ambiances folles, répliqua Bronte en souriant.

Elle le regarda contourner le véhicule pour venir lui ouvrir sa portière. Heath était un être *très* complexe…

— Je me demande comment tu as pu dénicher un endroit pareil, dit-elle en posant le pied sur le bitume.

Elle regarda les gens qui pénétraient dans le café.

— Le propriétaire est un de mes amis.

— Tu as de la chance ! Je suis impatiente de voir l'intérieur…

Mais sa tenue n'était pas adaptée au lieu, se dit-elle en suivant des filles superbes. On les aurait crues sorties tout droit des années cinquante : queues-de-cheval haut perchées, rouge à lèvres écarlate, jupes amples s'arrêtant sous le genou et flottant autour de leurs jambes… Certaines portaient des socquettes blanches avec leurs chaussures à talons, et de larges ceintures noires ou colorées destinées à mettre en valeur leurs tailles fines, tandis que leurs compagnons arboraient costumes à revers de velours noir ou blousons de cuir et chaussures bicolores ou bottines à bouts pointus.

Après avoir acheté deux billets d'entrée, Heath se tourna vers Bronte.

— Tu as l'habitude du *jive*, au moins ? demanda-t-il d'un ton pince-sans-rire.

Bronte fronça les sourcils.

— Cela fait partie de l'entretien ?

— Il faut avoir un bon jeu de jambes, quand on travaille dans une ferme.

— Dans ce cas, je crois être douée pour le *jive* !

— Alors, allons-y, dit-il en brandissant les billets.

Une femme avertie en valait deux, se dit Bronte en sentant

la main chaude de Heath se poser sur ses reins tandis qu'il la guidait à travers la foule. Son geste arrivait à point pour lui rappeler que s'amuser ensemble était une chose, mais coucher ensemble... Entre les deux, il y avait un gouffre qu'elle ne franchirait pas. D'autre part, on ne couchait pas avec son patron.

Alors pourquoi se compliquer la vie ? Il suffisait de vivre l'instant présent, se persuada Bronte en regardant autour d'elle.

La musique swinguait dans le café au sol dallé noir et blanc, avec ses tables en formica et chrome, ses banquettes en simili rouge vermillon...

Heath lui expliqua que ce lieu avait été classé récemment et que par conséquent, il serait conservé en l'état. A cet instant, un homme séduisant s'avança vers eux en souriant.

— Heath, cela faisait longtemps !

Après s'être donné une chaleureuse accolade, ils regardèrent tous les deux Bronte.

— Je te présente Josh. Nous avons... passé pas mal de temps ensemble, quand nous étions plus jeunes.

Puis il se tourna vers son ami.

— Josh, Bronte...

Josh était un ancien *bad boy*, comprit aussitôt Bronte. Qui s'en était bien sorti, lui aussi.

— Je n'avais pas vu Heath depuis une éternité, dit-il. Vous devez lui faire beaucoup de bien...

Il regarda la salle bondée de monde en plissant les yeux.

— Je vais vous trouver une table. Oui, là-bas, au fond.

— Je crois que tu vas aimer la nourriture qu'on sert ici, dit Heath en l'entraînant vers le box indiqué par son ami. Tout est fait maison. C'est la mère de Josh qui prépare les pâtes, les tartes, le pudding et la crème à la vanille, les roulés à la confiture... Tout ce qu'on aime, quoi !

— Et qui est parfait pour un régime amincissant, remarqua Bronte.

— Ne me dis pas que tu as surveillé ta ligne ! répliqua Heath avec un sourire éblouissant.

Bronte sentit ce sourire la pénétrer jusqu'au cœur et elle réprima un frisson en s'installant en face de Heath.

Pas d'égarement! s'ordonna-t-elle en posant les mains à plat sur la table. Il s'agissait d'un rendez-vous professionnel — même si dans cette atmosphère surchauffée, il était difficile de s'en persuader. Et puis, Heath la regardait dans les yeux, ce qui la perturbait.

Entre eux, il ne s'agissait que *d'amitié*, se dit-elle résolument quand il lui tendit le menu. Point final.

— Détends-toi, Bronte, et choisis quelque chose. Oublie tout le reste.

Facile à dire, songea-t-elle. Vivre l'instant présent n'était-il pas sa spécialité ? Oublier treize années de manque de Heath, durant lesquelles elle avait essayé de s'attacher à d'autres hommes, au cours de brèves liaisons qui s'étaient toutes soldées par un échec — *parce qu'elle n'avait pu s'empêcher de les comparer à Heath, et qu'aucun d'entre eux ne lui arrivait à la cheville*.

Se forçant à se concentrer sur le menu, Bronte choisit des cannellonis accompagnés d'épinards et de ricotta, avec un jus de tomate comme boisson. De son côté, Heath opta pour un steak frites et une bière, puis rendit le menu au serveur.

— On danse en attendant d'être servis ?

Bronte prit une profonde inspiration avant de répondre. Danser impliquait une certaine intimité, un rythme partagé, comme lorsqu'un couple…

Chassant les images qui surgissaient dans son esprit, elle baissa les yeux sur ses ballerines.

— Tu plaisantes ?

Mais en fait, elle mourait d'envie de danser, même si elle ne savait pas *jiver*.

— Tes chaussures conviendront parfaitement, au contraire.

— Tu sembles oublier que mon sens de l'équilibre n'est pas top.

— Pas grave : je suis là pour te rattraper, dit-il en se levant.

— Non… je ne peux pas…

Comment accepter de danser avec Heath alors que son cœur battait déjà la chamade à cette perspective ?

— Tu n'as pas le droit de refuser, répliqua-t-il en lui prenant la main. Je ne t'ai jamais prise pour une poule mouillée, Bronte. Et tu sais bouger tes hanches, non ?

Il était bien placé pour le savoir. Mon Dieu, quand il la regardait ainsi, en haussant les sourcils d'un air moqueur, il était si beau, si sexy… Mais cette histoire ne pourrait que se terminer mal. Très mal, même.

Finalement, il ne lui laissa pas le choix et l'attira d'une main ferme pour la forcer à se lever. Et comme Bronte ne pouvait pas lui résister sans risquer d'attirer l'attention, elle le suivit vers la piste.

Heath dansait à merveille. Il se mouvait avec une souplesse et une grâce inouïes, et les femmes le dévoraient des yeux, remarqua Bronte avec un petit pincement au cœur. En outre, il se révéla un excellent professeur et lui apprit à *jiver* aussi facilement qu'il lui avait appris à faire l'amour.

Lorsque le DJ passa à un rythme encore plus endiablé, Heath demanda en haussant un sourcil :

— On continue ?

— Oui, murmura-t-elle dans un souffle.

— Il va falloir suivre…

Elle aurait dû savoir que Heath ne la ménagerait pas. La foule se rassembla bientôt autour d'eux et une fois de plus, Bronte oublia ses bonnes résolutions. Le regardant dans les yeux, elle s'accorda à son rythme et leurs corps se frôlèrent, se repoussèrent, se retrouvèrent, jusqu'à ce qu'elle se sente la proie d'une excitation insensée.

Heureusement, le serveur apporta leurs plats et ils regagnèrent leur table. Sans cela, elle aurait risqué de se retrouver en territoire très dangereux, se dit Bronte en se rasseyant en face de Heath.

Mais lorsqu'elle croisa son regard incandescent, elle se demanda à quel jeu ils jouaient, tous les deux.

# 12.

La nourriture était en effet délicieuse et Bronte dégusta ses cannellonis avec appétit. A présent qu'elle s'était enfin détendue, parler de Hebers Ghyll ne lui posait plus aucun problème. Pourtant, lorsque Heath reconnut qu'il ne voyait toujours pas comment le domaine pouvait s'insérer dans sa vie déjà bien remplie, elle se sentit de nouveau sur le qui-vive.

Il fallait qu'elle réussisse à le convaincre que sa présence était *indispensable* là-bas.

— Mange, ça va refroidir, dit-il.

Bronte se concentra sur son assiette en continuant à réfléchir. Surtout, il ne fallait pas le presser.

— A quoi penses-tu ? demanda-t-il.

— Je me disais seulement que cette soirée était formidable.

Lorsqu'un peu plus tard Heath fit signe au serveur de lui apporter l'addition, Bronte sortit son porte-monnaie de son sac.

— Laisse, je t'invite, dit-il en posant sa main chaude sur la sienne.

Ce n'était pas trop difficile de prendre des résolutions, mais les mettre en pratique alors que des sensations brûlantes envahissaient tout son corps...

— Je ne peux pas accepter, Heath.

— Alors, prends-le comme une avance — je dois déjà te devoir quelque chose pour tout ce que tu as fait au domaine, non ? Ainsi qu'à tes amies, d'ailleurs.

— Oui, c'est vrai. Mais ceci est différent.

— Alors, tu me rendras ça d'une autre façon, répliqua-t-il

avec un sourire. Si tu tiens absolument à me rembourser, je te trouverai bien du classement à faire au bureau.

— A la place d'une intérimaire ? Pas question !

— Tu as sans doute raison, soupira Heath. Je n'arriverais à rien faire si tu…

— Ce n'est pas la peine d'y penser : je refuse ta proposition, l'interrompit-elle en rosissant.

Heath prenait plaisir à se moquer d'elle, à la provoquer, comprit Bronte en devenant écarlate.

— Tu es impossible, Heath !

— Oui, je sais, dit-il au moment où le serveur s'approchait de leur table avec l'addition.


A l'extérieur du café, la fraîcheur nocturne fit frissonner Bronte tandis qu'ils s'avançaient rapidement vers la voiture.

— Où allons-nous, maintenant ? demanda-t-elle en bouclant sa ceinture de sécurité.

Heath alluma le contact sans répondre. Coucher avec lui serait fabuleux, fantastique ; cela constituerait l'apothéose parfaite à cette soirée, mais en même temps, c'était précisément le piège dans lequel Bronte s'était promis de ne pas tomber.

— Nous trouverons bien un hôtel sur le chemin, reprit-elle. Tu n'auras qu'à m'y…

— Te laisser dans un endroit inconnu ? l'interrompit-il en démarrant. Impossible, Bronte !

Au même instant, ils passèrent devant une maison d'hôtes affichant « Chambres libres ».

— Regarde ! s'exclama-t-elle. Ce *Bed and Breakfast* a l'air tout à fait charmant et ils ont des chambres. Tu peux me déposer ici, j'y serai très bien, j'en suis sûre.

Silence.

— Heath ? demanda-t-elle quand il se gara sur le bas-côté, une centaine de mètres plus loin.

Il sortit son téléphone de sa poche sans répondre.

— Heath, que fais-tu ?

Quand il leva la main pour la faire taire, Bronte sentit une terrible appréhension l'envahir. Elle ne pouvait pas risquer de perdre tout ce dont elle avait rêvé, pour lequel elle avait tant travaillé, à cause d'une nuit de volupté dont elle se réveillerait le cœur en miettes.

Néanmoins, une sensation ambiguë lui étreignit la poitrine lorsqu'elle comprit qu'il était en train de lui réserver une chambre dans un hôtel luxueux situé dans le quartier très chic de Knightsbridge. Elle aurait dû lui en être reconnaissante. Et puis, pourquoi Heath aurait-il envisagé autre chose ?

— Oui, dit-il alors. Une chambre double pour ce soir.

Il s'interrompit un instant et regarda Bronte pendant que son interlocuteur validait sans doute la réservation.

— Parfait, nous arriverons dans environ un quart d'heure, conclut-il avant de ranger son mobile dans sa poche.

— Qu'est-ce que tu fais ? répéta Bronte dans un souffle.

L'amitié qu'elle croyait avoir sentie se développer entre eux n'était-elle qu'une illusion ?

— Nous avons de la chance qu'ils aient une chambre de libre.

Considérait-il qu'elle était libre, elle aussi ? se demanda Bronte en tournant la tête vers la vitre.

Lorsque la Lamborghini s'arrêta devant l'un des plus prestigieux cinq étoiles de Londres, l'anxiété de Bronte avait atteint son paroxysme.

— Je connais bien le personnel de cet établissement, expliqua Heath tandis qu'un voiturier en uniforme s'approchait pour prendre ses clés par la vitre ouverte.

Il se retourna vers Bronte.

— Tu te sentiras bien, ici.

Puis il sortit de la voiture en un clin d'œil et vint lui ouvrir sa portière avant que le bagagiste venu à leur rencontre n'ait eu le temps de réagir.

— Viens, dit Heath en tendant la main à Bronte.

Elle se recroquevilla sur son siège tandis qu'il attendait et que le bagagiste contemplait la scène à distance respectueuse.

— Je n'ai pas de bagages… Qu'est-ce qu'ils vont penser ?

— Depuis quand ce genre de détail te préoccupe-t-il ?

Il se pencha et la prit dans ses bras avant de la sortir du véhicule et de la reposer sur ses pieds, devant lui. Puis il planta ses yeux dans les siens.

— Je me fiche éperdument de l'opinion des autres et tu devrais m'imiter. Hé, où vas-tu ?

Après s'être dégagée, Bronte s'avança sur le trottoir, mais il la rattrapa et lui saisit le poignet.

— Je vais prendre un taxi, dit-elle sans le regarder.

— Ne sois pas ridicule, Bronte. Il ne s'agit que d'une chambre, pour une seule nuit.

— Je ne comprends pas comment tu peux dire ça.

Heath lui prit le menton et se mit à rire.

— J'ai dit quelque chose de drôle ? lança-t-elle d'un ton vif.

— Pour qui me prends-tu, Bronte ? Tu croyais vraiment que j'allais te laisser passer la nuit dans le premier endroit venu ?

— Je pensais que…

— Je sais ce que tu as pensé, coupa-t-il en cessant de sourire. Je le lis dans tes yeux. Alors, le moment est venu de te dire que je n'ai jamais eu à échafauder de stratagème pour coucher avec une femme. Et je n'ai pas l'intention de commencer maintenant, crois-moi.

— Mais, tu as réservé une chambre double…

— Les simples sont trop petites, et souvent situées à côté de l'ascenseur. Je n'en prends jamais. C'est pour cela que je t'ai réservé une double — et ne crains rien : je déduirai ça de ta rémunération. Quant à partager cette chambre avec toi…

Il se tourna vers l'autre côté de la rue.

— Ma maison se trouve à deux cents mètres d'ici. Pourquoi voudrais-je passer la nuit à l'hôtel ?

Ses paroles firent l'effet d'une gifle à Bronte.

— Tu pensais que j'avais réservé cette chambre pour coucher avec toi, c'est ça ? poursuivit-il.

Un mélange d'irritation et de déception émanait de ses traits virils.

— Excuse-moi d'avoir mal interprété ton initiative, répliqua sèchement Bronte.

Après un court silence, Heath hocha la tête et laissa tomber d'une voix glaciale :

— On se reverra peut-être à Hebers Ghyll…

Ses paroles étaient on ne peut plus claires.

— J'ai perdu le job à cause d'un malentendu ridicule ?

— Non. Tu l'as perdu parce que tu penses toujours le pire à mon sujet. Dis-moi, Bronte : comment pourrais-tu travailler pour un patron en qui tu n'as pas confiance ?

Comme elle restait silencieuse, il reprit avec colère :

— Très bien, je vais te dire le fond de ma pensée : je croyais que c'était moi qui restais englué dans le passé, mais maintenant, je comprends que c'est toi, Bronte. Tu es incapable de me voir autrement que comme celui que j'étais autrefois. Tu as entretenu cette idée de moi pendant toutes ces années. Mais je ne suis pas et ne veux pas être le type dur et sexy de tes fantasmes, et surtout, je ne veux pas l'être avec toi !

Bronte le regarda en écarquillant les yeux. Il avait en partie dit la vérité et elle avait honte.

— Heath…, murmura-t-elle en tendant la main vers lui. S'il te plaît, je…

Il recula comme si elle avait la peste.

— Fais ce que tu veux : reste ici ou trouve-toi un taxi. Je m'en fiche. La chambre est payée.

Sur ces mots, il tourna les talons et retourna à grands pas vers sa voiture.

Figée sur place, Bronte le regarda s'éloigner, et ce ne fut que lorsque la Lamborghini eut démarré dans un crissement de pneus qu'elle retrouva l'usage de ses mouvements.


Etendue tout habillée sur le lit immense, dans une chambre décorée de tons de bleus, d'ivoire et d'or, au plafond orné de moulures sophistiquées, Bronte se repassa les différents événements de la soirée.

Heath n'avait rien fait de mal, reconnut-elle en fondant soudain en larmes. Alors qu'elle s'était escrimée à ne pas blesser Heath, elle avait obtenu exactement l'effet inverse — à cause de sa propre insécurité, de ses peurs et de ses doutes.

Pourquoi ne pouvait-elle accepter l'idée que Heath désire seulement se montrer gentil avec elle ? Allait-elle toujours le voir comme le mauvais garçon d'autrefois ? Elle serra l'oreiller entre ses bras. Le fait qu'il l'ait compris la rendait malade. En treize ans, Heath avait beaucoup évolué, et il avait raison : elle refusait de voir l'homme qu'il était devenu.

Roulant sur le dos, Bronte s'ordonna d'arrêter de pleurer et ferma les yeux. Dans l'immédiat, elle ferait aussi bien de se reposer : il faisait bien chaud, le lit était très confortable et un discret parfum de rose montait de l'oreiller et des draps. Que souhaiter de plus ?


Depuis une bonne demi-heure, Heath faisait les cent pas dans son bureau. Il ne pouvait supporter l'inactivité et encore moins l'indécision. Et surtout, le fait que cette soirée se soit terminée par une dispute lui était intolérable. Avant cet affrontement stupide, ils avaient été si proches : *ils apprenaient à se connaître*, mais ensuite…

Il s'approcha de la fenêtre et regarda du côté de l'hôtel.

Bronte le touchait comme personne avant elle. Elle faisait revivre un autre aspect de lui-même, un côté qu'il avait enterré depuis qu'il avait atteint l'âge adulte. Elle faisait resurgir les émotions dérangeantes et dangereuses qu'il avait enfouies au plus profond de lui-même. Et ce faisant, elle mettait en péril son légendaire self-control.

Et lui, qu'avait-il fait ? Il l'avait contrainte à regarder la réalité en face au lieu de lui faire comprendre qu'il était à la fois celui dont elle avait rêvé et un autre homme.

Qu'insinuait-il par là ? Qu'il était capable d'assumer ses sentiments pour elle ? Parce que c'était bien de *sentiments* qu'il s'était agi ce soir, il ne pouvait pas le nier.

Retournant s'installer à son bureau, il saisit le contrat qu'il avait fait rédiger par ses avocats et qui stipulait les conditions d'une période d'essai de six mois.

Il avait eu l'intention d'en discuter avec Bronte, mais après ce qui s'était passé, ils avaient besoin tous les deux de prendre du recul. Il fallait qu'ils se calment et remettent leurs pensées en ordre.

Bronte quitterait Londres le lendemain, c'était parfait : elle se sentirait mieux à la campagne et recouvrerait son équilibre. Quant à lui, il se remettrait à ses affaires.

Sortant de la salle de bains après un long séjour dans la baignoire, Bronte se persuada qu'elle avait retrouvé son énergie. Alors qu'en réalité, elle aurait préféré passer la nuit sur un banc et rester amie avec Heath, plutôt que de se retrouver dans cette chambre digne d'un conte de fées — et l'avoir quitté en mauvais termes. Et qu'avait-elle fait pour le remercier ? Elle lui avait lancé sa générosité au visage !

Elle devait s'en aller le plus rapidement possible, se dit-elle en renfilant ses vêtements. Et on verrait bien si Heath était capable de mettre ses sentiments personnels de côté pour l'embaucher, comme il avait été prêt à le faire quand ils avaient bavardé dans ce charmant café.

Entendant frapper à la porte, elle sursauta.

Heath ? Non, c'était impossible…

Le cœur battant, elle traversa la chambre et déverrouilla la porte : personne.

Au moment où elle reculait d'un pas pour la refermer, elle aperçut une enveloppe blanche par terre, sur le tapis bleu.

Des instructions de l'hôtel ? Non, ils l'auraient appelée… Et puis, ils n'auraient pas inscrit son prénom de cette écriture à la fois racée et énergique…

Bronte déchira l'enveloppe et la laissa tomber sur le sol, puis déplia la feuille de papier vergé. Le message était bref : Heath voulait la voir avant son départ de Londres. Il l'attendait à 9 heures, chez lui.

Bronte relut les deux phrases. C'était davantage un mot qu'une lettre, songea-t-elle en déchiffrant l'adresse de Heath imprimée en relief, en haut et à droite.

# 13.

Depuis le trottoir d'en face, Bronte admira un instant la maison de Heath avant de traverser la rue. La façade était un véritable hommage à l'élégance, se dit-elle en contemplant les colonnes de style palladien et les lauriers encadrant l'imposante porte laquée de rouge bordeaux.

Après avoir inspiré à fond, elle saisit le heurtoir de bronze qui représentait une tête de lion montrant les crocs. Tout à fait approprié aux circonstances…

— Bienvenue chez moi, Bronte.

Grand, charismatique et un peu effrayant, Heath s'effaça pour la laisser entrer.

Plus aucune trace des émotions qui l'avaient ébranlé la veille au soir, constata Bronte en passant devant lui. Heath était redevenu l'homme d'affaires maître de lui-même que tous connaissaient.

— Merci, répliqua-t-elle en s'éloignant rapidement de lui.

Mieux valait garder ses distances. Mais elle s'arrêta au milieu du hall et regarda autour d'elle, enveloppée par la chaleur et le luxe qui se dégageaient de l'endroit. Une harmonie de blanc, de beige et d'ivoire l'entourait, sur lesquels tranchaient les teintes vives de grandes peintures contemporaines accrochées aux murs.

Tout était beau et à sa place, mais pas dans une mise en scène pompeuse : c'était une vraie maison où l'on sentait l'empreinte personnelle de Heath. Bronte la reconnut dans les dalles de marbre noires et blanches, le plafond orné de gracieuses moulures, les portes de bois blond, épais et ciré.

Comment avait-elle pu se tromper sur lui à ce point ? Elle devait avoir eu des œillères. Heath avait gardé une âme de guerrier, comme le prouvaient sa réussite et l'étendue de son empire, mais il était aussi très protecteur, comme il l'avait montré la veille. En outre, il était drôle, savait s'amuser et prendre du bon temps. Sexy, intelligent, doux — et un peu barbant de temps en temps quand il avait une idée en tête, songea-t-elle en souriant malgré elle.

Par ailleurs, elle s'était livrée à toutes sortes de fantasmes à son sujet, mais jamais elle n'aurait pu l'imaginer en homme d'intérieur. Elle aperçut du courrier prêt à être posté posé sur une console ravissante, surmontée d'un miroir ancien au cadre doré, ainsi qu'un magazine concernant la navigation à voile, encore sous cellophane. Dans l'entrée, elle avait remarqué un vélo de course haut de gamme appuyé à côté de la porte.

— Bronte ?

Elle regardait autour d'elle comme si elle se trouvait au Louvre, réalisa Bronte. Et elle avait sans doute la bouche grande ouverte… Quelle grossièreté ! Les joues en feu, elle suivit Heath qui ouvrait une porte et s'avançait dans un couloir aux murs laqués couleur ivoire. Elle aperçut au passage un salon à l'allure accueillante, quelques livres posés sur un sofa : la pièce à vivre, présuma-t-elle. De la musique classique jouait en fond et une bûche chuchotait dans l'âtre. Heath l'avait sans doute attendue là, au calme.

Au bout du couloir, il ouvrit une nouvelle porte qui donnait sur un vestiaire. Là, un assortiment de bottes et de chaussures basses étaient soigneusement alignées les unes à côté des autres et Bronte vit des vestes suspendues à de vieilles patères de bois et bronze. L'ensemble dégageait quelque chose de viril et rassurant en même temps. Et de chaleureux, aussi. C'était l'impression qui prédominait dans cette maison, réalisa Bronte. Heath ne s'en rendait peut-être pas compte, mais il avait assimilé et reproduit tout ce qu'oncle Harry avait créé à Hebers Ghyll. En outre, tout en préservant le caractère original de sa maison, il avait su y apporter le confort d'aujourd'hui en un mélange des plus réussis, se dit-elle tandis qu'il la faisait entrer dans son bureau.

Et comme en plus, il était un artiste, son sens esthétique augmentait encore le charme de sa belle demeure.

Si Heath pouvait se laisser persuader d'opérer le même miracle à Hebers Ghyll, le domaine revivrait complètement.

Et leur amitié ? Avait-elle des chances de survivre ? se demanda Bronte en s'asseyant en face de lui comme il l'y invitait, de l'autre côté de son bureau. Car il n'y avait rien d'amical ou d'intime dans sa voix.

— Tu sais ce que c'est ? demanda-t-il en poussant une liasse de documents vers elle.

Après l'avoir regardé dans les yeux, elle jeta un bref coup d'œil à la première page.

— Un contrat ?

— Oui, précisant les conditions d'une période d'essai de six mois. Lis-le, et si elles te conviennent, signe-le.

Après avoir décapuchonné le stylo plume noir et or qui avait sans doute servi à rédiger la brève note déposée devant sa porte, il le lui tendit.

— Je vais te laisser le lire tranquillement et réfléchir. Tu n'es pas forcée de signer tout de suite. Tu peux même ne pas signer du tout.

— Je…

Bronte se leva, désireuse de le remercier : ce document représentait tout ce dont elle avait rêvé. Mais Heath avait déjà quitté la pièce.

Se rasseyant, elle prit le contrat et commença à le lire, tout en savourant le parfum épicé de l'eau de toilette de Heath qui flottait dans l'atmosphère cosy de son bureau.

Heath avait finalisé le contrat avec ses avocats en prenant le café, mais il n'avait rien mangé et à présent, il mourait de faim. Il regarda le réfrigérateur, puis pensa à Bronte. Afin qu'elle n'encoure aucun risque, il lui avait concocté un contrat en béton qui la protégerait et lui assurerait un dédommagement si elle changeait d'avis.

— Je ne peux pas signer ceci, Heath !

Pivotant sur lui-même, il la vit sur le seuil de la cuisine, le contrat à la main.

— Tu ne peux pas, ou tu ne veux pas ? demanda-t-il avec calme.

— Tu sais très bien ce qu'il contient : ce n'est pas juste.

— Tu trouves ? fit-il en la regardant traverser la pièce, les yeux brillants. Je pensais au contraire que ce contrat était très juste.

— Mais il n'y a aucune garantie pour toi !

— Il ne s'agit que de six mois, Bronte. Franchement, je ne vois pas ce que je risque.

— Tu risques énormément ! insista-t-elle d'un air déterminé. Tu le sais très bien, Heath.

— Tu crois ?

La proximité de Bronte lui paraissait mille fois plus perturbante que la perspective éventuelle de perdre des millions. Ce qui était une première, songea-t-il avec humour.

— Regarde cette clause, par exemple, dit-elle en lui désignant le passage incriminé. C'est ridicule : je n'ai pas besoin de traitement spécial.

— Tu me trouves paternaliste ? demanda-t-il quand elle leva les yeux vers lui.

— Eh bien, oui. En effet. Tu proposerais ce genre de contrat à quelqu'un d'autre, Heath ? J'en doute.

— L'amitié ne compterait-elle pas à tes yeux, Bronte ?

— L'amitié…

Une émotion proche de l'émerveillement éclaira ses grands yeux verts.

— Tu n'es pas obligée de signer, dit-il en reculant d'un pas malgré lui.

— Je veux être choisie parce que je suis la plus apte pour ce poste, Heath, dit-elle en fronçant les sourcils. Mais tu ne sembles pas te préoccuper de cet aspect des choses, et ça m'inquiète. Je te le répète : je ne veux pas de traitement spécial.

— Tu es la meilleure pour le job, répliqua-t-il en soutenant son regard.

— Et le reste ?

— Je veux que tu sois heureuse, Bronte. C'est tout ce que je souhaite.

Comment aurait-elle pu être heureuse ? se demanda Bronte en resserrant les doigts sur le contrat. Obtenir ce document avait représenté son but majeur, mais à présent, son désir pour Heath éclipsait tout. Par conséquent, ces feuilles de papier stipulant des conditions plus que généreuses ne constituaient plus qu'une sorte d'ersatz. Et soudain, elle n'avait plus envie de le signer.

— Je n'en changerai pas un mot, dit Heath. Mais je te laisse le temps de réfléchir et de décider si tu veux t'engager dans le projet ou t'en retirer.

Il lui adressa un sourire en coin.

— En attendant, as-tu mangé quelque chose ?

— Non…

Leurs regards se soudèrent.

— Tu as faim, Bronte ?

— Oui.

— Alors, je vais nous préparer un petit déjeuner.

— Tu sais cuisiner ?

— Oui ! Surprise ?

Sans répondre, Bronte regarda pour la première fois la vaste pièce, trouvée sans encombre quelques instants plus tôt. La cuisine ne pouvait pas se situer très loin de la pièce à vivre entrevue tout à l'heure, s'était-elle dit en quittant le bureau.

Spacieuse et lumineuse grâce à l'immense verrière donnant sur le ciel, la cuisine faisait penser à une orangerie.

— C'est toi qui en as dessiné les plans ? demanda-t-elle en contemplant les installations hypersophistiquées.

— J'ai fait quelques croquis et choisi les matériaux, pour qu'il n'y ait pas d'erreurs, répondit-il en soulevant une poêle accrochée au mur, parmi d'autres ustensiles.

— Tu veux dire que tu as fait quasiment tout le travail tout seul, c'est ça ?

— Oui. Mais j'ai laissé les architectes d'intérieur remplir les coussins.

Quand il souriait, son visage semblait s'éclairer de l'intérieur. Mais il était hors de question que Bronte se laisse impressionner par la chaleur qui rayonnait sur ses traits.

— Des œufs Bénédicte?

— Tu es sérieux?

— Absolument. J'aime manger, alors j'ai appris à faire la cuisine.

Se laissant enfin aller, elle éclata de rire.

— Pourquoi ne t'assieds-tu pas pour lire tranquillement ton contrat? demanda Heath en prenant un bol et un fouet.

Pendant qu'il cassait les œufs, Bronte posa le contrat sur le bar de granit noir et en signa les deux exemplaires sans dire un mot.

Quelques minutes plus tard, Heath vint la rejoindre en versant une sauce odorante sur les épinards, les œufs pochés et les muffins, puis s'assit à côté d'elle devant le bar. A cet instant il vit le contrat.

— Tu l'as déjà signé?

— Et voici ton exemplaire, dit-elle en le lui tendant. Mange, tu dois mourir de faim autant que moi. Hum… c'est délicieux, Heath.

Leurs bras se frôlaient à chaque mouvement. C'était la première fois qu'ils se détendaient ensemble depuis… Bronte refusa de penser à ce qui s'était passé la veille. Elle désirait recommencer de zéro et développer avec Heath une belle amitié. Ensuite, on verrait bien où cela les mènerait. Nulle part, sans doute, mais…

*Stop!*

Heath planta sa fourchette dans un œuf poché.

— Maintenant que tu fais officiellement partie de l'équipe, dit-il, je vais te dire où j'en suis à propos de Hebers Ghyll.

Etait-ce bien de la déception qu'il lisait dans le regard de Bronte. N'était-ce pas ce qu'elle souhaitait?

— Tu voudrais discuter d'autre chose avant? demanda-t-il.

— Non, pas du tout, protesta-t-elle.

Un peu trop vigoureusement, songea Heath.

Quand il se mit à lui exposer ses idées, il se demanda si elle l'écoutait. Elle avait l'air concentrée, mais elle le regardait lui, au lieu de prêter attention à ses paroles. Ils reparleraient de tout cela plus tard, décida-t-il en ramassant les assiettes vides.

— C'est fini ? demanda Bronte.

— Pour l'instant.

— Alors, quand tu as hérité de la propriété d'oncle Harry, tu t'es dit : « Qu'est-ce que je vais en faire ? » Et puis tu m'as trouvée en train de camper sur ta nouvelle acquisition et tu t'es découvert un instinct de propriétaire.

Un sourire se dessina sur la bouche sensuelle de Heath.

— C'est à peu près ça, oui.

— Au moins, en m'installant là, j'ai attiré ton attention.

— En effet, tu avais réussi ton coup, approuva-t-il tandis qu'ils déposaient ensemble les couverts sales dans le lave-vaisselle.

Heath se redressa et se tourna vers elle.

— Et tu as gagné : je vais garder le domaine… Au fait, je te laisse le plaisir d'aller annoncer à tout le monde que chacun a gardé son poste.

Bronte sourit, mais eut du mal à supporter de le regarder en face. Tout irait bien, désormais, se dit-elle en détournant les yeux. Heath serait forcé de venir de temps en temps — pour des visites professionnelles, mais des visites tout de même.

— Je pensais ouvrir une partie de la maison et des terres au public.

— C'est une merveilleuse idée ! s'exclama-t-elle en tournant la tête vers lui.

— Cela me paraît assez sensé.

Comme toujours, il restait mesuré et contrôlait son enthousiasme.

— C'est plus que sensé ! Oncle Harry aurait adoré cette idée…

— Bronte, tu dois comprendre une chose, l'interrompit Heath. C'est moi le propriétaire du domaine, à présent.

— Bien sûr, j'en suis tout à fait consciente, affirma-t-elle.

Et tu n'auras qu'à me dresser la liste de tout ce que tu veux que je fasse.

Bronte se sentait prête à se mettre au travail tout de suite, mais à en juger par le regard de Heath, il ne partageait pas son enthousiasme.

— Qu'y a-t-il ? demanda-t-elle.

— J'envisage d'ouvrir un bureau là-bas, répondit-il avec un haussement d'épaules.

*Merci, merci…*

Alors qu'elle se préparait à laisser tomber un « d'accord, bonne idée » d'un ton détaché, Heath se lança dans toutes sortes de détails concrets. Lorsqu'il en vint à la question des arbres fruitiers, puis des buissons entourant le verger, il s'interrompit brusquement et demanda :

— Tu te souviens des prunelliers et de l'alcool de prune qu'on avait fait ?

— Si je m'en souviens ? On a été malades comme des chiens après l'avoir bu.

— Et ta mère a vidé la bouteille dans l'évier, enchaîna Heath en riant. Elle nous a probablement sauvé la vie.

— Oui…

Bronte se tut en se sentant envahie par une vague de nostalgie. Ses parents lui manquaient. Elle les appellerait dès qu'elle aurait un moment et leur dirait à quel point elle les aimait et combien elle avait savouré son enfance, grâce à eux.

— Je garde tant de merveilleux souvenirs de cette époque, dit-elle. Et toi ?

Aussitôt, elle regretta ses paroles en repensant à la jeunesse difficile de Heath.

— Excuse-moi. Je ne voulais pas…

— Hé ! Oublie tout ça : j'ai bien oublié, moi.

Il regarda autour de lui d'un air songeur.

— Cette maison tombait en ruine quand je l'ai achetée. Mais c'était la seule que je pouvais m'offrir si je voulais habiter dans le centre de Londres…

Ensuite, il se mit à lui parler de la ville qu'il avait appris à aimer, de ses galeries de peinture, ses musées, et des vieux monuments qu'il aimait visiter. C'étaient eux qui avaient éveillé sa passion pour la préservation et la restauration, expliqua-t-il.

— J'aime aussi aller au concert.

— Tu aimes la musique ?

— Bien sûr ! Le jazz, le rock, la musique classique. Visiblement, ça te surprend… Tu croyais que je passais tout mon temps à travailler et que je mangeais des conserves ?

— Ce n'est pas ce que tu fais ?

Il éclata de rire.

— Et Hebers Ghyll, Heath ? Gardes-tu des bons souvenirs de tes séjours là-bas ?

— Oui, de la cuisine de ta mère, répondit-il sans hésitation. Des repas chauds. D'oncle Harry m'apprenant à jouer aux échecs.

Il se tut.

— Je suis sûre qu'il savourait ces moments autant que toi.

— Nous…

Heath fit une grimace avant de poursuivre :

— Notre relation était explosive, disons, mais l'échiquier représentait notre terrain d'entente. Oncle Harry me répétait que quoi qu'il m'arrive dans la vie, j'aurais toujours besoin de tactiques, et que je ferais mieux de les apprendre — que j'apprécie de jouer aux échecs ou non.

— Je reconnais bien là oncle Harry ! s'exclama Bronte en souriant. Et tu aimais ça ?

Heath regarda ses lèvres sans répondre.

— Tu aimais jouer aux échecs ?

— Oui, j'aime jouer, dit-il en laissant remonter son regard vers ses yeux.

De quoi parlait-il, à présent ? se demanda Bronte en sentant des étincelles brûlantes lui parcourir la peau.

— Veux-tu continuer la visite des lieux ? proposa Heath en s'étirant.

— Avec plaisir.

# 14.

A mesure qu'elle découvrait les différentes pièces, Bronte comprit que Heath devait avoir rêvé de vivre dans une maison comme celle-là depuis son enfance. Non seulement il avait réalisé son rêve, mais il l'avait créé de ses propres mains.

Après la bibliothèque aux murs couverts d'étagères chargées de livres et où, sur un vieux tapis persan, un fauteuil club en cuir fauve patiné par le temps était installé devant la cheminée de marbre clair, Heath lui montra son studio, équipé du matériel high-tech le plus sophistiqué.

— Au sous-sol, il y a aussi un home cinéma, une salle de musculation et une piscine, dit-il en refermant la porte.

— Bien sûr ! lança-t-elle d'un ton taquin.

Heath s'arrêta au pied d'un bel escalier de bois couleur miel.

— Un petit tour au premier étage ?

— Pourquoi pas ?

Leur relation était plus claire, à présent. Ils allaient faire du bon travail ensemble, se dit Bronte en montant les marches derrière lui.

— La salle de bains, annonça-t-il en ouvrant une porte.

Sidérée, elle s'arrêta sur le seuil. La pièce était toute de pierre noire et de miroirs. Elle comprenait une vaste douche, et une baignoire immense dans laquelle on aurait presque pu nager.

— Et je parie que le sol est chauffé, murmura-t-elle en ôtant ses ballerines. Oui…

— Méfie-toi, tu ne pourras pas aller te rafraîchir dans le lac.

— Peut-être pas, mais si j'ai besoin de retoucher mon maquillage, je saurai où me regarder.

— Ce ne sera pas gratuit.

Bronte se tourna vers lui et croisa son regard. Heath était à la fois sublime et impérieux si bien que, comme envoûtée par l'éclat de ses yeux gris, elle s'appuya contre la porte qui se referma avec un son mat.

— Bronte… Tu n'as pas un train à prendre ?

Son ton était sévère, mais un sourire moqueur arrondissait sa bouche.

— Si.

Qu'est-ce qu'il lui avait pris ? Bronte s'écarta de la porte et, en parfait gentleman, Heath se rapprocha et l'ouvrit pour elle. Leurs corps se frôlèrent, l'électricité fusa.

— Non, dit-il. Non, Bronte.

Elle fouilla son regard.

— Je ne suis pas bon pour toi, reprit-il.

Bronte ferma un bref instant les yeux et huma les effluves de son eau de toilette aux nuances épicées, mêlés à son essence virile.

— Et moi, je reste coincée dans le passé, c'est ça ? Arrête, Heath. Arrête tout de suite.

Cédant à un instinct primaire, elle leva la main et posa un doigt sur ses lèvres.

— Je ne veux plus jamais entendre ces paroles, poursuivit-elle.

Une lueur malicieuse dans les yeux, il lui lécha le doigt.

— Non ! s'écria-t-elle en écartant précipitamment sa main.

Au lieu de lui obéir, il la prit dans ses bras tandis qu'elle poussait un petit cri.

— Qu'est-ce que tu fais ?

Sans répondre, il la souleva du sol et se dirigea vers la douche.

— Non ! protesta-t-elle en comprenant ce qu'il allait faire.

— Il faut te calmer un peu, dit-il. Et puisque je n'y parviens pas avec des mots…

En proie à un mélange de stupeur et d'excitation incroyable,

120

Bronte le regarda choisir la température la plus froide. A quoi bon s'opposer à Heath ?

Une seconde plus tard, il la serrait contre lui sous le jet puissant.

— Ça va mieux ? demanda-t-il en la repoussant légèrement. Ça te suffit ?

Ils étaient trempés tous les deux.

— A ton avis ? répliqua-t-elle.

A vrai dire, Bronte ne parvenait même pas à feindre la colère. Repoussant ses cheveux mouillés de son visage, elle commença à rire — puis ce rire se mua en véritable fou rire. Après l'avoir contemplée un instant d'un air ahuri, Heath se mit à rire à son tour.

— Tu sais ce que je pense ? demanda-t-il en reprenant son souffle.

Sans attendre sa réponse, il coupa l'eau puis, après avoir repris Bronte dans ses bras, l'embrassa. Et cette fois, il n'y eut aucun effleurement, aucune caresse préliminaire. Ils mouraient tous deux d'envie de ce baiser et Heath dévorait sa bouche avec passion. Il l'embrassait comme elle n'avait jamais été embrassée — et comme elle ne le serait plus jamais par aucun autre homme après lui, pressentit Bronte.

Grâce à la ferveur qu'il mettait dans son baiser, Heath lui donnait l'impression d'être sexy et désirable. Et elle ne s'était jamais sentie autant en sécurité et en péril de sa vie.

La vie même était un risque.

L'amour aussi.

Allait-elle passer toute sa vie à rêver ?

— Pas ici, murmura-t-il d'une voix rauque en redressant la tête. Pas contre un mur.

— Ça a déjà été fait…, répliqua Bronte en riant doucement.

Heath la souleva de nouveau dans ses bras et l'emporta hors de la salle de bains. Quelques instants plus tard, il la déposait sur un grand lit. Bronte avait à peine eu le temps d'apercevoir un jeté de soie couleur café.

— Non, il ne faut pas…

— Je suis chez moi : je fais ce que je veux, répliqua-t-il avec l'un de ses sourires qui la faisaient fondre.

— Nous allons mouiller le lit.

— J'y compte bien, riposta Heath d'une voix rauque en commençant à se déshabiller.

Lorsque Bronte se redressa pour l'imiter, il l'interrompit.

— Non, c'est mon travail.

Il lui ôta ses vêtements lentement, embrassant chaque nouvelle parcelle de chair qu'il dévoilait. Puis il se redressa et recula d'un pas.

Le corps nu de Bronte lui apparaissait comme une révélation : c'était la plus belle chose qu'il ait jamais vue — une véritable œuvre d'art. Emerveillé, Heath la contempla en silence avant de se rapprocher du lit. Bronte faisait ressortir le meilleur en lui. Elle le rendait capable d'une tendresse dont il avait ignoré l'existence. Jusqu'à présent, il avait toujours exprimé ses émotions physiques autrement, alors que maintenant il l'embrassait avec douceur et délicatesse. Son désir le plus urgent était de la protéger et d'oublier toutes les raisons qui auraient dû l'empêcher de lui faire l'amour.

Le temps s'était arrêté. Le présent leur était réservé. Bronte était si menue contre lui… Heath avait du mal à croire que cette folle étreinte ait pu avoir lieu, dans la cuisine de Hebers Ghyll. Ce soir-là, ils s'étaient laissés aller à une véritable frénésie, donnant libre cours au désir qui avait couvé en eux pendant toutes ces années passées loin l'un de l'autre.

A présent, ce qu'ils partageaient était différent. Et bien plus agréable. Il pouvait prendre son temps, pour eux deux.

— Tu te retiens, dit-elle avec une nuance de reproche dans la voix. Je te désire, Heath…

— Tu vas être exaucée, ne t'inquiète pas.

— Je ne m'inquiète pas…, murmura-t-elle tandis qu'il soulevait ses jambes fines et les faisait passer sur ses épaules.

Puis il écarta les lèvres frémissantes, au plus intime de son corps, avant de leur accorder des attentions dont Bronte n'aurait jamais soupçonné la volupté. L'univers explosa en une myriade de sensations cristallines et multicolores, comme un feu d'artifice se répétant à l'infini dans un ciel nocturne. Bronte s'entendit gémir, puis crier tandis qu'elle suppliait Heath de ne jamais s'arrêter.

Quand elle recouvra ses esprits, elle était dans ses bras et il la berçait doucement.

— Oh…

— Oh… ? répéta-t-il avant de déposer un baiser sur sa bouche. Tu en veux encore ?

— Je…

Bronte se mit à haleter en sentant les doigts de Heath s'insinuer en elle avec un art divin.

— Je crois que ça te manquait, murmura-t-il. Vas-y, ma douce, laisse-toi aller…

Un torrent de lave tiède déferla en Bronte tandis qu'elle s'envolait vers une nouvelle extase.

Sans lui laisser le temps de redescendre sur terre, Heath s'allongea sur elle.

— Tu es tellement plus grand, plus… fort que moi…, chuchota Bronte.

— Oh ! juste un peu, approuva-t-il avec un sourire en coin. En tout cas, je prends ta remarque pour un compliment.

— C'en était un…

— Et puis, tu t'adaptes si bien à moi, murmura-t-il.

— Oui, et j'adore quand tu…

Bronte poussa un gémissement en sentant son membre puissant la pénétrer. Il l'emplissait, totalement, et quand Heath commença à bouger en elle, avec une lenteur à peine soutenable, elle eut l'impression d'atteindre le paradis.

Soudain, il roula sur le côté en l'entraînant avec lui.

— Tu es un petit chat sauvage, dit-il, les yeux étincelants.

Après une lutte aussi douce que sensuelle, ils se retrouvèrent sur l'épais tapis qui, heureusement, amortit la chute. Et au dernier moment, Heath réussit à se placer sous Bronte.

— Je me demande si notre rapport hiérarchique m'autorise à me retrouver dans cette position, dit Bronte en feignant la désapprobation.

Elle se redressa et s'appuya sur les mains pour mieux regarder son amant.

— Ton boss t'accorde une autorisation exceptionnelle, répliqua-t-il en souriant.

Laissant échapper un soupir heureux, Bronte se pencha avant de blottir son visage dans le creux de son épaule.

— C'est si bon, murmura-t-elle. Tu es si doux…

— Fais attention à ne pas te casser les dents sur cette prétendue douceur, conseilla-t-il. Je ne suis pas un prince charmant, Bronte.

— Tu es plus Viking ? J'adore les Vikings !


— Ça va ? murmura Heath quand elle laissa retomber sa tête sur le tapis.

Les sommets vers lesquels il l'avait emportée étaient inimaginables. Il lui avait fait l'amour avec une lenteur, une langueur, presque une paresse, extraordinaire. Bronte avait eu l'impression d'être unie à lui complètement, dans une harmonie et une fusion totales. Comme jamais auparavant.

— C'est ta faute, haleta-t-elle. Tu es si…

— Ma faute ? l'interrompit Heath avec un sourire amusé. On ne m'avait encore jamais fait un tel reproche.

— Je ne me plains pas. Il faut juste que je m'y habitue chaque fois, dit-elle en caressant ses épais cheveux bruns.

— Je vais changer de rythme, dit-il.

— Non…, protesta-t-elle en sentant son sexe la pénétrer.

— Si, je vais aller encore plus lentement.

Et quand il fit bouger ses hanches, et pas seulement d'avant en arrière mais aussi de chaque côté, elle poussa un cri tandis qu'un torrent de volupté l'emportait dans un nouvel orgasme éblouissant.

— C'était mieux, comme ça ? chuchota-t-il contre ses lèvres.

— C'était meilleur que tout, murmura Bronte en serrant ses muscles intimes pour le retenir en elle.

— Est-ce que tu as réalisé que nous avions traversé toute la pièce sur notre tapis volant ? demanda-t-il alors qu'ils reposaient plus tard dans les bras l'un de l'autre. Je crois qu'il est temps de poursuivre nos ébats de façon plus classique.

— Je n'y vois pas d'inconvénient, répliqua Bronte en riant.

Après s'être redressé, il la souleva dans ses bras et l'emporta vers le grand lit.

Ils avaient dû finir par céder à l'épuisement car lorsque Bronte se réveilla, elle trouva Heath en train de la regarder, l'air frais et reposé.

— Qu'est-ce qu'il y a ? murmura-t-elle.

— Toi.

— Moi ?

— Oui toi… Bronte…

— Ne dis plus rien, l'interrompit-elle d'une voix douce en posant un doigt sur ses lèvres.

— Il le faut.

— Non. Je sais que nous vivons dans des univers différents. Je sais que ta vie est ici, à Londres, Heath, et je suis heureuse d'y être venue. Je pourrai t'imaginer dans ton cadre habituel, maintenant.

Et elle partirait en emportant ces souvenirs magiques dans son cœur.

— C'était juste un nouvel épisode un peu fou, ajouta-t-elle.

— Et ça te convient ? demanda-t-il en plissant le front.

— Oui. Cela ne nous empêche pas de rester amis. Nous sommes des adultes, non ?

Un lent sourire se forma sur la bouche de Heath, mais son regard était ailleurs.

— Tu as raison, nous sommes des adultes.

— Très bien. Maintenant c'est moi qui décide de la suite, dit-elle d'une voix ferme.

Quand il entrouvrit les lèvres pour protester, Bronte l'en empêcha.

— Tu dois me laisser faire, Heath. Le contrat est signé, alors je vais aller prendre une douche, m'habiller, appeler un taxi — et rentrer chez moi.

Elle redressa le menton avant d'ajouter :

— Il est hors de question que nous envisagions les choses autrement. Par conséquent, laisse-moi partir maintenant, s'il te plaît. De toute façon, tu n'as plus droit à la parole.

Sans lui laisser le temps de réagir, Bronte bondit hors du lit en entraînant un drap pour se couvrir. Puis elle se dirigea vers la salle de bains la tête haute.

# 15.

Noël arriva et, à la déception générale, le grand hall ne fut pas prêt à temps pour accueillir la fête prévue. Bronte surmonta son désappointement en redoublant d'efforts, mais ce qui la faisait le plus cruellement souffrir, c'était de ne pas avoir revu Heath depuis son bref séjour à Londres. Leurs seuls contacts se limitaient à des échanges par téléphone et e-mail, dont la teneur ne sortait jamais d'un cadre professionnel.

Heureusement, son travail l'occupait à plein temps, et elle adorait son job. Grâce à l'extension du jardin potager et à l'élevage de volailles, elle avait pu embaucher d'autres gens du village. D'autre part, en plus de ses nombreuses tâches, Bronte réussissait à trouver le temps de cuisiner. Cette activité représentait pour elle un plaisir immense qu'elle recevait comme une récompense à la fin de chaque journée de dur labeur.

Elle s'était par ailleurs laissé persuader par les autorités locales d'accueillir des jeunes cas sociaux, sur la base de contrats à durée déterminée. Du moment qu'ils étaient accompagnés d'éducateurs spécialisés, pourquoi pas ? Surtout que chacun des nouveaux arrivants lui rappelait le premier séjour de Heath à Hebers Ghyll.

Pâques arriva à son tour et passa lui aussi, sans que Heath ait réapparu au domaine. Ils communiquaient toujours régulièrement, mais leurs échanges restaient brefs et impersonnels.

— Tu devrais prendre ça pour un compliment, insista Colleen. Tu fais du si bon travail que Heath n'a pas besoin d'intervenir : il te fait confiance.

— Tu veux dire que c'est pour cela qu'il m'appelle tous les jours longuement, en me parlant de tout sauf du travail? répliqua Bronte en riant.

— Il reste en contact, c'est déjà ça, fit remarquer Colleen.

— Tu parles, il vérifie l'avancement des travaux, c'est tout. Ce que j'aimerais…

Elle s'interrompit juste à temps.

— Il te manque, dit Colleen.

— Cette propriété appartient à Heath, insista Bronte en haussant les épaules. Pas à moi. Je trouve simplement qu'il devrait s'y intéresser davantage, et ne pas se contenter de communiquer par téléphone ou par e-mail.

— Heath est un homme d'affaires, Bronte. Et même s'il le désirait, il n'aurait pas le temps de venir ici. *Pour l'instant.* Il faut qu'il s'organise pour pouvoir s'éloigner de Londres, tu comprends? Et cela prend du temps.

— Cela fait presque un an.

— Non, pas encore, corrigea Colleen.

— Bon, d'accord, concéda Bronte. Mais reconnais que ça fait longtemps, non?

— Je ne peux pas répondre à cette question : je ne ressens pas le même besoin que toi de le voir, se contenta de dire son amie en soupirant.

Lorsque l'été se déploya dans toute sa splendeur, Bronte alla travailler avec les autres dans les champs. Elle revenait le soir exténuée, mais heureuse. Les hommes de Heath avaient fait des merveilles dans les vieux bâtiments et ils venaient de s'attaquer au château. Quant à l'équipe dirigée par Bronte, qui comprenait les jeunes garçons envoyés par les autorités locales, ainsi que d'autres recrues fraîchement sorties de l'école, ils accomplissaient des prodiges côté moisson et autres récoltes.

Comme tous travaillaient avec acharnement, elle décida de leur accorder un jour de congé bien mérité.

Si seulement Heath avait été là pour partager toutes ces

belles avancées et réussites ! Mais il ne manifestait toujours pas l'intention de venir, aussi Bronte sombrait-elle parfois dans l'anxiété et le doute. Et s'il ne revenait plus jamais à Hebers Ghyll ? Et si le manque de lui qui la dévorait ne diminuait pas ?

Au lieu de se lamenter sur son propre sort, elle ferait mieux de trouver un moyen de récompenser ses fidèles équipes, se dit-elle en s'arrêtant dans la cour. Des parfums délicieux embaumaient l'air tiède, et le blé coupé formait un tapis doré qui luisait sous les derniers rayons du soleil.

Il n'y avait pas eu de fête de Noël, mais pourquoi ne pas fêter la fin de la moisson ? Inviter tous les gens du village… et Heath — et même le très sophistiqué Quentin ?

Lorsqu'elle l'appela le vendredi suivant pour lui faire son rapport hebdomadaire habituel, puis l'invita à la fête ainsi que Quentin, Heath répondit que malheureusement, ils ne pourraient venir ni l'un ni l'autre. Mais il enverrait quelqu'un à leur place, promit-il. Et surtout, qu'elle n'oublie pas de lui envoyer les factures…


Il n'y avait pas eu de fête de Noël et il n'y aurait pas de fête de la moisson. Le cœur lourd, Bronte avait appelé les pompiers, puis organisé une chaîne humaine entre le lac et la grange. A présent, elle faisait partie des sauveteurs improvisés qui se passaient les seaux de mains en mains en attendant les renforts.


— Tu as vu cette lumière rouge ? Qu'est-ce que c'est ? demanda Quentin en baissant la vitre avant de sortir la tête pour mieux voir.

Heath venait de l'apercevoir, lui aussi.

— Je ne sais pas, répondit-il en appuyant à fond sur l'accélérateur.

Cinq minutes plus tard, il coupa le moteur, ouvrit sa portière, sortit en trombe de voiture et se mit à courir. Il était sûr que Bronte était en plein cœur du danger, prête à prendre tous les risques possibles et imaginables. Bon sang, pourquoi était-il resté loin de Hebers Ghyll aussi longtemps ?

*Parce qu'il ne prenait jamais de vacances, parce que s'organiser lui avait pris un temps fou...*

Peu importe, il aurait dû venir plus tôt.

Quand il s'approcha de l'incendie, la fumée le fit suffoquer, lui piqua les yeux — et la peur lui étreignit le ventre. Le feu faisait rage et la grange disparaissait sous les flammes et une épaisse fumée opaque. En dépit des puissantes lances des pompiers, rien ne pourrait être sauvé, comprit-il.

Heath se maudit de ne pas avoir suivi son instinct. Il *sentait* le désespoir de Bronte. Bon sang, la vie, les affaires, l'argent, qu'est-ce que tout cela représenterait, sans elle ?

Embaucher ces jeunes gars avait été une erreur. Bronte était une fille trop bien pour ça — Heath savait de quoi il parlait. Mais il s'était décidé trop tard à venir voir sur place comment elle se débrouillait. Il connaissait son optimisme et sa détermination farouche, mais elle n'était pas de taille à faire face à des jeunes gars meurtris par l'existence et capables de tout.

Se protégeant le visage de ses mains, il s'avança mais le capitaine des pompiers l'arrêta. Heath expliqua qu'il était le propriétaire du domaine et lui demanda s'il savait où était la jeune femme occupant le poste de régisseuse. Elle les avait appelés, répondit le gradé. Mais il ne l'avait pas vue depuis son arrivée sur les lieux.

Où était-elle ? Heath promena son regard sur la foule qui s'activait autour de l'incendie, puis il vit Colleen qui se dirigeait vers lui.

— Sais-tu où se trouve Bronte ? demanda-t-il en s'avançant à sa rencontre.

— Elle a organisé une chaîne pour faire venir de l'eau du lac en attendant les pompiers, répondit-elle. Mais je ne l'ai pas revue depuis.

— Va dans la cuisine, ordonna-t-il. Prépare du thé, fort et

sucré, et des sandwichs — fais-en beaucoup. Tout le monde en aura besoin.

— D'accord, dit Colleen avec empressement.

Elle était heureuse de pouvoir se rendre utile, comprit Heath. Il la regarda s'éloigner en réfléchissant : le lac étant situé à l'arrière du manoir, Bronte était peut-être encore dans les parages.

— Vous ne pouvez pas aller par là ! cria quelqu'un.

Heath ignora l'avertissement et continua à courir. Il ne pensait qu'à Bronte. Au mieux, il s'imaginait la trouver rompue de fatigue et effondrée en pleurs sur le sol. Quant au pire, il refusait d'y songer.

Mais comme d'habitude, elle réussit à le surprendre. Il la découvrit le dos arc-bouté contre la porte des écuries et poussant de toutes ses forces, tandis que des coups violents résonnaient de l'autre côté.

La voyant saine et sauve, Heath se sentit envahi par un soulagement indescriptible.

— Qu'est-ce que tu fais ici, bon sang ? demanda-t-il en la soulevant dans ses bras avant de prendre sa place.

Il la reposa sur le sol et remarqua qu'au seul son de sa voix, les coups avaient cessé brusquement.

— Ce sont eux qui ont mis le feu à la grange, dit Bronte en s'essuyant le visage d'une main couverte de suie. Et je ne voulais pas m'éloigner, de crainte qu'ils ne réussissent à sortir et s'enfuient…

— Comment ça, ils ?

— Ils sont deux.

— Tu as enfermé deux types ?

— Ce ne sont que des gamins !

Heath poussa un juron.

— C'est ma faute : c'est à cause de moi que tu as accepté de les embaucher. Tu aurais dû attendre que je sois là pour te lancer dans ce genre de projet.

— Pardon ? Attendre jusqu'à quand, au juste ?

Ulcéré, Heath donna un coup de poing dans la porte et poussa un nouveau juron. Elle avait raison, il aurait dû venir

131

plus tôt. Ceci relevait de sa responsabilité, pas de celle de Bronte.

— Je vais appeler la police, dit-il en sortant son mobile de sa poche.

— Tout s'est passé plus vite que ces gamins ne s'y attendaient, expliqua Bronte quand il mit fin à son appel. La grange s'est enflammée comme une allumette, et ils n'ont pas eu le temps de s'échapper avant l'arrivée des pompiers. Alors, ils sont venus se cacher ici, dans l'écurie. Je n'ai eu qu'à abaisser le loquet. Et quand je suis revenue, j'ai eu peur qu'ils enfoncent la porte.

— Tu n'aurais pas dû les poursuivre.

— Qu'est-ce que tu aurais voulu que je fasse ? Rester à bouder dans mon coin parce que la fête était annulée ?

— La seule chose qui compte, c'est que tu ne sois pas blessée, riposta-t-il d'une voix rauque.

Après l'avoir contemplé un long moment en silence, elle dit doucement :

— Bonjour, Heath.

— Bonjour, Bronte.

Il aurait voulu lui dire tant de choses ! La tête appuyée contre la porte, Heath regarda Bronte en se traitant d'imbécile. Le bois vermoulu cédait déjà par endroits. Ils auraient pu la tuer.

Baissant les yeux vers le bidon d'essence vide abandonné au milieu de la cour, puis la boîte d'allumettes que serrait Bronte dans sa main, il tressaillit violemment.

— Tout s'est envolé en fumée, murmura-t-elle. Tout…

— Ne dis pas ça, répliqua Heath d'une voix ferme. Nous reconstruirons la grange et nous achèterons du foin…

— Mais si la moisson n'avait pas brûlé, nous n'aurions pas eu besoin d'en acheter ! l'interrompit-elle avec véhémence.

— Eh bien, maintenant, nous allons devoir le faire. Toute entreprise a ses revers, Bronte. C'est la façon dont on réagit qui importe.

Ses yeux étaient rouges, à cause de la fumée et parce

qu'elle avait pleuré, devina Heath. Mais elle ne montrait aucun signe de faiblesse.

— Tu es une femme formidable, murmura-t-il.

— Et toi un propriétaire perpétuellement absent.

— Cela va devoir changer.

Le doute emplit ses yeux verts.

— Quand j'ai compris tout ce que je laissais passer, poursuivit-il, je me suis enfin décidé à déléguer. J'ai engagé un directeur général, un chef d'exploitation et un directeur financier — plus un type génial qui s'occupe du marketing et des ventes.

— Alors que jusqu'à présent, tu faisais tout ça tout seul, dit Bronte. Pas étonnant que tu sois aussi casse-pieds, Heath !

— Ils devraient y arriver sans moi, répliqua-t-il avec un sourire en coin.

— Pendant que tu assumes tes responsabilités envers Hebers Ghyll ?

— Je suis désolé que cela ait pris aussi longtemps, Bronte.

— Alors qu'ici, il a suffi d'une heure pour anéantir un an de travail, remarqua Bronte.

— Nous nous en remettrons — plus vite que tu ne le penses.

— Nous ? demanda-t-elle avec incrédulité.

— Oui, toi et moi. Nous surmonterons cette épreuve. Je te le promets.

— Ensemble ?

— Va voir si tout se passe bien pendant que je fais sortir ces petits vandales, d'accord ?

— Ne prends pas de risques inutiles, Heath.

— Merci pour le conseil, répliqua-t-il avec malice. Je crois que je vais m'en tirer. Et si j'ai besoin d'aide, je t'appelle.

— J'accourrai à ton secours, dit-elle en répondant à son sourire. Tu peux compter sur moi.

Heath désirait parler aux gamins seul à seul. Il estimait qu'ils méritaient d'être sanctionnés pour leurs actes, mais il voulait leur faire comprendre qu'il existait une autre voie que celle de la violence. Il voulait aussi leur demander d'en parler aux autres lorsqu'ils se retrouveraient incarcérés, de leur expliquer qu'au moins une personne comprenait le poison qui les intoxiquait et avait réussi à le transformer en antidote.

Et que cet homme envisageait d'ouvrir un centre de réinsertion à Hebers Ghyll.

# 16.

Depuis son arrivée Heath travaillait d'arrache-pied avec les hommes du chantier, ainsi que toutes les bonnes volontés du village pour aider à nettoyer les dégâts. Emue par l'attitude de chacun, Bronte se dirigea vers la cuisine, et lorsqu'elle y trouva Quentin en train de préparer des sandwichs et du thé pour tous, elle ne fut même pas irritée qu'il ait envahi son fief.

— Colleen était un peu fatiguée, alors j'ai proposé de prendre la relève, dit-il en se tournant vers elle avec un sourire ravi. Je n'avais jamais eu l'occasion de faire autant de nouvelles connaissances : les pompiers en uniforme sont particulièrement sexy, je trouve.

— Quentin ! le tança Bronte avec une sévérité feinte.

En réalité, elle se sentait reconnaissante envers lui : Quentin aurait réussi à faire sourire n'importe qui, même dans les pires circonstances.

A cet instant Heath entra dans la cuisine et la regarda d'un air interrogateur.

— Quelque chose ne va pas, Bronte ? demanda-t-il.

Horrifiée, elle se rendit compte qu'elle avait les larmes aux yeux.

— Non, ça va très bien. Mais quand je vous regarde, toi et Quentin, je me dis que ce serait tellement formidable si vous pouviez rester ici…

Heath se sentait trop fatigué pour répliquer. Tout le monde était vidé, à plat, mais il devait reconnaître que Quentin avait fait des miracles, allant jusqu'à faire rire les gens épuisés quand il leur apportait du thé et d'énormes sandwichs. Mais c'était Bronte qui avait été la plus merveilleuse. Elle avait travaillé sans relâche, à l'intérieur du manoir et au-dehors, trouvant encore la force de réconforter et d'encourager ceux qui baissaient les bras.

— Tu devrais goûter aux nouveaux sandwichs de Quentin, dit-elle en lui plaçant un immense plateau sous le nez. Ils sont vraiment délicieux.

— D'habitude, il n'a qu'à mettre les pieds sous la table, répliqua Heath en en choisissant un. Son compagnon est un vrai cordon-bleu.

Après cette pause, ils furent trop occupés pour pouvoir bavarder de nouveau. Puis lorsque le gros des troupes quitta le domaine, Bronte resta pour aider Quentin et Heath à nettoyer la cuisine. Il y régnait une atmosphère d'après fête, quand il fallait tout ranger une fois les invités partis. Sauf qu'il n'y avait pas eu de fête. Et qu'il n'y avait plus de grange, songea Bronte, cédant à un accès de tristesse.

Le cœur serré, elle s'arrêta devant la fenêtre et contempla le tas de bois brûlé et de cendres.

— Ne retourne pas au cottage, murmura Heath derrière elle.

Bronte se retourna entre ses bras. Elle se sentait incapable de revivre ce qui s'était passé à Londres. Ensuite, le chagrin serait trop lourd.

— Je ne vais pas te laisser rentrer dans un cottage vide, continua-t-il. Je veux que tu restes ici avec moi, Bronte.

— Je ne crois pas que ce soit une bonne idée.

— Je te ferai couler un bain…, dit-il en souriant.

— Heath, je…

— Et je t'appellerai quand il sera prêt.

Ou elle persistait dans son refus ou, pour une fois, elle acceptait la gentillesse de Heath. Et puis, la perspective de s'immerger dans de l'eau chaude, jusqu'au menton, était vraiment trop tentante…

Quand elle entendit Heath monter les escaliers quatre à quatre, elle lui envia son énergie car de son côté, elle se sentait complètement vidée.

A cet instant, elle vit Quentin plier avec soin des torchons qui avaient séché sur le rail de la cuisinière. Cela représentait un détail infime par rapport au travail monumental abattu dans la journée, mais il montrait que Quentin se souciait du bien-être général et qu'il y participait à sa façon.

Tant de gens s'étaient dépassés, ce jour-là… Si toute cette bonne volonté pouvait donner ses fruits, Hebers Ghyll se sortirait indemne de la catastrophe.

Au lieu de lui crier que le bain était prêt, Heath descendit la chercher et la souleva dans ses bras.

— Et je resterai derrière la porte, dit-il en gravissant les marches sans effort. Tu n'as pas le droit de protester. Tu n'auras qu'à m'appeler si tu as besoin de quelque chose.

— Mais tu es fatigué aussi, protesta Bronte en scrutant son beau visage barbouillé de poussière. Tu dois avoir envie de te laver, non ?

— Ça peut attendre, dit-il en souriant. Je prendrai une douche après t'avoir mise au lit.

— Merci, dit-elle doucement en le regardant dans les yeux.

— Pas la peine de me remercier, répliqua-t-il en poussant la porte de la salle de bains avec son pied. Et surtout, prends ton temps.

Heath lui avait préparé des serviettes, ainsi qu'un peignoir et un T-shirt trois fois trop grands pour elle, constata Bronte avec émotion. Il avait même empli la baignoire d'eau parfumée.

Après s'être déshabillée à la hâte, elle s'immergea dans l'eau bienfaisante et ferma les yeux en soupirant d'aise.

Quand elle sortit de la salle de bains une demi-heure plus tard, Heath l'attendait et lui passa le bras autour des épaules avant de l'entraîner vers sa chambre.

Une fois allongée dans le grand lit, elle ferma de nouveau les yeux. Les oreillers étaient juste comme elle les aimait, fermes et doux à la fois, et un parfum de soleil et de lavande émanait des draps.

Heath se pencha et la borda avec soin avant de l'embrasser sur le front.

— Maintenant, dors, murmura-t-il.

Bronte ne se le fit pas dire deux fois et sombra rapidement dans le sommeil.

Lorsqu'elle se réveilla, le lendemain matin, elle se tourna vers le réveil en plissant les yeux sans parvenir à distinguer l'heure sur le cadran minuscule.

A vrai dire, elle serait bien restée au lit, mais elle n'avait pas que cela à faire…

Se forçant à se lever, elle se dirigea vers la salle de bains d'un pas incertain. Elle ne se demanda pas où était Heath. Elle *savait* qu'il était là, à Hebers Ghyll, sans doute déjà en train de résoudre toutes sortes de problèmes.

Quand elle descendit au rez-de-chaussée après avoir pris une douche énergisante et sortit dans la cour, elle la trouva envahie de véhicules. Apparemment, tout le village était là.

— Que se passe-t-il, demanda-t-elle en apercevant Colleen.

Son amie se précipita vers elle et la prit par le bras.

— Viens voir !

Bronte découvrit bientôt Heath, en équilibre sur un échafaudage, qui essayait de mettre une lourde poutre en place, aidé de trois des garçons venus en réinsertion à Hebers Ghyll.

Un mélange de fierté et de joie l'envahit. Finalement, tout trouvait sa juste place. Bronte pensa au long chemin qu'ils avaient parcouru pour parvenir à ce résultat, elle et Heath, à tout ce qu'ils avaient appris l'un sur l'autre et l'un de l'autre.

Sentant son regard posé sur lui, Heath baissa les yeux et la vit. Il ne s'était pas rasé, remarqua Bronte tandis que leurs regards se soudaient. Redressant la tête, Heath souleva de nouveau la poutre et la glissa sans difficulté à sa place.

— Il faut que j'aille préparer le petit déjeuner, dit Bronte en se tournant vers Colleen.

— Tu veux dire le *déjeuner* ! s'exclama celle-ci en éclatant de rire. Il est presque midi !

— Pas possible ! Pourquoi ne m'as-tu pas réveillée ?

— Heath a dit que tu avais besoin de dormir et nous

l'avons tous approuvé, Bronte. Et personne ne t'en a voulu de faire la grasse matinée, crois-moi !

La vraie Bronte était de retour, et en pleine possession de ses moyens, songea Heath en se séchant énergiquement après avoir pris sa douche. Il l'avait vu dans ses yeux quand elle était venue sur le chantier : elle avait retrouvé sa combativité.

Une émotion d'une intensité inouïe l'envahit, irrépressible, joyeuse, bouillonnante, à laquelle il savait désormais donner un nom : *amour*. Il avait lutté contre, l'avait ignoré, l'avait piétiné sans merci à la moindre occasion, mais maintenant, il le sentait déborder de lui. Il aimait Bronte, c'était aussi simple que cela. Il désirait qu'elle l'aime autant qu'il l'aimait, et il souhaitait bâtir bien davantage qu'une grange avec elle.

L'incendie avait été un véritable désastre, mais grâce à cet accident, Heath discernait avec clarté ce qui comptait pour lui dans la vie. Certaines choses pouvaient être reconstruites, restaurées, ou encore recyclées, mais d'autres étaient uniques, irremplaçables.

Si Bronte avait été blessée, il ne se le serait jamais pardonné. Et si le pire était arrivé, hypothèse qu'il ne pouvait même pas envisager, rien ni personne ne la lui aurait rendue.

Après s'être rasé, il s'appuya contre le bord du lavabo et contempla son reflet dans le miroir en se découvrant une expression qu'il ne s'était encore jamais vue.

Bronte l'avait transformé, reconnut Heath. Il s'empara d'une serviette et se tamponna les joues, puis passa rapidement les doigts dans ses cheveux mouillés. Il n'avait pas de temps à perdre, se dit-il en boutonnant sa chemise avant de dévaler l'escalier.

De façon tout à fait inhabituelle, il s'arrêta un instant pour prendre une profonde inspiration.

Une fois dans la cuisine, il ne vit qu'elle, debout devant la cuisinière. Des tongs rose indien aux pieds, son tablier noué autour de la taille, elle portait un legging violet et un pull vert pomme. Et ses longs cheveux bouclés ruisselaient sur son dos, jusqu'en haut des reins. Jamais il ne l'avait trouvée aussi belle.

Après avoir traversé la pièce d'un pas déterminé, il s'arrêta devant elle.

— Je t'aime, dit-il sans ambages en la regardant dans les yeux.

Puis il lui ôta le plateau des mains, le posa sur la table, et s'agenouilla à ses pieds.

— Je t'aime plus que tout au monde, Bronte, poursuivit-il en enlaçant ses doigts aux siens.

Ce ne fut qu'en entendant les applaudissements qu'il réalisa qu'ils n'étaient pas seuls. Mais rien n'aurait pu l'écarter de son but. Après avoir attendu que le calme soit revenu, il demanda calmement :

— Veux-tu m'épouser, Bronte ?

Jusqu'à présent, elle n'avait pas prononcé un mot, se contentant de le dévisager de ses beaux yeux émeraude. Mais, le surprenant une fois de plus, elle s'agenouilla à son tour.

— Ce n'était pas prévu, dit Heath. C'est moi qui demande, pas toi.

— Je préfère que nous soyons face à face pour te dire cela, répliqua-t-elle d'une voix douce. Moi aussi je t'aime, Heath. Je t'ai toujours aimé et je t'aimerai toujours.

— Mais tu n'as pas répondu à ma question.

— Patience, dit-elle. J'y arrive…

Un silence total s'installa dans la pièce.

— Heath, c'est la demande en mariage la plus romantique dont puisse rêver une femme.

Des murmures impatients montèrent de la petite assemblée.

— Et… ? demanda Heath en se sentant tout à coup nerveux.

— Bien sûr que j'accepte de t'épouser, dit-elle tandis qu'un tonnerre d'applaudissements et de cris de joie saluaient ses paroles.

\*
\* \*

Heath désirait offrir un cadeau très spécial à Bronte. Un présent qui soit à la hauteur de son amour pour elle. Et il trouva ce qu'il cherchait.

Juste avant Noël, alors qu'il venait de garer la Jeep devant le manoir, Bronte se dirigea vers lui en souriant avant de se hausser sur la pointe des pieds pour essayer de voir à travers les vitres fumées.

— Qu'est-ce que tu caches là-dedans ? Un trésor ?

— Surprise…

— Maman ! Papa ! s'écria-t-elle en voyant la portière s'ouvrir sur ses parents.

Heath les laissa à leurs retrouvailles : il s'était ouvert aux émotions, mais il n'était pas encore expert en la matière… Et il préférait exprimer ce qu'il ressentait en privé.

Aussi ne fut-ce qu'après une soirée joyeuse en famille et une nuit passionnée avec Bronte qu'il put bavarder paisiblement avec elle, alors que le soleil inondait la pièce à travers les rideaux.

— Maintenant, passons aux choses sérieuses, dit-il après l'avoir embrassée longuement. Tu m'as dit que tu avais un cadeau pour moi, eh bien, moi aussi j'en ai un à t'offrir.

— J'espère que le mien te plaira, dit Bronte en le regardant avec amour.

— J'en suis sûr. Quoi que tu aies choisi, ce sera parfait.

Elle tendit le bras vers la table de nuit et sortit un paquet du tiroir.

— Tu as utilisé un rouleau entier de papier pour l'emballer ? demanda Heath en parvenant enfin à tout ôter.

Stupéfait, il contempla en silence le petit roi de bois logé dans sa paume.

— J'ai toutes les autres pièces, dit Bronte. Et j'ai retrouvé l'échiquier au grenier, ainsi que la vieille table sur laquelle vous jouiez tous les deux, oncle Harry et toi. Je les ai fait restaurer. Ils sont en bas et…

Heath la fit taire d'un baiser, et quand il s'écarta d'elle, Bronte comprit en voyant ses yeux briller qu'elle ne s'était pas trompée.

— C'est le plus beau cadeau qu'on m'ait jamais offert, dit-il d'une voix rauque. Mais moi aussi, j'ai quelque chose pour toi…

— Qu'est-ce que c'est? demanda-t-elle en contemplant la grande enveloppe en papier kraft qu'il venait de prendre sous le lit. Un nouveau contrat? A durée indéterminée?

— Ouvre, et tu verras.

Après avoir déchiré le haut de l'enveloppe, Bronte en sortit un document et commença à le lire avant de relever les yeux.

— Heath, tu ne peux pas faire ça, murmura-t-elle.

— Pourquoi? Hebers Ghyll m'appartient, non? Alors je peux en faire ce que je veux : t'en donner la moitié, par exemple.

— Sois sérieux, Heath! s'exclama-t-elle en riant nerveusement. Tu ne peux pas me donner la moitié d'une propriété pareille juste comme ça!

— Je compte sur toi pour assumer la moitié des responsabilités qui vont avec, répliqua Heath avec un sourire malicieux.

— Bien sûr, et j'adorerais le faire, mais…

— Il n'y a pas de *mais*, la question est réglée.

— Tu en es sûr? murmura Bronte, qui avait encore du mal à croire à ce merveilleux cadeau.

— Sûr et certain. Au fait, j'ai encore un petit quelque chose pour toi. Je l'ai gardé toute la soirée dans ma poche.

Il se pencha hors du lit pour attraper son jean.

— Ne bouge pas, dit-elle. Tu es en train de m'offrir un cadeau fabuleux.

— Pardon? fit Heath en se réinstallant à côté d'elle. Tu veux dire que tu lorgnais mes fesses en douce?

— En quelque sorte.

— Je devrais te punir, dit-il d'un ton faussement sévère.

— Vas-y, je t'en prie.

— Bon, pour ta punition, tu devras porter ceci tous les jours, même pour nettoyer les écuries.

— Qu'est-ce que c'est?

— Devine, répondit-il en lui présentant un petit écrin de velours violet.

Bronte le contempla en retenant son souffle.

— Je devrais peut-être m'habiller avant que tu ne l'ouvres, dit Heath. Je me sens un peu décalé.

— Tu es très bien comme tu es.

Elle ouvrit l'écrin d'une main tremblante.

— J'ai changé d'avis, dit-elle.

— Vraiment ?

— Tu as raison : tu es complètement décalé. Tu devrais porter un smoking.

Soulevant le rubis de la taille d'une prunelle qui luisait de mille feux au milieu de diamants étincelants, elle le tendit à Heath pour qu'il lui passe l'anneau de platine au doigt.

— Elle te plaît ? demanda-t-il avec du rire plein les yeux. Le rubis n'est pas un peu encombrant, pour une femme qui soulève des bottes de foin toute la journée ?

— Je vais me débrouiller, promit Bronte avec le plus grand sérieux. Mais, franchement, Heath, tu n'avais pas besoin de m'acheter quoi que ce soit : un morceau de ficelle aurait aussi bien fait l'affaire.

— Veux-tu dire que tu préférerais vivre sous une tente plutôt qu'au manoir ?

Bronte éclata de rire tandis que Heath l'attirait dans ses bras.

— Tu ne trouves pas que j'avais bien fait de venir camper pour te trouver dès ton arrivée ?

# Epilogue

Après un bref passage à la mairie suivi d'une cérémonie religieuse toute simple, le mariage fut célébré dans le grand hall de Hebers Ghyll, deux jours après Noël. Un manteau de neige recouvrait le sol et devant le manoir, un grand épicéa étincelait de guirlandes et d'étoiles dorées. A l'intérieur, du feu brûlait joyeusement dans l'âtre et la vaste salle résonnait de rires et de discussions animées. La famille de Bronte était présente, bien sûr, ainsi que presque tout le village.

Colleen et Maisie, ses deux demoiselles d'honneur, étaient magnifiques, toutes deux vêtues de robes d'un subtil rose poudré qui leur allait à ravir.

Mais Bronte ne voyait que son mari. Dans son somptueux costume taillé sur mesure, il était sublime et bavardait avec Quentin, très chic et raffiné comme d'habitude. Il portait notamment un superbe costume blanc dont la veste s'ornait de revers de soie mauve — et visiblement, il prenait son rôle de garçon d'honneur très au sérieux.

Tout l'espace vibrait du parfum des fleurs arrangées avec art sur des branches couvertes de givre blanc : roses, gerberas aux teintes vibrantes, amarantes rose foncé… Dans la pièce éclairée par la lumière des bougies réparties astucieusement çà et là, la fumée dégageait une merveilleuse odeur de pin. Tout en se promenant parmi les invités au bras de son père, Bronte se sentit envahie par une joie immense et savoura le bruissement de la soie, à chacun de ses pas.

Elle avait trouvé sa robe de mariée en ville : le bustier

ajusté s'arrêtait au-dessus de la poitrine, et la jupe vaporeuse remontait d'un côté, découvrant un jupon de soie sauvage.

Quentin, qui avait dirigé l'expédition shopping après s'être autoproclamé conseiller mariage en chef, était presque tombé en pâmoison en la voyant sortir du salon d'essayage.

« Parfait, avait-il décrété. Inutile d'aller voir ailleurs. »

Après une longue discussion avec son conseiller et ami, Bronte avait cédé et accepté de choisir un voile alors qu'elle aurait préféré s'en passer. Aussi portait-elle maintenant une création très élaborée faite d'un filet arachnéen couleur ivoire, parsemé de paillettes et se terminant en longue traîne.

Laissant ses parents bavarder avec des amis, Bronte s'avança vers l'homme de sa vie, perchée sur les talons d'une hauteur vertigineuse choisis pour elle par Quentin — « Heath est tellement plus grand que toi qu'il faut bien ça ! » avait-il fait remarquer avec un clin d'œil malicieux.

Elle s'arrêta devant son époux et frissonna en contemplant sa mâchoire qu'une ombre brune couvrait déjà, ses cheveux d'ébène bouclant sur son col de chemise blanc immaculé, son regard sombre et étincelant à la fois…

— Tu vas bien ? chuchota Heath d'un air un peu inquiet.

— Merveilleusement bien, répondit-elle en soutenant son regard.

A présent, il fallait qu'elle s'empêche de songer à la nuit de noces qui les attendait, sinon elle risquait fort de manquer à ses devoirs d'hôtesse.

Heath se pencha alors vers elle, et sa bouche lui caressa l'oreille.

— Parfait, murmura-t-il. Parce que j'ai des projets pour tout à l'heure et il faut que tu sois en forme…

SARA CRAVEN

# Dans les bras
# d'un milliardaire

éditions HARLEQUIN

*Cet ouvrage a été publié en langue anglaise*
*sous le titre :*
MISTRESS AT A PRICE

*Traduction française de*
MATHILDE JANIER


*Ce roman a déjà été publié en décembre 2007*

# Prologue

## *Septembre*

Cat rajouta quelques gouttes d'huile parfumée à l'eau du bain et huma avec délectation l'odeur de lys qui s'en dégageait. A portée de main, sur un guéridon, son téléphone mobile était posé à côté d'une flûte de champagne frappé et d'un bouquet de freesias odorants. La flamme des bougies jetait une lueur douce et mystérieuse dans la salle de bains imprégnée de senteurs. Par la porte de la chambre entrouverte parvenaient les accents d'une musique sensuelle et langoureuse.

Tout était parfait.

Après avoir noué ses cheveux en chignon sur le sommet de sa tête, elle défit la ceinture de son peignoir, le laissa glisser à terre puis s'installa dans son bain. Avec un soupir de satisfaction, elle posa la nuque sur le repose-tête prévu à cet effet et ferma les paupières, tandis que les tensions de la journée se dissipaient, cédant la place à un mélange de bien-être et d'excitation.

Elle but une gorgée de champagne. Il ne restait plus guère à attendre, maintenant. Une demi-heure, quarante minutes tout au plus… Le temps d'accomplir ce précieux rituel, et elle serait tout à fait prête.

Lentement, elle fit mousser le savon parfumé sur sa peau en songeant que tout à l'heure d'autres mains la caresseraient. Elle souleva une jambe et arqua un pied hors de l'eau, puis l'autre, tout en inspectant le vernis impeccable de ses ongles.

Un sourire de satisfaction flotta sur ses lèvres. Avec un ventre plat et une courbe de hanches irréprochable, sa silhouette la récompensait du soin qu'elle portait à son corps. Elle faisait attention à son alimentation, fréquentait régulièrement la salle de gymnastique… Il suffisait de trouver la bonne motivation.

« Tu es superbe ! » l'avait complimentée un de ses collègues masculins au déjeuner. « Amoureuse ? »

« Pas du tout », avait-elle répliqué un peu sèchement.

S'il avait su la vérité ! Qu'aurait-il pensé de ses rendez-vous secrets, de cette aventure hédoniste qui lui apportait tous les plaisirs de l'amour en ne gardant que les bons côtés ?

Elle souffrirait peut-être un jour, si son partenaire se lassait le premier. Mais pour l'instant c'était le cadet de ses soucis.

Elle fit couler de l'eau entre ses seins, rêvant à l'amant qui allait la rejoindre.

Presque au même moment la sonnerie de son téléphone portable retentit, et elle tendit le bras pour atteindre l'appareil sur le guéridon.

— Enfin, murmura-t-elle d'une voix suave. Le temps m'a paru long ! Une éternité !

Elle écouta un instant son interlocuteur avant d'ajouter :

— Alors, dépêche-toi. Je t'attends.

# 1.

Quel temps magnifique ! songea Cat Adamson en descendant les marches du perron de l'hôtel pour faire quelques pas sur la pelouse en direction du lac. C'était une journée rêvée pour un mariage…

Si on aimait les mariages, bien sûr. Ce qui n'était pas du tout son cas. En plus, celui de sa cousine Belinda se révélait une vraie catastrophe.

Quel soulagement de respirer un peu d'air frais après les effluves entêtants de tous ces parfums de prix ! Et quel bonheur d'entendre le chant des oiseaux, au lieu du caquetage haut perché des femmes entrecoupé d'éclats de rire sonores, auquel se mêlait la rumeur sourde des voix d'hommes.

Dieu merci, personne n'avait remarqué qu'elle s'éclipsait. Ni Belinda, trop occupée à surveiller Freddie, le marié, qui flirtait outrageusement avec une demoiselle d'honneur, ni l'oncle Robert qui s'était permis de faire un discours pompeux sur les liens sacrés du mariage alors qu'il entretenait ouvertement une liaison avec sa secrétaire. Tante Susan, cette femme adorable, était restée figée comme une statue, les yeux baissés, à observer avec une expression indéchiffrable la pointe de ses chaussures.

Quant à ses parents, arrivés chacun au bras de leur dernière conquête, ils passaient leur temps à s'épier du coin de l'œil tout en arborant des airs suprêmement indifférents. Avec eux, on n'était jamais sûr de rien, et la situation pouvait s'embraser d'un instant à l'autre. Au moment de s'esquiver, elle leur avait lancé un dernier regard : son père pinçait les lèvres, et sa mère, les pommettes rouges, tapait nerveusement du pied. Cela n'augurait rien de bon...

Elle avait appris à ses dépens que les acteurs professionnels n'avaient nullement besoin de monter sur une scène pour jouer la comédie. Pourvu qu'ils aient un public, n'importe quel lieu faisait l'affaire. Elle se souvenait hélas trop bien d'une certaine distribution des prix, par exemple, ainsi que d'un championnat de golf. Mais c'était la fête de ses dix-huit ans qui lui avait laissé le souvenir le plus pénible. Et il n'y avait aucune raison qu'ils ne profitent pas du mariage de leur seule et unique nièce pour se donner en spectacle !

Depuis leur séparation, dix ans plus tôt, alors qu'elle n'était encore qu'une adolescente, son père et sa mère s'étaient remariés deux fois et avaient divorcé tout autant. Leurs échecs répétés ne les empêchaient pas de bâtir de nouveaux projets matrimoniaux, pour le plus grand étonnement de leur entourage qui se perdait en conjectures sur la durée de leurs hyménées.

Quand son père, David Adamson, avait fait son apparition avec sa dernière conquête, sa mère, Vanessa Carlton, s'était agrippée au bras de Cat.

— Que fait-il ici ? s'était-elle écriée. J'ai accepté l'invitation uniquement parce que je le croyais en Californie.

Cat avait haussé les épaules.

— Son tournage est probablement terminé. En plus, il est bien normal que le frère unique d'oncle Robert ait tout fait pour être là le jour du mariage de sa nièce.

— Il aurait pu se passer d'amener sa maîtresse ! Elle est à peine plus vieille que toi !

— Il pourrait sans doute dire la même chose de ton compagnon, avait-elle observé d'une voix égale.

— Cela n'a rien à voir ! avait protesté Vanessa sur un ton indigné. Tu ne vas tout de même pas comparer ma situation avec la sienne. Gil et moi sommes très amoureux. Il a toujours été attiré par les femmes mûres et sophistiquées, réfléchies.

— Apparemment, avait ironisé Cat, il n'a pas encore assisté à l'un de tes caprices !

Vanessa lui avait lancé un regard noir.

— Je reconnais avoir commis beaucoup d'erreurs. Mais je suis devenue très raisonnable. De toute façon, la vie avec ton père était infernale. D'autant que tu prenais toujours sa défense.

A ce moment-là, sa mère lui avait tourné le dos pour papillonner de groupe en groupe avec Gil, et Cat en avait profité pour s'absenter.

Une fois dehors, elle se força à inspirer profondément.

Le nombre de fois où elle avait dû supporter ce genre d'accusations ! C'était ça le plus insupportable, le fait de servir d'otage à ses parents dans leurs disputes, alors que justement elle s'était toujours efforcée de rester neutre malgré leurs pressions.

A présent, elle regrettait d'être venue au mariage de Belinda, même si elle avait eu le bon sens de refuser la charge de demoiselle d'honneur.

Dieu merci, elle avait au moins échappé à ça !

Ses relations avec sa cousine avaient toujours été teintées d'une hostilité sourde. Fille unique elle aussi, Belinda s'était sentie détrônée par son arrivée dans le cercle de famille. Mais Cat ne lui en voulait pas.

Même avant leur divorce, David et Vanessa étaient souvent absents, accaparés par leur métier qui les contraignait à de nombreuses tournées, en Angleterre ou à l'étranger. Cat avait passé une seule année entière avec eux. Une année qu'elle avait trouvée idyllique, à Stratford-upon-Avon, lorsqu'ils travaillaient avec la Royal Shakespeare Company. Elle se souvenait aussi de quelques périodes de plusieurs mois d'affilée quand ils jouaient à Londres, dans le West End. Leur divorce avait jeté la consternation dans le monde du théâtre et dévasté son adolescence. Même s'il y avait toujours eu des scènes de ménage, des cris et des portes claquées, ils avaient toujours fini par se réconcilier d'une manière tout aussi démonstrative. Malheureusement, leur dernière dispute avait connu une autre issue : l'éloignement et l'indifférence. A partir de là, Cat n'avait éprouvé un semblant de stabilité que chez son oncle Robert et sa tante Susan. En dépit de ses problèmes avec Belinda, la vie dans leur grande maison ressemblait à une oasis où elle se sentait enfin à l'abri et en sécurité. Elle n'en avait été que plus choquée de découvrir la liaison de son oncle par le plus pur des hasards, dans un petit restaurant de Chelsea. L'ayant toujours plus ou moins considéré comme son père, elle l'avait mis à tort sur un piédestal, refusant de voir les tensions qui existaient aussi entre lui et Susan…

Décidément, autour d'elle, l'amour n'apportait que souffrance et trahison. Rien ne plaidait en faveur du mariage. Mieux valait ne jamais tenter l'expérience de la vie commune, les sentiments n'y résistaient pas. C'est bien pourquoi elle ne s'était jamais engagée dans aucune relation sérieuse, surtout lorsqu'on lui proposait la cohabitation. Elle se méfiait de l'engrenage fatal qui amène naturellement de la location d'un appartement à un emprunt immobilier, puis à la bague de fiançailles et à la robe de mariée.

Pas question de finir comme Belinda, avec un ridicule voile de tulle blanc sur la tête. Non, elle ne tomberait pas dans le piège. De toute évidence, ce n'était pas la bonne solution. Même si, en toute honnêteté, elle devait bien reconnaître que le célibat n'avait pas grand attrait non plus… Pourtant, puisque le bonheur éternel n'existait pas, pourquoi n'arrivait-elle pas à se contenter du moment présent ?

Le reste de son existence la satisfaisait pleinement. Elle avait un métier passionnant, un appartement superbe et une vie sociale bien remplie. Il ne lui manquait qu'une relation avec un homme, une relation suffisamment aérée pour ne pas étouffer. Il ne devrait pas être si difficile de trouver quelqu'un qui comprenne ce point de vue ?

Il soufflait une légère brise quand elle atteignit le bord du lac. Une maman cane conduisait ses canetons à l'abri des roseaux, et elle s'approcha du bord pour les observer.

— Attention de ne pas tomber !

Sursautant au son inattendu de cette voix grave et masculine, elle se retourna en fronçant les sourcils. Qui osait troubler le calme de cet endroit ?

L'homme se tenait sous le couvert d'un saule, appuyé nonchalamment contre le tronc. Elle le détailla quand il sortit en pleine lumière pour s'approcher.

Il était grand, athlétique. Son polo d'un rouge fané faisait ressortir la puissante musculature de ses épaules, et ses jambes revêtues d'un vieux jean beige élimé paraissaient interminables. Malgré son bronzage et ses épais cheveux bouclés, il n'était pas beau à proprement parler. Il avait un nez aquilin, et ses paupières plissées à cause du soleil masquaient l'éclat de ses yeux gris-vert. Mais sa bouche bien dessinée avait une expression sensuelle et pleine d'humour.

Curieusement, elle eut la vague impression d'avoir déjà vu cet homme quelque part. Mais elle la rejeta presque aussitôt. Elle s'en souviendrait. Ce devait être impossible de l'oublier, même si on ne l'avait vu qu'une seule fois, songea-t-elle, la bouche sèche.

Lui aussi l'étudiait avec attention.

Ils étaient tous deux immobiles et silencieux dans une tache de soleil, comme prisonniers de ses rayons. Cat entendait les battements de son cœur résonner à ses oreilles, pétrifiée. Puis, dans un arbre voisin, un oiseau chanta et rompit le charme.

Immédiatement, elle se raidit, sur la défensive.

— Je n'ai pas besoin de vos conseils, lança-t-elle sèchement.

Il haussa les épaules.

— Le bord est très vaseux. Habillée comme vous l'êtes, ce serait dommage que vous tombiez dans la boue.

— Ne vous occupez pas de moi, ce n'est pas la peine.

Il continua de l'observer d'un air impénétrable, les poings sur les hanches.

— Je n'ai pas envie d'aller vous repêcher dans l'eau glacée !

Considérant son fourreau de soie ivoire et le fin caraco de voile turquoise qui recouvrait ses épaules, il ajouta :

— La personne qui s'est ruinée pour vous offrir cette toilette de cérémonie ne serait pas contente du tout.

— Je suis économiquement indépendante, déclara-t-elle,

pincée. Et d'abord, qui vous dit que c'est une toilette de cérémonie ?

— Vous n'êtes pas vraiment en tenue de sport… De toute façon, j'ai vu le cortège de voitures avec les fleurs et les rubans. Ainsi que la mariée en capeline. Elle n'avait pas l'air très heureuse, la pauvre. Vous êtes une amie à elle ?

— Sa cousine.

Jetant un coup d'œil à sa montre, elle ajouta :

— Je vais y retourner.

— Pourquoi tant de hâte, subitement ? observa l'inconnu. Vous n'aviez pas l'air si pressée, tout à l'heure.

Gênée par son regard scrutateur, elle sentit sa gorge se contracter.

— La fête est déjà compromise. Je ne voudrais pas finir de tout gâcher en disparaissant trop longtemps.

— Ce n'est pourtant pas l'envie qui vous en manque. Que s'est-il passé ? Le marié vous a fait des avances ?

— Certainement pas ! protesta-t-elle avec véhémence.

— Quel cri du cœur ! Il ne vous plaît pas ?

C'était le moment de partir en lui disant poliment de se mêler de ses affaires…

— Il joue au rugby l'hiver et au cricket tout l'été, se surprit-elle à répondre. Il a trop d'argent et il est terriblement volage. En plus, il a un penchant pour l'alcool et a déjà de la brioche.

L'homme émit un sifflement.

— Je m'explique mieux la mine renfrognée de la mariée. Vous auriez dû lui rendre service et trouver un empêchement à ce mariage.

— Elle m'en aurait voulu… Je ne sais vraiment pas pourquoi je vous raconte tout cela.

— Parce que vous avez besoin de parler à quelqu'un, tout simplement.

— Eh bien, c'est très indiscret de ma part. Je vous prie de tout oublier.

— C'est déjà fait. Sauf notre rencontre, bien entendu. Je serais complètement incapable de l'oublier.

Si seulement il arrêtait de la regarder ainsi ! Elle se sentait envahie par une sorte de langueur indescriptible, et son instinct l'avertissait d'un vague danger, de complications dont elle n'avait guère besoin.

— Nous n... nous sommes à peine parlé, bredouilla-t-elle. D'ailleurs, je suis sûre que vous avez un tas de choses à faire.

— Ah bon ?

Elle considéra ses vêtements d'un air perplexe.

— Vous travaillez ici, j'imagine ?

Il hocha la tête.

— Entre autres, oui.

— Votre employeur ne serait pas content de vous voir perdre son temps à...

— A flâner ? suggéra-t-il comme elle cherchait ses mots. Rassurez-vous, personne n'a encore eu à se plaindre de moi...

Comment s'arrangeait-il pour laisser planer autant d'équivoque dans ses propos ? se demanda-t-elle en rougissant, ce qui, naturellement, n'échappa pas à la sagacité de son interlocuteur.

— En tout cas, c'est gentil à vous de vous inquiéter pour moi, ajouta-t-il négligemment.

Parvenant enfin à maîtriser son trouble, elle déclara avec hauteur, en détachant chaque syllabe :

— Votre sort m'indiffère totalement ! Mais le P.-D.G. de l'hôtel ne serait peut-être pas content d'apprendre que vous harcelez une de ses clientes.

Il haussa un sourcil moqueur.

— Est-ce vraiment le cas ? Je ne m'en étais pas rendu compte. Eh bien alors, je vous laisse tranquille.

Il tourna les talons et s'éloigna en agitant la main.

— Bonne journée ! ajouta-t-il par-dessus son épaule.

Tout en se félicitant d'avoir mis un terme à leur entrevue, elle avait conscience de s'être ridiculisée. Rien ne l'obligeait à être aussi coupante et méprisante.

Rien, sinon une peur irrationnelle de se laisser séduire.

En tout cas, il était maintenant temps de retourner à la réception pour voir si la situation n'avait pas dégénéré.

Au moment de rebrousser chemin, elle se rendit compte un peu tard que l'un de ses talons aiguilles s'était enfoncé dans la boue. Evidemment, elle pouvait toujours se déchausser, mais avec la malchance qui la caractérisait, elle risquait de perdre l'équilibre. En fait, elle avait besoin d'aide, et la seule personne capable de la lui apporter était en train de s'éloigner !

Elle mit ses mains en porte-voix.

— Hé ! Revenez, s'il vous plaît !

L'homme se retourna.

Un instant, elle crut qu'il allait simplement hausser les épaules et la planter là. Ce qu'elle aurait tout à fait mérité. Mais il revint sur ses pas pour s'immobiliser à quelques mètres.

— Vous avez un problème ?

— Comme vous voyez. J'aurais dû vous écouter.

Comme il ne bougeait pas, elle ajouta sur un ton plaintif :

— Vous voulez bien m'aider, s'il vous plaît ?

— Avec plaisir ! Mais n'allez pas m'accuser de vous harceler si je vous demande de passer votre bras autour de mon cou.

Elle s'empourpra.

— Je vous le promets. Pardonnez-moi, je suis un peu tendue, voilà tout.

Il la prit par la taille pour la soulever dans ses bras, et elle sentit immédiatement la chaleur troublante de son corps contre le sien.

— Je vous propose un marché, jolie Cendrillon, déclara-t-il avec un sourire en plongeant ses yeux dans les siens. Si vous acceptez de dîner avec moi ce soir, non seulement je récupérerai votre chaussure, mais je résisterai à la tentation de tomber sur l'herbe avec vous.

— Vous n'oseriez pas ! protesta-t-elle en se raccrochant à lui.

— Vous êtes prête à parier ?

Elle secoua vivement la tête, capitulant sans hésiter. Cet homme était capable de tout !

— C'est donc d'accord ? insista-t-il.

— Je n'ai guère le choix.

— J'aurais préféré une réponse plus enthousiaste, mais

je me contenterai de celle-ci. A 20 heures au restaurant de l'hôtel ?

Elle hésita. Anscote Manor était un établissement luxueux, hors de prix.

— Nous pouvons dîner ailleurs, risqua-t-elle.

— Vous pensez qu'on refuserait de me servir ? Ne vous inquiétez pas, nous vivons une époque très démocratique.

— Comme vous voudrez, acquiesça-t-elle d'une voix neutre.

Il la posa au sec sur ses deux pieds avant de retourner chercher son escarpin, qu'il essuya soigneusement avec son mouchoir. Puis, il s'agenouilla devant elle.

— Donnez-moi votre pied, commanda-t-il.

Obligée de poser les mains sur ses épaules, elle dut refréner l'étrange envie d'enfouir les doigts dans ses cheveux ou sous son polo. Que lui arrivait-il ? Elle ne se reconnaissait pas.

— Voilà, déclara-t-il en effleurant sa cheville une fraction de seconde supplémentaire. Il n'y paraît plus rien.

— On ne peut pas en dire autant de votre jean ni de votre mouchoir ! Vous me donnerez la note du pressing.

— Je n'en ferai rien. Mais c'est gentil de l'avoir proposé.

— Alors… A ce soir, conclut-elle gauchement.

— Avant de partir, dites-moi au moins comment vous vous appelez !

— Catherine, répondit-elle avec une réticence marquée. Mais tout le monde m'appelle Cat.

— Vous avez aussi un nom de famille, j'imagine ?

— Oui, mais je ne vous le dirai pas. Restons-en là, je préfère.

— Très bien. Liam. Lee pour les intimes, mais je crains que vous n'en fassiez jamais partie.

— J'essaierai de surmonter ma déception. A présent, je retourne sur le champ de bataille.

Elle hésita un instant.

— Où vous rejoindrai-je, ce soir ?

— Ne vous inquiétez pas. C'est moi qui vous retrouverai.

A ces mots, il s'en alla, et elle le regarda partir en contenant son émoi, alors que toutes sortes de signaux d'alarme s'allumaient dans son cerveau.

# 2.

Cat s'éloigna à son tour en s'appliquant à conserver une allure mesurée, pour le cas où on l'observerait de sous le couvert des arbres.

Ses propres réactions lui paraissaient ridicules, complètement démesurées. Pourquoi se sentait-elle à ce point menacée et sans défense ? D'habitude, elle était tout à fait capable de gérer ce genre de situation.

En dépit d'un charme certain, ce Liam n'était tout de même pas irrésistible. D'ailleurs, aucun homme ne l'était vraiment à ses yeux. Il était en tout cas très sûr de lui et de son pouvoir de séduction. Quelle arrogance insupportable ! Elle ne risquait pas d'aller à son rendez-vous. De toute façon, elle n'avait aucune envie de prolonger ce week-end plus que nécessaire. Au lieu de coucher là comme prévu, elle annulerait tout simplement sa réservation pour rentrer à Londres.

Elle hésita un instant sur les marches du perron et jeta un regard par-dessus son épaule. Heureusement, l'importun, qui était probablement retourné à son travail, avait disparu. Dans la grande salle à manger, des couples valsaient au son de l'orchestre en riant bruyamment.

Le frère aîné de Freddie, récemment divorcé, s'approcha d'elle.

— Où avais-tu disparu ? Je te cherche partout. Viens danser.

Elle obtempéra sans grand plaisir.

La femme de Tony l'avait quitté pour se marier avec son patron, et il avait probablement besoin de se prouver qu'il pouvait encore plaire. Effectivement, après deux danses, elle dut déployer des trésors de gentillesse pour l'éconduire sans le vexer.

Bizarrement, l'image de Liam la poursuivait. Elle n'arrivait pas à le chasser de son esprit. Surtout son sourire, et le souvenir du frisson qu'elle avait éprouvé à son contact. Pour s'en débarrasser, elle décida de s'étourdir et dansa jusqu'à perdre haleine. Les cavaliers ne manquaient pas, mais elle se serait volontiers passée des réflexions des uns et des autres : « Tu n'as pas amené ton petit ami ? » « La prochaine fois, ce sera ton tour… »

Elle réussit néanmoins à conserver un sourire figé jusqu'au départ des mariés. Au moment où elle s'apprêtait à monter dans sa chambre pour se changer et faire sa valise, son père surgit furieusement devant elle :

— Voudrais-tu parler à ta mère et lui demander de montrer un minimum de courtoisie envers ma future épouse ?

— Non, rétorqua-t-elle en le foudroyant du regard. J'en ai assez de jouer les intermédiaires. Vous êtes tous les deux assez grands pour faire vos commissions vous-mêmes.

Son père la considéra avec un mélange de surprise et de consternation.

— Tu me déçois beaucoup, Cathy. Même si j'ai l'habitude que tu prennes parti pour ta mère.

— Elle me reproche exactement la même chose ! Alors qu'en fait, même si cela n'a pas marché, je me suis toujours efforcée de rester impartiale. Désormais, je resterai à l'écart. Débrouillez-vous tout seuls.

David Adamson retrouva vite son sourire charmeur.

— Je prends acte. Mais j'espère que tu accepteras de rentrer avec moi et Sharine.

Sur le ton de la confidence, il ajouta :

— J'aimerais beaucoup que tu deviennes amie avec elle.

Elle jeta un regard sceptique en direction de la jeune femme mais garda ses doutes pour elle.

— Merci, papa, mais je suis venue en voiture. Une autre fois, peut-être.

— Appelle-moi David, ma chérie. « Papa » fait vraiment trop…

— Vieux ? suggéra-t-elle. J'essaierai, surtout devant Sharine. Mais je ne te promets rien.

De plus en plus impatiente de quitter les lieux, elle se dirigea de nouveau vers la sortie. Mais cette fois-ci, ce fut sa mère qui la rattrapa.

— Que t'a dit ton père ? demanda-t-elle. Avez-vous parlé de moi ? A-t-il réellement l'intention d'épouser cette… péronnelle ?

— Pose-lui la question toi-même, répondit-elle froidement. Ainsi que je le lui ai annoncé, je refuse de jouer les intermédiaires.

Sa mère leva les yeux au ciel.

— Que t'arrive-t-il, ma chérie ? Tu as bu trop de champagne ?

— J'ai simplement besoin que mes parents se comportent comme de vrais adultes.

Elle jeta un regard circulaire.

— Où est Gil ?

— Il discute photo avec un confrère. Nous serons à Londres toute la semaine prochaine, au Savoy. J'espère que tu accepteras de dîner au moins une fois avec nous ?

— Ce… serait avec plaisir. Mais je suis assez prise, ces temps-ci.

— Tu trouveras bien un moment. Pour moi. D'ailleurs, j'ai du travail à te proposer. Une de mes amies veut refaire entièrement sa maison de Knightsbridge. Je lui ai parlé de toi.

— Maman, répliqua-t-elle patiemment. Je t'ai déjà expliqué que je ne travaille pas pour des particuliers. Je m'occupe de bureaux et de lieux publics.

Vanessa fit une moue boudeuse.

— Ce n'est pas très glamour. Je connais tellement de monde ! Tu pourrais te faire une vraie fortune.

Elle se pencha pour déposer un baiser sur la joue parfumée de sa mère et força un sourire sur ses lèvres.

— Je m'en sors très bien, merci. Au fait, tu es superbe ! Gil y est sûrement pour quelque chose.

— C'est un amour, déclara Vanessa d'un air absent. Mais toi, ma chérie ? Toujours célibataire ?

Elle haussa les épaules.

— La vie que je mène me satisfait pleinement.

— La moitié de mes amies sont déjà grands-mères, remarqua sa mère avec une pointe de nostalgie.

— Si j'en crois l'une de tes dernières interviews, je serais encore au lycée. Tu ne peux pas jouer sur tous les tableaux à la fois.

— Je commence à m'en rendre compte, répliqua Vanessa avec un petit sourire triste.

Une rumeur attira leur attention à ce moment-là, et elles se dirigèrent vers le hall.

Revêtue d'un tailleur bleu pâle, Belinda descendait l'escalier au bras de son mari. Sous les acclamations, elle lança son bouquet dans les airs et Cat se recula vivement pour ne pas l'attraper. Du coin de l'œil, elle vit une main à ses côtés s'en saisir promptement, tandis que les cris et les vivats redoublaient pour fêter Vanessa, l'heureuse gagnante, qui souriait à Gil.

Cat eut le temps d'apercevoir une curieuse expression sur le visage de son père. Comme un chagrin profond, mêlé à une colère sourde. Choquée, elle s'avança vers lui, mais Sharine, plus rapide, s'approcha pour glisser un bras sous le sien. Puis elle murmura à son oreille quelque chose qui le fit sourire.

Cat se détourna. Elle s'était peut-être trompée… Son père avait retrouvé tout son aplomb.

Dans le grand salon, il ne restait plus qu'une figure solitaire, sa tante Susan qui effeuillait méthodiquement les roses d'un bouquet.

— Belinda et Freddie s'en vont, annonça Cat d'une voix hésitante. Tu ne viens pas leur dire au revoir ?

Comme sa tante secouait tristement la tête, elle s'agenouilla à côté d'elle pour prendre impulsivement ses mains entre les siennes.

— Je pourrais te raccompagner ce soir, si tu veux ? Et rester avec toi un jour ou deux ?

Susan Adamson lui caressa la joue.

— Non, ma chérie. Mais je te remercie de ta délicatesse. J'ai besoin d'être seule pour réfléchir. Je partirai peut-être même en voyage, pour m'éloigner un peu de ce… chaos.

Quand elle monta à sa chambre, Cat aperçut son oncle dans un coin, en communication sur son portable. Inutile de se demander qui il appelait, songea-t-elle en se remémorant la tristesse de sa tante.

Les gens continuaient de s'interpeller. « Quel plaisir de te revoir ! » « Quelle belle journée nous avons tous passée ! » « Les mariés ont eu de la chance d'avoir ce soleil magnifique ! » Elle leur souriait distraitement, sans s'arrêter. Etaient-ils donc tous aveugles ? Etaient-ils dupes de la mascarade ? Qu'auraient-ils fait si elle avait clamé la vérité haut et fort ?

Ils auraient probablement continué à faire semblant de rien, médita-t-elle sombrement. En tout cas, tout concourait à la raffermir dans ses résolutions de ne pas s'investir dans des histoires de cœur. Inutile de souffrir inutilement. Cela n'en valait pas la peine.

Avec un soupir, elle ouvrit la porte de sa chambre.

Le soleil couchant jetait une lueur douce sur la tapisserie à fleurs et le grand lit à baldaquin recouvert d'un tissu pastel. En fait, elle s'en allait à regret. Elle aurait aimé se réveiller le lendemain matin avec le chant des oiseaux au lieu des bruits de circulation habituels.

Après s'être déshabillée, elle choisit une jupe blanche et un petit haut de soie bleu marine.

Une nostalgie inexplicable lui serrait le cœur. Elle conserverait le souvenir de sa promenade au bord du lac, ainsi que des quelques mots échangés avec sa mère. Elle n'aurait jamais imaginé que celle-ci ait envie d'être grand-mère… Elle n'oubliait pas non plus l'expression de détresse surprise sur les traits de son père. Mais les acteurs jouaient tellement avec leurs émotions, comment savoir quand ils étaient sincères ?

Peut-être ratait-elle quelque chose en partant sans avoir revu Liam ? Elle était pourtant certaine de choisir la voie de la raison en résistant à la tentation. Ce Liam n'était pas pour elle. Pour toutes sortes de raisons.

Elle se mordit la lèvre. Elle éprouvait encore une honte cuisante en repensant aux réactions et aux émotions qui l'avaient assaillie à son contact. De plus, il s'était parfaitement rendu compte de son trouble.

Elle téléphona à la réception.

— Miss Adamson. Chambre 10. Veuillez préparer ma note, je vous prie. Je descends d'ici une demi-heure.

Puis elle se dirigea vers la salle de bains, se démaquilla soigneusement et resta un long moment sous la douche pour se débarrasser des scories de la journée. Après s'être séchée vigoureusement, elle s'appliqua quelques gouttes de son parfum aux senteurs de lys et s'attarda un instant devant la fenêtre, enveloppée dans une grande serviette comme dans un sarong.

Les fleurs d'été parsemaient la pelouse de taches multicolores, jusqu'au bord du lac dont la surface brillait au soleil. C'était ravissant.

Comment n'aurait-elle pas été influencée par ce décor romantique ? Rien de plus naturel. Heureusement, elle avait surmonté cette faiblesse passagère. Elle se maquilla légèrement, enfila des chaussures plates et confortables, ramassa son sac et descendit au rez-de-chaussée.

Il n'y avait plus personne nulle part. Elle dut même sonner à la réception pour appeler quelqu'un.

— Oh, la chambre 10 ? lança l'employée en rougissant.

— Oui, acquiesça Cat. Il y a un problème ?

— Nous avons des problèmes informatiques. Je… Je suis désolée, je ne peux pas préparer votre note pour l'instant.

— Même manuellement ? Avec un papier et un crayon ? insista Cat.

La jeune fille hésita, mal à l'aise.

— Je suis obligée de vous faire patienter un peu. Voulez-vous vous asseoir au bar en attendant ?

— Dans ce cas, je préfère remonter dans ma chambre.

Si quelqu'un me demande, vous direz que je suis partie, s'il vous plaît.

— Très bien, répliqua l'employée d'un air gêné.

— Faites-moi monter un café avec quelques biscuits.

Cat s'installa dans un fauteuil près de la fenêtre avec le livre qu'elle avait apporté, mais la splendeur du soleil couchant l'empêchait de se concentrer. Elle se leva, ôta ses chaussures et s'agenouilla sur le lit en s'emparant de la télécommande. Elle était en train de zapper nerveusement sur les chaînes de télévision quand on frappa à la porte.

Son café, sans doute.

— Entrez ! lança-t-elle. Posez le plateau sur la table basse, je vous prie.

— J'ai annulé la commande de biscuits, annonça Liam. Pour ne pas vous couper l'appétit avant notre dîner.

Cat poussa un cri. La télécommande tomba à terre quand elle se redressa d'un bond, dans une explosion de colère.

— Qu'est-ce que vous faites ici ?

Un léger étonnement se peignit sur les traits du visiteur.

— Je viens juste de vous le dire. J'ai préféré vous expliquer moi-même pourquoi il n'y a pas de biscuits avec le café.

— On autorise les jardiniers à monter dans les chambres, dans cet hôtel ?

Il eut le toupet de sourire.

— Je ne me confine pas aux espaces verts. J'ai des talents nombreux et variés.

Cat le toisa dédaigneusement et remarqua tout à coup qu'il s'était changé.

A vrai dire, il était méconnaissable, en pantalon gris anthracite, très élégant, et chemise blanche au col ouvert. Ses manches retroussées jusqu'au coude faisaient ressortir le bronzage de ses bras musclés. Il s'était également peigné avec soin et rasé de près. Une fraîcheur de citron vert flottait dans l'air. De très séduisant, il était devenu absolument irrésistible, admit-elle, médusée.

Elle, en revanche, se montrait totalement à son désavantage.

Pieds nus, le cheveu en bataille, les joues rouges de colère…
Un vrai désastre !

Il lui adressa un sourire indulgent, comme s'il devinait le cours de ses pensées.

— 20 heures, cela vous convient toujours ? Ou avez-vous déjà faim ?

Elle prit une profonde inspiration.

— Ecoutez, c'est très gentil à vous de m'avoir invitée. Malheureusement, je dois rentrer à Londres ce soir. En fait, je serais déjà partie si l'ordinateur de la réception n'était pas en panne. J'attends ma note.

— Elle n'est toujours pas prête, répondit Liam. Vous pouvez donc dîner en l'attendant… Avec moi.

— Il faudrait que vous appreniez à accepter un refus. Et dès maintenant ! Voudriez-vous quitter ma chambre, je vous prie ?

Il s'adossa nonchalamment contre le mur, comme pour se préparer patiemment à une longue attente.

— Dites-moi une chose. De quoi avez-vous peur ?

— Oh, épargnez-moi ce genre de procédés éculés. Vous valez mieux que ça.

Liam secoua la tête.

— C'est une vraie question, Cat. Vous aviez réservé une chambre pour la nuit. Malgré cela, juste après m'avoir rencontré, vous décidez brusquement de tout annuler. Vous demandez même à la réceptionniste de me raconter que vous êtes partie. Pourquoi ?

— J'ai le droit de changer d'avis ! rétorqua-t-elle avec humeur. Et de ne pas vous en avertir !

— Je vous fais si peur que ça ?

La bouche sèche, l'estomac noué, elle protesta néanmoins.

— Ne soyez pas ridicule !

— Vous avez l'air nerveuse… Mal à l'aise.

— Pas du tout ! rétorqua-t-elle un peu trop vivement. J'ai… des choses à régler à Londres. C'est pourquoi j'ai avancé mon départ, voilà tout.

— Vous m'aviez pourtant fait une promesse, reprit-il en plongeant son regard dans le sien.

Cat se mordit la lèvre.

— Ce… C'était une plaisanterie. Nous n'étions sérieux ni vous ni moi.

Il hocha la tête pensivement.

— Parce que je ne suis qu'un employé et vous une londonienne avec beaucoup d'argent ?

— Non. Parce que vous êtes un inconnu et que la situation n'est pas très… convenable.

— C'est pourtant ainsi que commencent beaucoup d'histoires. Des inconnus se rencontrent… Très souvent à l'occasion d'un mariage, d'ailleurs, si l'on en croit les statistiques.

— Ce n'est pas exactement ce qui nous est arrivé, si vous vous rappelez bien.

— Oh, j'ai une excellente mémoire, et je me souviens de chaque détail. De toute façon, qu'avez-vous à perdre en passant la soirée avec moi ?

Peut-être beaucoup, songea-t-elle en son for intérieur. A commencer par sa tranquillité d'esprit.

— Vous êtes toujours aussi têtu ?

— Et vous toujours aussi fuyante ?

— J'ai peut-être tout simplement envie d'être seule ?

— Dans ce cas, vous risquez d'avoir des regrets. Alors que si vous goûtez à ma compagnie, vous choisirez en connaissance de cause.

Il marqua une pause, avant d'ajouter :

— Si vous avez honte qu'on nous voie ensemble au restaurant, nous pouvons dîner ici.

— Non ! s'écria-t-elle aussitôt.

— Non à quoi ? répondit-il avec un sourire. Vous n'avez pas honte ou vous ne voulez pas dîner dans la chambre ?

— Non aux deux.

— Mais qu'y a-t-il, Cat ? Vous semblez sur des charbons ardents. Je pense que vous vous sentirez mieux quand vous aurez mangé.

A court d'arguments, elle capitula.

— Très bien… Si je ne peux pas faire autrement.

— Vous me comblez, murmura-t-il en l'enveloppant d'un regard appréciateur. Dites-moi, ce lit est-il aussi confortable qu'il en a l'air ?

Cat se raidit en ayant conscience de piquer un fard.

— Pourquoi me posez-vous cette question ?

— Apparemment, vous n'arrivez pas à le quitter.

Il s'approcha en lui tendant la main.

— Je peux vous aider ?

— Non merci, articula-t-elle froidement. Je… Je vous rejoins en bas.

— Je compte sur vous ? Vous n'allez pas essayer de me fausser compagnie ? Je préfère vous attendre dans le couloir, juste au cas où… Mais ne soyez pas trop longue. J'ai une faim de loup.

Et il la planta là dans cette posture ridicule, le cœur battant, les bras croisés sur sa poitrine comme une petite fille effrayée.

# 3.

Rien ne l'obligeait à faire ça, se dit Cat en se bassinant les tempes avec de l'eau fraîche pour calmer les battements de son cœur. Elle pouvait très bien appeler le directeur pour lui expliquer la situation. D'ailleurs, elle aurait dû se plaindre tout de suite de l'incorrection de cet employé. Il serait renvoyé sur-le-champ et elle serait définitivement débarrassée.

A supposer qu'il se laisse faire sans protester, ce qui n'était pas gagné d'avance…

Mais après tout, elle avait accepté de dîner avec lui et ne se voyait pas en train de mentir de façon éhontée. Depuis qu'elle était toute petite, elle avait une conscience morale à toute épreuve. De plus, s'il était renvoyé, elle s'en voudrait de lui avoir causé du tort…

D'un autre côté, elle n'avait pas non plus envie de supporter toute la soirée son sourire exaspérant.

A cette idée, son cœur se remit à battre la chamade. De quelle couleur étaient ses yeux ? Verts ou gris ? En tout cas, ils avaient une expression perpétuellement rieuse, même lorsqu'il était sérieux.

Non, elle ne devait pas y aller, résolut-elle en appliquant de la poudre sur ses joues pour atténuer leur rougeur. Mais le mieux était sans doute de dîner avec lui pour ne pas continuer à se couvrir de ridicule. Oublier son irritation et le traiter avec une indifférence amusée. Elle n'allait pas accorder à l'événement une importance qu'il n'avait pas. Et surtout, elle n'allait pas montrer qu'elle était troublée.

Elle se recoiffa, tira sur sa jupe et se dirigea posément

vers la porte. Là, elle inspira profondément avant de tourner la poignée.

Liam l'attendait, appuyé contre le mur d'en face.

— Vous n'avez rien à craindre, déclara-t-il doucement en lui emboîtant le pas. Il ne s'agit que d'un repas.

— Je suis parfaitement tranquille, répondit-elle sur un ton qui trahissait sa nervosité. Simplement un peu… agacée par votre insistance.

Il l'observa du coin de l'œil.

— Vous étiez déjà très énervée avant de me voir. La journée a dû être éprouvante. Vous avez besoin de vous reposer et de vous détendre.

Elle se raidit.

— C'est ce que je comptais faire en rentrant chez moi.

— Vous habitez seule ?

— Cela ne vous regarde pas.

— Bien sûr que si. Ça m'intéresse. Sinon, je ne serais pas ici avec vous.

Elle se mordit la lèvre. Quelle sotte ! Elle aurait dû dire qu'elle vivait avec son petit ami ou qu'elle partageait une maison avec trois copines. Il fallait à tout prix éviter de paraître vulnérable… ou disponible.

Mais elle était incapable de penser de façon cohérente. Le seul fait de marcher à côté de cet homme lui tournait la tête. Même s'il ne la touchait pas, tous ses sens étaient en émoi. Jamais elle n'avait ressenti une chose pareille.

Vraiment, elle jouait de malchance ! Juste au moment où elle avait le plus besoin d'afficher une parfaite maîtrise de soi !

A l'évidence, ils étaient attendus dans la salle de restaurant. Le maître d'hôtel les conduisit à une table en coin, dans une alcôve, avec la déférence qui seyait à l'établissement, et alluma discrètement les bougies avant de proposer un cocktail. Déclinant son offre, Cat commanda une eau minérale.

— Vous êtes très raisonnable, observa Liam en choisissant un whisky.

— Je prends le volant tout à l'heure. L'auriez-vous déjà oublié ?

172

— Pas du tout. Même si je continue à le déplorer.

Se réfugiant dans le silence, elle s'absorba dans la contemplation du menu.

— Vous ne dites plus rien ? Vous aurais-je convaincue de rester ? reprit son compagnon.

— Absolument pas. J'essaie de me décider entre un gaspacho et un melon.

— Eh bien, que choisissez-vous ?

— Le gaspacho. Et un filet de sole meunière.

— La même chose pour moi, déclara Liam au serveur. Mais je prendrai une tarte au chèvre en entrée.

Puis le sommelier s'approcha avec la carte des vins, et Liam annonça son choix.

— Vous mangez du poisson ? commenta-t-elle quand ils se retrouvèrent seuls. Je vous imaginais plutôt carnivore.

Liam avala une gorgée de whisky d'un air pensif.

— Vous avez d'autres intuitions à mon sujet ?

— Eh bien… Vous aimez prendre des risques.

— Sur quoi vous basez-vous pour dire cela ?

Elle haussa les épaules.

— Vous n'avez pas peur de harceler une cliente pour passer une soirée avec elle… Et si je m'étais plainte à la direction ? Vous n'avez pas envisagé cette éventualité ?

— Pas du tout. J'ai parié sur votre curiosité.

— Vous auriez pu vous tromper.

— Le jeu en valait la chandelle. Vous me plaisez.

— Malheureusement pour vous, ce n'est pas réciproque.

— Attendez un peu. Je n'ai encore rien tenté pour vous charmer.

Ne pas répondre à ses provocations…

Mais la soirée s'annonçait difficile. D'autant qu'elle se sentait vraiment isolée du reste du monde. La lueur des chandelles accentuait cette impression de se trouver avec lui comme dans un cocon.

— Vous avez une haute idée de vous-même et de votre charme, observa-t-elle froidement.

— Je ne sous-estime pas non plus vos capacités de résistance.

Il s'interrompit pour goûter le vin, un bourgogne blanc. Sur un signe de tête, le serveur remplit le verre de Cat sans lui laisser la possibilité de refuser.

— Buvons à notre rencontre ! lança Liam en se penchant vers elle. Je porte un toast à cette soirée pleine de promesses.

Elle frémit sous son regard et, malgré elle, leva son verre sans protester.

Une pointe de regret lui serra le cœur, inexplicablement. Sous d'autres auspices, elle aurait pris plaisir à cet instant. Mais les circonstances lui interdisaient de se prêter au jeu de la séduction.

Elle redressa résolument le menton.

— Vous êtes non seulement téméraire, mais incorrigiblement optimiste !

— A chacun ses rêves. Et vous, Cat, à quoi rêvez-vous ?

Elle fit semblant de ne pas comprendre.

— Je ne m'en souviens jamais au réveil. De toute façon, je préfère l'action.

— Vraiment ? Et qu'est-ce qui vous occupe ?

Elle reposa son verre.

— Désolée, je refuse de m'aventurer sur un terrain trop personnel.

— La conversation risque de languir.

— Ce n'est pas mon problème. Après tout, ce n'est pas moi qui ai choisi de passer la soirée avec vous. J'ai parfaitement le droit de protéger ma vie privée.

Il s'adossa contre sa chaise.

— Ce n'est pas l'idéal pour commencer une relation.

— Il ne s'agit que d'un dîner. Rien de plus.

— Pour vous peut-être, mais pas pour moi. Il faudra plus qu'un repas pour me satisfaire.

Elle retint une exclamation indignée.

— Comment osez-vous ? Vous perdez la tête !

— Non, je suis optimiste, comme vous me l'avez dit vous-même.

L'écho de sa belle voix grave, aux accents sensuels, résonna dans le silence.

Elle prit conscience de son regard posé sur ses seins et s'agita nerveusement, aussi gênée que s'il l'avait touchée. Elle avait l'impression que les battements de son cœur la trahissaient. Ils remplissaient tout l'espace. Liam les entendait forcément…

Allons, s'admonesta-t-elle vivement, assez de sottises. Il avait franchi la limite ! C'était le moment de marquer sa désapprobation, de se lever, de prendre son sac et de s'en aller. Tant pis pour la note, on n'aurait qu'à la lui envoyer par la poste.

Mais les hors-d'œuvre arrivèrent juste à ce moment-là.

A moins de faire un scandale, elle se sentit incapable de réagir. D'ailleurs, ses jambes flageolantes auraient refusé de la porter…

Comme un robot, elle saisit sa cuillère et commença à manger, en s'efforçant de masquer le tremblement de ses doigts. Dieu merci, la soupe froide étancha sa soif inextinguible.

— C'est bon ? demanda Liam.

— Délicieux, articula-t-elle. Le restaurant est à la hauteur de son excellente réputation.

— Je transmettrai au chef.

— Oui, s'il vous plaît.

Elle tendit la main vers son verre pour boire de l'eau mais se trompa et avala une nouvelle gorgée de vin.

Après tout, peu importait si cela l'aidait à se détendre… Car son endurance était à rude épreuve. Et elle se devait de gagner la bataille. Il n'était pas question de capituler devant cet homme.

Portant une nouvelle fois résolument son verre à ses lèvres, elle déclara, avec une fausse assurance et un sourire charmeur :

— Quelle bonne idée vous avez eue, finalement ! Je vous en remercie.

— Eh bien ! Moi qui vous croyais sur le point de verser quelques gouttes de poison sur ma salade !

— Pas du tout. Vous aviez raison. Rien de tel qu'une sortie au restaurant pour se détendre.

— J'apprécie aussi les repas à la maison.

— Tout dépend avec qui.

— Vous aimez faire la cuisine ?

— C'est une question personnelle, donc taboue. Je ne répondrai pas.

Il réfléchit un instant.

— Vous n'en avez pas assez, de vous tenir constamment sur vos gardes ?

— Non.

— Eh bien, moi, je m'ennuie ferme.

Un petit rire cristallin s'échappa de la gorge de Cat, et elle tenta aussitôt de regagner le terrain perdu en regardant l'heure à sa montre.

— Rassurez-vous, la corvée sera bientôt terminée. Je dois me mettre en route dans une heure au plus tard.

Brusquement, Liam avança la main sur la nappe, la posa sur la sienne et caressa ses doigts nus avec son pouce.

— Ne partez pas, dit-il très doucement. Restez là cette nuit.

Instantanément, l'atmosphère se chargea d'électricité. Le sang afflua au visage de Cat, martelant des coups sourds contre ses tempes. Une chaleur diffuse irradia tout son être qui s'éveillait malgré elle à ce contact sensuel. Incapable de proférer un son, elle se contenta de secouer la tête.

Les réactions de son propre corps la choquaient et l'atterraient. C'était comme si une partie d'elle-même ne lui obéissait plus et se rebellait contre sa volonté pour s'abandonner au plaisir inconnu qui s'offrait, sans se soucier des conséquences. Elle ne se reconnaissait pas.

Baissant les yeux sur la main qui enserrait la sienne, elle fronça les sourcils d'étonnement : Liam possédait des doigts longs et fins, aux ongles parfaitement entretenus. Sans la moindre callosité…

— Vous n'êtes pas jardinier ! s'écria-t-elle.

— Je n'ai jamais rien prétendu de tel.

— Mais vous ne m'avez pas non plus détrompée, répondit-elle, vexée.

Le serveur leur apporta le plat principal à ce moment-là, ce qui lui laissa le temps de rassembler ses esprits. Sur les assiettes en porcelaine, les aliments jouaient avec les couleurs dans une présentation soignée et raffinée.

Diverses interrogations se pressaient dans la tête de Cat. Décidément, cet homme mystérieux l'intriguait. Qui était-il vraiment ? A part l'élégance de sa mise, elle n'avait beaucoup d'indices. Il avait une montre extraplate au poignet, avec un bracelet en cuir, et pas d'alliance ni aucune autre bague.

Quand ils recommencèrent à manger, elle observa, sur un ton faussement désinvolte :

— Il faut absolument que je me méfie de mon intuition ! Je tire parfois des conclusions un peu trop hâtives. Bon, si vous n'êtes pas jardinier, quelle relation y a-t-il entre votre personne et ce lieu ?

Liam émit une exclamation réprobatrice.

— Vous enfreignez vos propres règles, très chère ! L'interdiction d'aborder les sujets personnels joue dans les deux sens.

Elle baissa les yeux piteusement. Elle lui avait donné le bâton pour se faire battre. Elle, d'ordinaire si vive et perspicace, semblait tout à coup dépourvue de bon sens, incapable de raisonner. Il la troublait vraiment beaucoup…

Elle esquissa un sourire prudent.

— Nous pourrions redéfinir les règles.

— Pas question ! Cet anonymat me plaît, finalement.

Liam se mit à compter sur ses doigts.

— Pas besoin de chercher un terrain d'entente. Pas de risque de découvrir des amis communs, pas de mauvaises surprises à propos de goûts littéraires ou musicaux. Pas de numéro de téléphone portable ni d'adresse électronique.

Il marqua une pause avant de conclure, dans un murmure :

— Ni passé ni avenir. Simplement le plaisir du moment présent.

Exactement ce à quoi elle aspirait, s'avisa Cat. En tout cas, là où l'avaient menée ses dernières méditations. De quoi se plaindrait-elle ?

— Le mot « plaisir » est peut-être un peu fort, suggéra-t-elle, ironique.

— Oh, mais la nuit ne fait que commencer !

Le regard de Liam se posa sur ses lèvres, qu'elle ne put empêcher de frémir.

Dans sa confusion, elle but encore un peu de vin pour tâcher de masquer sa nervosité. Loin de se cabrer devant les avances de Liam, son corps réagissait en frissonnant délicieusement. Que lui arrivait-il ? Allait-elle faire l'amour avec un homme dont elle ne soupçonnait même pas l'existence quelques heures plus tôt ? Avait-elle complètement perdu la tête ?

C'était une chose de proclamer son indépendance sexuelle sous un soleil éclatant, par une belle après-midi de juin, mais tout à fait une autre de sauter de la théorie à la réalité pour se perdre dans l'intimité d'un parfait inconnu, la nuit venue.

— Et après le dessert ?

Elle sursauta.

— Que voulez-vous dire ? demanda-t-elle, désarçonnée.

— Eh bien, prendrez-vous un café ? Avec un armagnac, peut-être ? Ou une liqueur ? De toute façon, vous n'êtes pas en état de conduire.

Elle regarda son verre, puis la bouteille presque vide dans le seau à glace.

— Euh… Vous avez sans doute raison. Eh bien, le café me semble une bonne idée.

Elle dégusta sa tarte au chocolat jusqu'à la dernière miette tout en ressassant d'innombrables questions sur l'inconnu qui dînait en face d'elle. Etait-il célibataire ? Même si elle éprouvait pour lui une vive attirance physique, il n'était pas question qu'elle serve de distraction à un mari déçu ou frustré. Malheureusement, elle ne pouvait pas lui poser la question directement. Il ne répondrait pas.

La voix de Liam la tira de ses réflexions :

— Je donnerais cher pour savoir à quoi vous pensez en ce moment.

— Je recensais les informations que je possède sur vous. Je sais que vous aimez la nouvelle cuisine et les devinettes.

— Nous avons cela en commun, je crois. Vous, vous n'aimez pas les mariages, si j'ai bien compris ?

— En effet. Et j'ai trouvé celui-ci particulièrement sinistre.

— C'est pour cela que vous vous êtes changée ? Votre robe risquait de vous y faire repenser ?

Elle haussa les épaules d'un air évasif.

— J'avais besoin de me sentir à l'aise dans des vêtements confortables.

— Ce n'est pas très réussi… Vous ne me paraissez pas très à l'aise, observa-t-il doucement.

Elle se mordit la lèvre.

Il avait raison, bien sûr. Tous ses gestes la trahissaient. Elle jouait sans arrêt avec son bracelet et s'essuyait constamment la bouche avec sa serviette. Alors que lui, au contraire, semblait suprêmement détendu, souriant, les jambes allongées devant lui, le dos bien calé contre le dossier de sa chaise.

— En fait, la journée a été rude pour moi, admit-elle. Je m'en rends compte seulement maintenant.

— Tirez-en les enseignements, conseilla-t-il en enserrant son verre à pied de ses longs doigts.

Elle ne perdait pas un seul de ses mouvements, le moindre de ses gestes la fascinait. Chaque fibre de son être semblait habitée par une conscience aiguë de la présence de cet homme. Non seulement elle était incapable de se détacher, mais chaque seconde qui passait la capturait davantage, comme si une toile d'araignée l'enserrait petit à petit.

Avec un sourire, il expliqua :

— Prenez ici et maintenant la décision que votre mariage à vous sera complètement différent. Une vraie fête, sans tensions ni angoisse.

Cat porta sa tasse à ses lèvres.

— Je suis beaucoup plus radicale ! répliqua-t-elle avec une assurance qu'elle était loin de ressentir. J'ai résolu de ne jamais me marier.

Liam haussa un sourcil sceptique.

— N'est-ce pas un peu trop… extrême ?

De nouveau, elle haussa les épaules.

— C'est un concept démodé, un carcan devenu inutile à notre époque, vous ne trouvez pas ?

— Je n'y ai jamais vraiment réfléchi, remarqua-t-il avec une expression songeuse. En tout cas, je ne m'y suis jamais essayé, si c'est ce que vous voulez savoir.

Il lui laissa le temps de digérer cette information avant de poursuivre :

— Cette conversation nous entraîne encore une fois en zone interdite, non ?

— Peut-être.

Cat le regarda droit dans les yeux.

— Puisque vous avez marqué un point, j'ai peut-être gagné le droit de savoir à quoi vous pensez ?

— Vous y tenez vraiment ? Cela ne va peut-être pas vous plaire.

— Tant pis. Je prends le risque.

— Je me laisse aller à des fantasmes typiquement masculins, déclara-t-il en posant les yeux sur sa bouche, puis sur le bord de son décolleté. Je pense à cet après-midi, quand je vous ai sentie toute frémissante contre moi, et je me représente ce que j'éprouverais à vous serrer dans mes bras et à vous embrasser. J'essaie aussi de vous imaginer nue, sans vêtements.

Cat en eut le souffle coupé. A travers une sorte de brouillard, elle s'entendit répondre :

— C'est curieux, nous avons exactement les mêmes pensées.

Liam repoussa sa chaise, se leva, fit le tour de la table et la prit par la main.

— Dans ce cas, pourquoi perdre du temps inutilement ? Montons tout de suite satisfaire notre curiosité réciproque... Eh bien ? reprit-il, comme elle ne répondait pas.

Elle se contenta d'un signe de tête presque imperceptible et se leva.

Cependant, au bout de quelques pas, elle essaya de revenir en arrière.

— Nous ne pouvons pas partir comme ça. Et l'addition ?

— Ne vous inquiétez pas. Ils sauront bien me retrouver.

Ils gravirent les marches côte à côte. Devant la porte de sa chambre, elle se tourna vers lui.

— Accordez-moi quelques minutes, s'il vous plaît.

Il prit son visage entre ses mains pour guetter son expression.

— Vous hésitez, Cat ? Vous n'avez pas l'intention de changer d'avis ? De vous enfuir ou de fermer votre porte à clé ?

Elle secoua la tête.

— Non… J'ai simplement besoin de quelques instants.

— Moi aussi, j'imagine. Mais ne me faites pas attendre trop longtemps.

Et il s'éloigna.

La chambre était préparée pour la nuit. On avait tiré les rideaux et allumé la lampe de chevet. Apparemment, le personnel savait qu'elle resterait.

Tout comme elle-même, dans son for intérieur, en dépit de ses dénégations.

Elle se déshabilla et enfila sa chemise de nuit, puis elle se brossa les cheveux et se parfuma. Pour finir, elle ouvrit rideaux et fenêtres pour laisser entrer le clair de lune et l'air embaumé de fleurs. En se retournant, elle aperçut son reflet dans le miroir. La roseur de ses joues contrastait avec l'apparence diaphane de sa silhouette. Elle vibrait de tout son corps.

On frappa doucement.

— Entrez, lança-t-elle d'une voix tremblante.

Liam aussi s'était changé. Il était pieds nus et s'était enveloppé d'un peignoir de soie bleu marine.

Il resta un long moment sur le seuil, immobile, à la contempler avec un mélange d'étonnement et d'admiration.

— Vous êtes… presque trop belle, murmura-t-il enfin. Si belle que vous me faites un peu peur.

Intimidée, elle rougit et força ses lèvres à sourire.

— Moi aussi, j'ai un peu peur.

Il s'avança lentement et posa les mains sur ses épaules nues, en caressant la base de son cou avec ses pouces.

— Je ne suis pas le premier ? demanda-t-il.

L'espace d'un instant, elle se surprit à regretter de ne pas être vierge. Bizarrement, elle aurait souhaité que ce soit cet homme qui l'initie aux mystères de l'amour.

— Liam…

— Chut, murmura-t-il. Le passé n'a pas d'importance. Rappelez-vous, seul compte le plaisir du moment présent.

Quand il se pencha pour prendre ses lèvres, elle répondit avec une ardeur impatiente et tout son corps s'embrasa. Les mains de Liam descendirent vers sa taille, puis se plaquèrent sur ses reins pour la presser contre la force de son désir. Avec un soupir, elle s'abandonna à son étreinte, totalement. Lorsqu'il releva la tête, elle tremblait comme une feuille. Elle se sentait dévastée par l'intensité de ses émotions.

Reculant d'un pas, elle le fixa droit dans les yeux et, avec une lenteur délibérée, tira sur les fines bretelles de sa nuisette pour apparaître complètement nue devant lui. Le chiffon de dentelle glissa sur le sol, découvrant les pointes de ses seins dressées et la rondeur de ses hanches.

— A ton tour, maintenant, chuchota-t-elle, enhardie.

Avec un son rauque, Liam dénoua la ceinture de son peignoir, s'en débarrassa promptement et la souleva dans ses bras pour la porter jusqu'au sur le grand lit. Puis il s'allongea à côté d'elle, embrassant fiévreusement sa bouche, sa gorge, ses seins, tandis qu'elle se tordait en frissonnant sous ses baisers. En même temps, elle commença une exploration avide de son corps d'homme, svelte et musclé, magnifiquement athlétique et sculptural.

Elle enfouit son visage au creux de son épaule pour humer la délicieuse odeur citronnée de sa peau. Elle avait déjà l'impression de la connaître de toute éternité.

La vie était pleine de surprises… Quelques heures plus tôt Liam et elle étaient complètement étrangers l'un à l'autre. Pourtant, maintenant, ils étaient sur le point de devenir intimement liés, amants, sous la lueur pâle de la lune qui ne brillait que pour eux.

Elle se mit à le caresser tandis qu'il embrassait ses seins voluptueusement. Au bout d'une éternité, elle l'entendit chuchoter à son oreille.

— Attends, mon amour.

Comme il se détournait, elle poussa un petit cri de déception. Mais il se souciait uniquement des précautions d'usage, et elle retrouva bien vite la délicieuse sensualité de sa bouche et de ses mains.

Tendrement, il lui écarta les cuisses, éveillant dans le creux de sa féminité une urgence fébrile et impérieuse. Il la devinait parfaitement, l'amenant tout au bord du plaisir pour redevenir tout à coup patient et doux, et encore recommencer.

Au moment où elle allait défaillir, il glissa ses mains sous ses hanches et entra vigoureusement en elle. Aussitôt, elle s'agrippa à ses épaules pour refermer les jambes sur lui, jalousement. Ils accordèrent le rythme de leurs corps, s'approchant tous deux inexorablement d'un point de non-retour qu'ils n'avaient pourtant aucune hâte d'atteindre. Cat avait parfois entrevu cette plénitude, mais sans jamais la connaître vraiment. Cette fois-ci, pourtant…

Soudain, la respiration de Liam s'accéléra, ainsi que ses mouvements. L'instant approchait, mais elle resterait en retrait. Quand Liam, secoué par un spasme violent, cria son nom, elle répondit avec une expression de ravissement extatique.

Il la serra convulsivement contre lui avant de retomber, inerte, moite de transpiration. Puis il demeura un long moment immobile, sans parler.

Cat resta elle aussi silencieuse, sans oser le déranger.

Au bout de longues minutes, Liam bougea le premier et lui prit le menton entre le pouce et l'index. Appuyé sur un coude, il demanda, en guettant sa réponse :

— Tu as eu du plaisir ?

— Bien sûr, dit-elle en arborant un sourire radieux.

— Ne mens pas !

— Mais… Je…

— Ne fais pas semblant, murmura-t-il. Nous étions à l'unisson jusqu'au dernier moment. Et puis…

— Je suis désolée, répondit-elle.

— C'est plutôt à moi de te présenter des excuses, reprit-il. J'aurais dû me montrer plus patient, plus attentif.

Elle n'osait pas le regarder en face.

— Cela n'aurait rien changé. Je… Cela ne m'arrive pas très souvent.

— Pourtant, tu éprouvais du désir, n'est-ce pas ?

— Oui. Mais au dernier moment, chaque fois… Je ne sais pas l'expliquer.

Elle marqua une pause.

— De toute façon, je préfère arrêter là la discussion.

— En effet, les mots ne servent pas à grand-chose dans ce genre de situations. Mais heureusement, il existe des remèdes efficaces.

La serrant contre lui, il étouffa ses protestations par un baiser, et elle capitula instantanément quand ses mains commencèrent à la caresser, traçant des lignes de feu sur sa peau, suscitant des vagues de frissons qui la laissèrent sans force, complètement à sa merci. Bientôt, ses lèvres remplacèrent ses mains, couvrant chaque centimètre de son corps de baisers brûlants. Elle ferma les paupières pour s'abandonner pleinement au plaisir de ces sensations exquises.

A un moment, alors qu'il relevait la tête, elle s'écria d'une voix rauque, méconnaissable :

— Ne t'arrête pas, je t'en prie. Je t'en supplie.

— Ne t'inquiète pas, la rassura-t-il avec un petit rire. Je ne fais que commencer.

Sa bouche explora ses seins, son ventre, avant de s'emparer du centre de son être. Tout le corps de Cat, embrasé, réclamait un contact que pourtant Liam se refusait à lui accorder.

— Oui… Oui…

Cat ne reconnut pas le son qui sortait de sa gorge.

Tout à coup, ses cuisses se refermèrent et, dans un mouvement de surprise, choquée, elle tenta de repousser le visage de Liam, mais il emprisonna ses poignets pour la maintenir captive.

Impuissante, totalement livrée à son bon plaisir, poussant des gémissements inarticulés, elle subit les assauts sans relâche de ses baisers qui eurent bientôt raison de ses dernières résistances.

Des étoiles d'or dansèrent derrière ses paupières closes, et une rivière de feu coula dans ses veines pour l'irradier tout entière. Chaque muscle, chaque nerf, chaque atome de son corps sembla se dissoudre dans l'incroyable sensation qui l'inonda.

Elle ne se rendit même pas compte du moment où il lâcha ses poignets. Elle eut seulement conscience d'avoir atteint le bout d'elle-même, et d'y être maintenue une éternité, pendant qu'elle explosait dans un cri silencieux.

Un ravissement sans bornes l'emporta et elle murmura le nom de Liam comme une prière. Ou une bénédiction.

4.

Cat resta longtemps blottie au creux des bras de Liam, frémissante, tandis que les soubresauts du plaisir s'estompaient peu à peu et que le calme revenait, comme après les secousses d'un tremblement de terre. Elle avait le visage ruisselant de larmes.

— Ma chérie, murmura Liam doucement en embrassant ses yeux rougis. Mon ange adorable, ne pleure pas.

— Je n'imaginais pas une telle force, une telle intensité, dit-elle d'une voix tremblante. Même en rêve, je ne…

— Moi je savais, la coupa-t-il. Dès le premier moment où je t'ai vue, j'ai su que ce serait ainsi.

Elle soupira, et il lui caressa la joue avec un sourire empreint de mélancolie.

— Comme tu es douce… Pas du tout la tigresse que tu joues à être parfois ! Tu es une énigme pour moi, mon amour.

— C'est mieux qu'un fantasme ? demanda-t-elle en bâillant.

Il se mit à rire.

— Différent, en tout cas. Mais je pense que tu continueras à nourrir mes fantasmes longtemps après que l'énigme sera résolue.

Elle entendit à peine la fin de la phrase. Déjà, le sommeil avait raison de son épuisement, et Morphée l'emportait vers le pays des songes.

Quand elle se réveilla, il faisait grand jour. Le soleil inondait la pièce et elle était seule dans le grand lit défait, avec les draps sagement remontés sur ses épaules. Et, curieusement, elle était revêtue de la chemise de nuit qu'elle se souvenait avoir ôtée la veille au soir.

Désorientée, elle se redressa pour jeter un regard circulaire. Rien ne trahissait la présence d'un homme. Le deuxième oreiller, bien gonflé, ne portait pas la moindre trace du passage de Liam.

Avait-elle rêvé les événements de la nuit dernière ? Aurait-elle pris ses désirs pour la réalité ?

Non. C'était impossible. Elle était encore tout imprégnée de sensualité et n'avait pas oublié l'odeur de la peau de Liam.

Avec une moue de dépit, elle remonta ses genoux sous son menton et les enserra de ses bras. Il n'avait jamais été dans ses intentions de dormir auprès de cet homme. S'abandonner ainsi totalement supposait une confiance qu'elle n'avait encore jamais ressentie. Jusque-là, elle avait toujours évité ce genre de situation, prétextant souffrir d'insomnies ou invoquant l'excuse de se lever tôt le lendemain matin pour retrouver bien vite ses aises et sa solitude.

Rien ne lui garantissait non plus que Liam avait passé la nuit avec elle. Elle ne s'était même pas rendu compte qu'il lui avait remis sa chemise de nuit ! Il était peut-être reparti à ce moment-là.

Qui sait si elle le reverrait ? Il était peut-être aussi peu enclin qu'elle-même à nouer des relations durables ? Effacer les signes de sa présence était sans doute une façon à lui de dire adieu sans s'embarrasser d'excuses ou d'explications ?

Une vague de tristesse s'abattit brusquement sur elle. Pourtant, elle n'avait que ce qu'elle méritait, puisqu'elle s'était offerte à lui en connaissance de cause, pour une brève aventure sans lendemain. Ils étaient d'accord dès le départ. Elle ne pouvait pas l'accuser d'avoir abusé d'elle, ni lui reprocher de s'être éclipsé.

Abattue, elle posa son front sur ses genoux et ferma les yeux très fort pour s'empêcher de pleurer. Une douleur inexplicable lui comprimait la poitrine. Elle se sentait seule, abandonnée.

Elle sursauta violemment quand on frappa à la porte.

— Qui… Qui est-ce ? articula-t-elle, la bouche sèche.

— Le service d'étage, madame, répondit une voix de femme. Votre petit déjeuner.

Elle se retrouva bientôt devant un plateau délicieusement appétissant, chargé de jus d'orange, de café et de viennoiseries, le tout agrémenté d'une rose rouge dans un soliflore.

Elle se crut d'abord incapable d'avaler une bouchée, mais elle se ravisa bien vite.

Ce n'était pas l'homme de sa vie qu'elle cherchait, s'admonesta-t-elle vigoureusement, mais un amant. Et cette rencontre l'avait comblée. Tant pis si la passion s'était trop vite consumée. En tout cas, après cette merveilleuse nuit d'amour, elle mourait de faim et devait reprendre des forces avant d'entamer le voyage de retour jusqu'à Londres.

Après s'être restaurée, elle passa dans la salle de bains pour se doucher. Elle resta un long moment sous le jet d'eau brûlante, les paupières fermées. Puis elle tendit la main derrière elle pour se saisir du savon.

Il y avait quelqu'un derrière elle. Quelqu'un contre qui elle se colla aussitôt.

— Que fais-tu ici ? demanda-t-elle à Liam en rouvrant les yeux.

Il l'enlaça tendrement pour déposer un baiser sur sa nuque.

— Je suis venu te dire bonjour.

Il se mit à la savonner doucement, très délicatement, avec des petits mouvements circulaires, jusqu'à ce que ses seins et son ventre soient entièrement recouverts d'une mousse légère et parfumée.

Cat sentait peu à peu ses forces l'abandonner. Si Liam ne l'avait pas retenue, elle se serait laissée glisser à terre, vaincue par une mystérieuse faiblesse.

— Je ne vais pas te demander si tu as bien dormi, car je connais déjà la réponse, murmura Liam à son oreille.

— Oui, acquiesça-t-elle dans une sorte de gémissement rauque.

— Mais tu commences à te réveiller…

Pour toute réponse elle soupira, tandis que Liam la rinçait

avec soin sans cesser de caresser ses seins dressés. Elle se pressa avidement contre lui, bougeant les hanches avec une provocation délibérée.

Sa réaction fut immédiate. Il la tourna vers lui pour prendre sa bouche dans un baiser passionné, puis il la souleva pour s'unir à elle dans un acte de possession urgente et fébrile.

Les jambes nouées autour de la taille de Liam, les lèvres collées aux siennes, elle succomba, se livrant sans retenue au rythme sensuel qui la maintenait captive. Son ardeur égalait celle de Liam.

Mais tout à coup, quand les prémices du plaisir se manifestèrent, elle poussa un petit cri effrayé et tenta de recouvrer la maîtrise de ce corps qui lui échappait.

— Ne cherche pas à résister, ma chérie, commanda Liam d'une voix rauque. Laisse-toi aller. N'aie pas peur.

Elle obtempéra dans un sanglot étouffé. L'extase qui l'irradia la transperça jusqu'au tréfonds de l'âme. Une sorte de délire convulsif s'échappa de ses lèvres tandis que son être se dissolvait en convulsions voluptueuses. Confusément, elle eut conscience du plaisir de Liam qui frissonnait tout contre elle.

Heureuse, éreintée, elle entendit Liam fermer le robinet d'eau chaude. Puis il attrapa une serviette de bain et l'en enveloppa avant de la porter dans la chambre.

Quand elle eut enfin recouvré l'usage de la parole, elle murmura d'une voix étonnée :

— Tu as une drôle de façon de dire bonjour !

Liam l'embrassa sur la bouche.

— N'est-ce pas ? La même que pour dire bonne nuit. Et même, dans les grandes occasions, bon après-midi.

— Mon Dieu ! s'exclama-t-elle en riant.

Elle se recula pour étudier son expression.

— Comment es-tu entré ?

— La femme de chambre a laissé la porte entrouverte quand elle est venue chercher le plateau, et j'en ai profité pour me faufiler.

— Quel curieux hasard.

— Oui. Il faudra que je lui donne un pourboire généreux.

— Moi qui croyais que tu étais parti sans dire au revoir !

Elle se mordit la langue, mais trop tard. Elle ne voulait surtout pas avoir l'air de quémander quoi que ce soit.

— Cela n'a jamais été dans mes intentions, l'assura-t-il. Tu devrais t'en douter. J'ai seulement voulu être le plus discret possible et je suis descendu pour prendre mon petit déjeuner.

— Ah bon.

Elle commença à se débarrasser du drap de bain qui l'enveloppait, mais Liam emprisonna son poignet entre ses doigts.

— Que fais-tu ?

— Je dois m'habiller.

Il était très tentant de rester là, blottie entre ses bras. Mais elle risquait d'y prendre goût, et c'était beaucoup trop dangereux…

— La femme de chambre risque de venir faire le ménage, ajouta-t-elle.

— La porte est fermée à clé, avec l'écriteau « Ne pas déranger ».

— Tu étais bien sûr de toi et de l'accueil que je te ferais !

Il se mit à rire.

— Pas du tout ! Simplement… optimiste.

— Nous ne pouvons pas rester. Je dois libérer la chambre avant midi.

— Et rentrer à Londres, soupira-t-il. Avant de te rhabiller, voudrais-tu te promener un peu dans la chambre en tenue d'Eve ? J'ai besoin de vérifier le bon fonctionnement de ma mémoire visuelle.

Cat s'empourpra violemment.

— Nous avons tous les deux assez de souvenirs pour le moment, répliqua-t-elle avec légèreté pour dissimuler son embarras.

— Rabat-joie !

Il se cala dans son oreiller et croisa les mains sous sa nuque.

— Moi aussi, je retourne à Londres, reprit-il au bout d'un moment. C'est pratique.

190

— Comment cela ? questionna-t-elle en remontant la fermeture Eclair de sa jupe.

— Je n'aurai pas à courir à l'autre bout du pays le jour où j'aurai envie de t'inviter à dîner.

Comme elle ne répondait pas, il ajouta, pendant qu'elle enfilait son chemisier :

— Tu n'y vois pas d'inconvénient, j'espère ?

— Tu ne sais pas où j'habite, observa-t-elle.

— Pas encore. Mais tu vas me le dire. Je veux ton adresse, ton nom, tes numéros de téléphone et de fax, ton e-mail, ta fleur préférée... Tous les détails que tu n'as pas encore eu le temps de me donner.

Elle humecta ses lèvres sèches.

— Je ne suis pas certaine d'en avoir envie.

Liam s'étira avec indolence.

— Dans ce cas, je vais avoir recours à mon pouvoir de persuasion.

Il lui tendit la main avec un sourire de séducteur.

— Viens, ma chérie... S'il te plaît.

Instantanément, elle se sentit fondre. Elle ne pouvait nier le désir qu'il éveillait en elle, ni la pulsion qui lui commandait d'obéir sans réfléchir.

Mais alors, le piège se refermerait, se dit-elle dans un sursaut de lucidité. Inéluctablement, elle commencerait à rêver d'autre chose, d'un avenir partagé. Il ne fallait pas oublier les leçons des dernières vingt-quatre heures. Le rêve finissait toujours en cauchemar, elle en avait les preuves éclatantes dans sa famille.

Le schéma se déroulait en plusieurs épisodes, immuable. D'abord la rencontre. Puis les deux inconnus jouaient à se séduire. Emportés par la passion, ils s'imaginaient que leur amour serait éternel. Mais finalement, après la rupture, ils redevenaient de parfaits étrangers, avec la souffrance et l'amertume que cela impliquait. Et un immense sentiment d'échec et de solitude.

L'image de tante Susan, statue solitaire au milieu du grand salon déserté, lui revint à la mémoire. En même temps, curieusement, que l'expression de son père quand il avait vu sa mère se saisir du bouquet de Belinda. Et l'humiliation de cette dernière, le jour même de ses noces…

— Hé ? lança Liam en fronçant les sourcils. Que se passe-t-il ? Tu es livide. Tu te sens mal ?

La gorge de Cat se contracta.

— Il faut que je te dise quelque chose.

— Ma chérie, si tu t'apprêtes à me révéler que tu es mariée, tu as choisi un très mauvais moment.

— Non. Bien sûr que non. Je t'ai déjà expliqué que ce genre de projet n'avait pas de place dans ma vie. Ni maintenant, ni jamais.

— Nous avons dit l'un et l'autre beaucoup de bêtises sur le sujet. Mais la nuit que nous avons passée ensemble change tout.

— Peut-être, mais pas de la manière que tu crois.

Elle marqua une pause.

— As-tu un emploi du temps très chargé aujourd'hui ?

— Non. Comme nous avons chacun notre voiture, je comptais te proposer de nous retrouver à Richmond, pour déjeuner au bord de l'eau.

— Et ensuite ?

— Nous pourrions nous promener, marcher le long de la rivière. Bavarder pour faire plus ample connaissance. As-tu une meilleure suggestion ?

— Pas meilleure, mais… différente.

Un silence tomba. Puis Liam se leva.

— Laisse-moi me rhabiller, moi aussi.

Il enfila un pantalon kaki et un polo noir et glissa ses pieds dans des sandales. La mine sérieuse, presque grave, il lança :

— Vas-y. Je t'écoute.

Elle serra les poings pour maîtriser son corps vibrant de désir.

— D'abord, je veux que tu saches que j'ai passé avec toi une nuit inoubliable. La plus belle de toute mon existence.

— Merci, répliqua-t-il, toujours sur la défensive. Je partage ton point de vue. Mais si tu comptes maintenant me demander d'en rester là, tu devras te battre contre moi, car je n'abandonnerai pas la partie.

— Non, il ne s'agit pas de cela. Moi aussi, j'ai envie de te revoir.

— Je devrais m'en féliciter, mais je crains les conditions. Ai-je raison de me méfier ?

— Veux-tu savoir pourquoi notre rencontre a été si passionnée ?

— L'alchimie des corps ne s'explique pas, observa Liam en haussant les épaules.

— Tout est arrivé de façon si inattendue… Et irrésistible. Nous nous sommes rencontrés et nous avons fait l'amour.

— Dans mon souvenir, cela n'a pas été aussi simple, remarqua Liam sèchement. Mais continue.

— Entre nous, l'attirance physique est d'autant plus forte que nous ignorons presque tout l'un de l'autre. Nous nous sommes concentrés sur notre seul plaisir, sans nous perdre dans des détails ou des considérations superflus. Nous sommes restés libres, et cela a ajouté une dimension de danger à la situation. Tu as dû le ressentir aussi, j'imagine ?

— J'étais trop bouleversé pour analyser la psychologie de nos comportements, répliqua Liam d'une voix traînante. Mais je t'écoute.

Bannissant toute hésitation, Cat redressa fièrement la tête.

— Je ne veux pas perdre cette spontanéité, cette urgence, déclara-t-elle avec force.

— La perspective de déjeuner avec moi à Richmond risque d'émousser tes émotions ?

— C'est ce qui risque de se produire à la longue, acquiesça-t-elle. Si nous nous installons dans la routine de sorties banales avec ou sans nos amis respectifs.

— Mon quotidien n'est pas forcément banal, ni mes amis.

Cat eut un geste d'impatience.

— C'est une image. Tu comprends sûrement ce que je veux dire ?

— J'en ai peur, mais je n'en suis pas certain. Précise ta pensée.

Elle prit une profonde inspiration pour se donner du courage.

— Continuons à nous voir, Liam. Soyons amants. Mais toujours en territoire neutre. Pas de questions, pas de confidences ou d'obligations d'aucune sorte. Juste… le plaisir.

Il se planta devant la fenêtre, le dos tourné, manifestement très tendu.

— Tu ne souhaites rien d'autre de moi ? l'interrogea-t-il enfin. Une relation purement sexuelle dans des chambres d'hôtel impersonnelles ?

— Non. Beaucoup plus. Une liaison ardente, mais sans engagement, à l'abri du quotidien. Une passion secrète.

Comme Liam gardait obstinément le silence, elle ajouta :

— Cela ne t'excite pas ?

Il lui fit face tout à coup, une lueur de colère au fond des yeux.

— Franchement non. Pas le moins du monde. Tu as perdu la tête pour suggérer une chose pareille.

— Pourquoi ? rétorqua-t-elle avec colère. Parce que je suis une femme ? Les liaisons discrètes ne sont tout de même pas l'apanage des hommes ! Ne sois pas hypocrite !

Il s'approcha pour la saisir violemment par les épaules.

— Tu veux faire de moi ton objet, ton jouet, et je devrais sauter de joie ? Pour qui me prends-tu ?

Elle essaya de se dégager.

— Liam ! Tu me fais mal !

Il la lâcha avec une expression méprisante et se détourna de nouveau.

— Et ensuite ? Quand la passion ne sera plus au rendez-vous ?

— Nous nous quitterons, comme des adultes responsables et raisonnables.

— Quand on est civilisé, on n'abandonne pas un blessé au bord d'une route. Dis-moi, pour mon information personnelle, combien d'hommes ont déjà accepté ta proposition ?

— Aucun. Je… Je croyais avoir enfin trouvé l'amant de mes rêves avec toi.

— Mais surtout pas de rencontres en plein jour ! commenta-t-il, glacial. Et pas trop fréquentes ! Quel romantisme de pacotille ! Il ne s'agit pas uniquement du contact de deux épidermes !

— Tu ne supportes pas ma franchise ! l'accusa-t-elle. Une femme n'a pas le droit de refuser une relation établie avec un homme si c'est lui qui propose. Mais moi, je n'ai pas envie de devenir ta petite amie officielle, celle que tu pourras montrer à une réception ou à une soirée de gala. Et je n'ai pas non plus envie de cuisiner pour toi le week-end ou de porter tes vêtements au pressing.

— Tu t'égares, ma chère ! J'ai fait l'amour avec toi, mais ne te crois pas autorisée pour autant à prendre des options sur mon organisation domestique ni à poser ta candidature pour rentrer dans ma vie privée.

— C'est toi qui m'as proposé une invitation à déjeuner à Richmond.

— C'était une erreur. Elle ne se reproduira pas.

Il se dirigea vers la porte à grandes enjambées et s'immobilisa sur le seuil pour lui jeter un dernier regard.

— J'aurais dû me méfier de tes grands airs.

— Liam, implora-t-elle d'une voix tremblante, au bord des larmes. Ne pars pas comme cela, je t'en prie. Parlons ensemble. Je… Je ne veux pas te quitter.

— C'est dommage pour toi. Car nous ne nous reverrons pas. Je te souhaite de ne pas attendre trop longtemps avant de me trouver un remplaçant digne de toi.

Et à ces mots il disparut en claquant la porte derrière lui.

Cat resta figée, aussi rigide qu'une statue, les poings serrés le long du corps.

# 5.

Elle ne pouvait pas laisser partir Liam comme cela, réalisa Cat.

Cette évidence réussit enfin à la sortir de sa prostration, et elle se précipita dans le couloir.

Personne. Toutes les portes étaient hermétiquement closes.

De toute façon, si elle l'avait rattrapé, que lui aurait-elle dit ? Qu'elle était désolée ? Qu'elle plaisantait ?

Découragée, elle se retira lentement à l'intérieur de la chambre et s'assit sur le bord du lit en refermant les bras sur ses épaules dans un geste d'autoprotection.

Sa franchise l'avait perdue. Il n'y avait plus d'issue possible. Liam avait repoussé sa proposition. Il ne voulait pas d'une liaison secrète et passionnée.

Elle avait vraiment du mal à croire à ce qui s'était passé. Elle ne s'attendait pas à ça de sa part. Des remarques railleuses, une dispute, mais pas cette fureur froide et sans appel. Pourquoi Liam s'était-il ainsi offusqué ? Il aurait pu refuser élégamment, sans pour autant se mettre en colère ou faire semblant d'être moralement choqué. D'autant qu'il éprouvait un désir très fort envers elle.

En tout cas, elle n'avait rien d'autre à offrir. Ni à lui ni à aucun autre. Elle manquait de confiance et d'audace en amour. C'était un jeu dont les règles changeaient constamment, au gré des humeurs des uns et des autres. Elle ne devait pas compromettre son équilibre en se croyant assez forte pour gagner.

Mon Dieu ! Elle le connaissait depuis quelques heures à

peine, et déjà elle souffrait comme si on lui avait arraché le cœur ! Elle était déjà amoureuse… Comment aurait-elle pris le risque de le laisser s'approcher, s'installer dans sa vie ? Aussi absurde que cela puisse paraître, il n'était pas question de courir un tel danger, sa détermination était forgée.

En un sens, le mariage de Belinda lui avait ouvert les yeux en lui montrant le chagrin et la désillusion qui remplaçaient immanquablement l'amour.

D'ailleurs, qui sait si Liam envisageait une suite à cette aventure d'un week-end ? Il lui aurait peut-être dit adieu à Richmond. Auquel cas, elle se serait vraiment ridiculisée. Elle avait parfaitement conscience des embûches qui la guettaient et avait donc eu raison de redresser la situation.

Malgré tout, c'est aussi en se protégeant qu'elle avait perdu Liam.

Définitivement.

Ses épaules se voûtèrent. Elle sentait encore l'odeur de Liam sur sa peau et de délicieux picotements au creux de son ventre après la passion de leur dernière étreinte. La gorge nouée, elle réprima un sanglot. Comment une situation pouvait-elle changer aussi brutalement ?

Un quart d'heure plus tôt, elle souriait, radieuse, dans le refuge de ses bras. Tout semblait encore possible. Maintenant, Liam avait disparu à tout jamais de son existence, ne laissant dans son sillage qu'amertume et désolation. L'éclat de sa colère résonnait encore entre les murs de la chambre. L'expression méprisante de ses yeux et ses propos insultants la poursuivraient longtemps.

Et lui, parviendrait-elle à l'oublier ? Il lui suffisait de fermer les paupières pour que surgisse son visage, son sourire, sa silhouette…

En tout cas, elle n'essaierait pas de le remplacer, ainsi qu'il le lui avait suggéré. La leçon avait été rude. Elle avait besoin de se ressaisir, de se ressourcer. Et de reconsidérer sa stratégie. Qui sait, un jour peut-être, dans un avenir lointain, elle croiserait le chemin d'un homme qui rêverait, comme elle, d'une relation sans attaches.

Malheureusement, ce ne serait pas Liam…

Elle était effondrée, comme si son univers tout entier s'était écroulé. Elle qui détestait les bouleversements émotionnels ! N'était-ce pas, d'ailleurs, ce qu'elle cherchait à éliminer de son existence ?

Brusquement, prise d'une détermination farouche, elle se releva et sécha ses larmes. Il ne fallait pas rester dans cette chambre. Au lieu de se lamenter, il valait mieux agir de manière positive.

Elle ramassa le drap de bain humide et le porta dans la salle de bains où elle rassembla ses affaires de toilette. Au passage, elle jeta sa savonnette à la poubelle. Il était temps de changer de parfum.

Avant de partir, elle inspecta son reflet dans le miroir. Elle avait recouvré un minimum de calme. Malgré ses lèvres gonflées et ses yeux cernés, personne ne soupçonnerait son tumulte intérieur.

L'employée qui se trouvait à la réception avait changé.

— J'espère que vos problèmes informatiques sont résolus, dit Cat en posant sa clé sur le comptoir. Je voudrais ma note, s'il vous plaît.

— Personne ne m'a parlé de problèmes informatiques, observa la jeune femme.

— Alors, tout va bien, répliqua Cat en sortant sa carte de crédit.

Elle avait bien envie de prendre quelques renseignements sur Liam sous un prétexte quelconque, mais elle se ravisa. A quoi cela aurait-il servi ? Elle ferait mieux de s'en tenir à sa résolution solennelle de le chasser définitivement de son esprit.

— Apparemment, votre note est déjà réglée, mademoiselle Adamson, déclara la réceptionniste d'un air étonné.

— Impossible, répliqua Cat fermement. Je vous l'ai dit, l'ordinateur était en panne quand j'ai voulu payer hier soir.

— Pourtant, regardez, dit l'employée en imprimant une copie de la facture acquittée. Vous ne nous devez rien.

— Vous ne comprenez pas, insista Cat en commençant à s'énerver. Je n'ai *rien* payé.

La jeune femme hésita un instant puis lui sourit.

— Eh bien, quelqu'un s'en est chargé. Les personnes qui ont organisé le mariage, peut-être ? Vous faisiez partie du groupe, je crois ?

— Sans doute, acquiesça Cat d'un air perplexe.

Au moment où elle allait franchir la porte, la réceptionniste la rappela :

— Mademoiselle ! J'allais oublier ! Il y a un message pour vous.

Intriguée, Cat revint sur ses pas et déchira l'enveloppe pour lire quelques mots griffonnés d'une écriture hachée en travers d'une feuille de papier : « Je n'ai pas l'habitude de payer mes partenaires sexuelles. Mais cette nuit a vraiment été exceptionnelle. Liam. »

Elle referma convulsivement le poing sur la lettre.

— Mademoiselle Adamson ? Tout va bien ? Vous êtes très pâle. Ce n'est pas une mauvaise nouvelle, j'espère ?

Elle se ressaisit tant bien que mal.

— Non, pas du tout, répondit-elle en fourrant le papier dans son sac.

Surtout, ne rien laisser paraître. Partir la tête haute…

Elle adressa un sourire figé à l'employée.

— Tout va très bien. Au revoir, mademoiselle.

Et elle sortit dans la lumière du soleil, pour se diriger vers sa voiture.

Après ce week-end éprouvant, Cat retrouva avec soulagement son travail le lundi matin. Elle allait pouvoir mettre de côté ses problèmes personnels et penser à autre chose.

La veille, elle était rentrée à Londres d'une seule traite sans s'arrêter pour déjeuner, à Richmond ou ailleurs. La circulation était particulièrement dense pour un dimanche, et elle avait une migraine épouvantable en arrivant. En plus, chacun de ses parents lui avait laissé un message sur son répondeur, réclamant qu'elle le rappelle.

« Plus tard », s'était-elle dit en appuyant sur le bouton

« effacer ». Elle avait avalé deux cachets, pris un bain et enfilé une vieille robe de chambre confortable. Puis elle avait ouvert une boîte de soupe et sorti un reste de poulet froid du frigo, qu'elle avait avalés sans plaisir. Avant d'aller se coucher, elle avait brûlé le message de Liam dans une feuille d'aluminium et jeté le tout dans la poubelle.

— Tu as encore la gueule de bois ? la taquina Andrew, son patron, quand il la vit arriver. La fête était réussie, j'imagine ?

Elle se força à sourire.

— Nous ne faisons pas les choses à moitié, dans la famille.

Comme tous les débuts de semaine, d'innombrables problèmes surgirent pour réclamer son attention : des ouvriers malades, des livraisons retardées, des fournitures en rupture de stock… Elle passa sa journée au téléphone et à envoyer des mails.

Il y avait heureusement aussi des motifs de satisfaction : un chantier de réhabilitation qu'elle avait mené dans la City avait remporté un vif succès et amené des clients potentiels.

A la fin de la journée, elle avait récupéré assez d'énergie pour rappeler ses parents.

— Cela m'a fait tellement plaisir de te revoir, ma chérie, susurra Vanessa. Dînons ensemble un de ces soirs, comme de vieilles amies.

— Maman, je suis ta fille !

— Mais nous sommes si proches ! minauda sa mère. Gil s'étonne toujours que je puisse avoir une fille de ton âge… Mercredi soir ? C'est moi qui t'invite.

Elle acquiesça en réprimant un soupir. Apparemment, la perspective de devenir grand-mère avait perdu de son attrait et n'était plus d'actualité. Eh bien tant mieux !

Ignorant résolument la petite boule qui se formait dans son estomac, elle composa le numéro de son père.

— Tu n'avais pas l'air dans ton assiette, samedi, observa-t-il.

— La fête n'était pas vraiment réussie, expliqua-t-elle sur un ton maussade.

— C'est vrai. Depuis, ton oncle a d'ailleurs déserté le domicile conjugal pour s'installer chez sa secrétaire.

— Pauvre tante Susan.

— Il ne doit pas avoir toute sa raison pour quitter une femme de cette classe.

— Papa, ta position ne t'autorise pas à le critiquer, remarqua-t-elle sèchement.

— Il n'y a pas de comparaisons possibles entre nous, protesta son père. Ta mère avait un caractère épouvantable. Tu devrais t'en souvenir.

— Oh, c'était il y a si longtemps ! Vous devriez arrêter de vous disputer vos torts respectifs. Il faudrait aller de l'avant, maintenant.

Après une hésitation, elle ajouta :

— As-tu parlé avec tante Susan ?

— Très peu. Pour être tout à fait franc, je me sens gêné. Mais je lui ai proposé de passer quelques jours avec elle.

— Avec Sharine ?

— Evidemment. Je ne vais tout de même pas la laisser seule à Londres.

Comme elle ne répondait rien, il demanda :

— Cela ne te semble pas une bonne idée ?

— J'ai aperçu la maîtresse d'oncle Robert. C'est aussi une grande blonde, jeune.

— Ah, je vois. Dans ce cas, tu serais peut-être plus à même de discuter avec elle.

— Tu ne devrais pas te désintéresser de ta sœur, papa. Après tout, c'est elle qui a élevé ta fille unique.

Un lourd silence tomba.

— Merci de me rafraîchir la mémoire, maugréa enfin son père avant de raccrocher.

Cat regretta aussitôt sa brusquerie. Les mots étaient sortis tout seuls. Finalement, elle non plus n'avait peut-être pas réglé tous ses comptes avec le passé.

Dorita, une collègue du service comptable, apparut sur le seuil de son bureau.

— Je vais au pub avec Cindy et Meg. Tu nous accompagnes ?

— Je ne me sens pas très en forme.

— Une coupe de champagne te remettra d'aplomb.

— Vous fêtez quoi ?

— Meg pense qu'elle a rencontré l'homme de sa vie !

Malgré elle, Cat éclata de rire.

— Espérons que cette fois-ci sera la bonne.

Elle n'était pas d'humeur festive, mais la perspective de rentrer dans un appartement vide ne l'enthousiasmait guère non plus. Un peu de distraction lui ferait du bien.

Quand elles arrivèrent, le pub commençait à se remplir et elles se ruèrent sur la dernière table vide.

— Alors, raconte-nous le mariage de ta cousine, commença Meg. Il y avait des hommes intéressants ?

Cat fanfaronna.

— Des tas ! Tous accompagnés, malheureusement.

Cindy poursuivit sur le même sujet. Elle voulait tous les détails, avec une description précise de la cérémonie et de la robe de mariée. Cat dut s'exécuter, bien à contrecœur.

Quand elle eut fini son récit, Dorita lança, tout excitée :

— Hé, les filles ! Vous avez vu l'apollon qui est entré ?

Cat suivit son regard et se figea sur place. Mon Dieu ! Non, ce ne pouvait pas être lui, c'était impossible !

Cindy hocha la tête d'un air entendu.

— Il n'est pas seul, hélas.

Le cœur battant, les tempes bourdonnantes, Cat aperçut une petite blonde qui tenait le nouvel arrivant par le bras avec une familiarité très possessive. Elle resta comme fascinée, incapable de détacher le regard du couple. En même temps, elle avait envie de s'enfuir en courant, mais ses jambes chancelantes auraient probablement refusé de la porter.

A ce moment-là, l'homme se tourna légèrement pour embrasser sa compagne, et elle se rendit compte que ce n'était pas Liam.

Un soulagement indicible l'envahit, presque aussitôt remplacé par une colère sourde contre elle-même. Etait-elle stupide ? Cet homme ne ressemblait pas du tout à Liam. Il était plus petit, et beaucoup moins large d'épaules. Comment avait-elle pu se méprendre ?

— Tout va bien, Cat ? lui demanda Meg en scrutant son expression. Tu es livide, comme si tu venais de voir un fantôme.

Cat se força à rire.

— J'ai des préoccupations beaucoup plus terre à terre, s'écria-t-elle. Je viens de me souvenir que je n'ai plus une goutte de lait à la maison et que mon frigo est complètement vide. Je dois vraiment songer à faire quelques courses.

Elle se leva pour enfiler son manteau. Au moment de sortir, elle tourna la tête vers le bar.

La jolie blonde, qui bavardait aimablement, arborait une magnifique bague de fiançailles. Son compagnon surprit le coup d'œil de Cat et la déshabilla du regard sans la moindre vergogne.

Encore un mufle ! songea-t-elle, dégoûtée. Qui lui disait d'ailleurs que Liam n'était pas lui aussi avec une femme, en train de lui raconter l'affreux week-end qu'il avait passé sans elle…

Elle avala une grande goulée d'air frais en se retrouvant à l'extérieur.

Si elle ne voulait pas sombrer dans la folie, il devenait urgent d'oublier les événements du dernier week-end. Seulement voilà, elle ne savait pas du tout comment s'y prendre.

Incapable d'affronter la cohue du métro, elle héla un taxi. Elle descendit devant le petit supermarché au coin de sa rue et erra un long moment dans les allées, indécise, le cœur au bord des lèvres. Finalement, elle acheta un paquet de pâtes. Pour ce soir, elle se contenterait de spaghettis à la carbonara.

Alors qu'elle glissait sa clé dans la serrure, sa voisine sortit sur le palier. Elle portait un énorme bouquet de roses rouges qu'elle lui tendit en souriant.

— On les a livrées en ton absence ! l'informa-t-elle. Un admirateur ?

En d'autres circonstances, elles auraient plaisanté et bavardé un moment, mais là, Cat était trop décontenancée. Après avoir marmonné un vague merci d'une voix blanche, elle referma sa porte pour lire le message qui accompagnait les fleurs.

« Dînons ensemble, je t'en prie. Jeudi 20 heures, chez Smith. »

Il n'y avait pas de signature, mais elle n'avait aucun doute quant à l'identité de l'expéditeur.

Ainsi donc, une fois sa colère retombée, Liam avait résolu de reprendre contact ! Il ne lui avait pas fallu beaucoup de temps pour découvrir où elle habitait…

La gorge nouée, les mains tremblantes, elle se dirigea vers la cuisine pour mettre de l'eau dans un vase.

Naturellement, elle était ravie, mais en même temps une pointe d'agacement se mêlait à son plaisir. Il aurait pu trouver autre chose que des roses rouges, cela faisait terriblement convenu… En plus, il était vraiment très très sûr de lui ! Et si elle n'avait pas envie d'accepter l'invitation ?

Par galanterie, il aurait pu lui laisser le choix. En proposant une adresse pour la réponse, par exemple.

Mais dans son cœur, de toute façon, la décision était prise. Quand elle passa devant la glace avec son vase dans les mains, elle se reconnut à peine. Un sourire béat, parfaitement idiot, lui illuminait le visage.

Le temps parut interminable à Cat jusqu'au jeudi.

Heureusement, son travail l'absorbait pendant la journée. Mais la nuit elle dormait mal, d'un sommeil entrecoupé de rêves sensuels, et elle se réveillait parfois en sursaut, la bouche sèche et le cœur battant.

— Chez Smith ? répéta Dorita sur un ton stupéfait, quand Cat lui demanda si elle connaissait l'endroit. Mazette ! C'est super classe. Ce soir ?

— Demain, précisa Cat.

Pour aujourd'hui, il lui faudrait se contenter du Savoy avec sa mère.

Vanessa l'accueillit avec une humeur charmante.

— Tu es superbe, ma chérie !

— Toi aussi, maman.

C'était vrai. Sur le visage de sa mère, les tensions du

week-end s'étaient dissipées, et elle avait cette expression de bonheur et de plénitude qui la désertait depuis trop longtemps.

— Je suis passée voir Susan, hier, annonça Vanessa quand elles eurent commandé. Elle projette de vendre la maison pour aller s'installer en France.

— Elle divorce ? N'est-ce pas un peu rapide ?

Sa mère haussa les épaules.

— Puisque tout est fini, elle ne veut plus gâcher une seule minute de son existence. Elle a enseigné en France avant son mariage et a toujours rêvé d'y habiter. Seulement, Robert ne voulait pas en entendre parler.

— Ah bon ? Je ne le savais pas. Elle n'a pas peur de se sentir seule ?

— Pourquoi ? rétorqua Vanessa avec aigreur. Elle est encore très séduisante. Les admirateurs ne manqueront pas.

Cat haussa les sourcils.

— Elle suivra ton exemple, j'imagine ?

Vanessa éclata de rire.

— Non, ma chérie. Cette fois-ci, je m'assagis pour de bon. Je redeviens respectable.

Avec Gil ? songea Cat, consternée. C'était ridicule ! Et elle qui avait peur qu'elle n'ait envie de renouer avec son père…

— Si tu es sûre de faire le bon choix. Sois heureuse.

Dans une posture théâtrale, Vanessa lui posa la main sur le bras.

— Je te souhaite la même chose, ma chérie. J'espère seulement que tu ne mettras pas autant de temps que moi pour trouver le bonheur.

Cat baissa les yeux sur son assiette.

— Je suis tout à fait satisfaite de la vie que je mène, maman.

Pourtant, elle était folle de joie à l'idée que, d'ici vingt-quatre heures, elle allait revoir l'homme qui lui tournait la tête.

Le soir venu, elle était morte d'appréhension.

Elle avait hésité un long moment devant sa garde-robe avant de choisir une jupe en crêpe georgette crème, avec un haut à manches courtes assorti et une petite veste couleur saphir. Elle avait complété sa toilette par des boucles d'oreilles et un maquillage léger. Il aurait été plus chic d'arriver légèrement en retard, mais le taxi la déposa ponctuellement devant le restaurant.

Elle aperçut immédiatement Liam. Debout au bar, il lui tournait le dos.

L'estomac noué, elle rassembla tout son courage et s'approcha.

— Cat… Tu es venue.

Une voix masculine fit irruption dans ses pensées. Quelqu'un lui barrait le passage.

— J'avais tellement peur que tu ne viennes pas !

Médusée, elle dévisagea l'intrus en fronçant les sourcils. Tony, le garçon d'honneur.

Tout à sa joie, sans même remarquer sa pâleur, ce dernier poursuivit :

— Comme je suis content ! Viens, notre table est par là.

Tout en le suivant machinalement, elle risqua un coup d'œil vers Liam.

Il s'était retourné, probablement par hasard. Au moment où leurs regards se croisèrent, l'univers sembla se recroqueviller autour d'eux pour les envelopper dans un doux cocon.

L'expression de Cat se fit implorante.

Elle l'avait reconnu tout de suite. Pourquoi n'est-ce pas lui qui l'attendait ?

Elle en aurait crié de rage et de dépit.

Mais elle courba la tête et s'éloigna, le regard de Liam vrillé dans son dos.

# 6.

— Tu as aimé les fleurs ? demanda Tony.

Cat sursauta.

— Oui. Elles sont… splendides.

Elle songea aux longues tiges raides, un peu guindées.

— Pourquoi n'as-tu pas signé la carte ? ajouta-t-elle.

— Cheryl me reprochait tout le temps de ne pas être assez romantique. J'ai voulu ajouter une touche de mystère. Et ça m'a réussi, puisque tu es là !

Mon Dieu ! s'exclama Cat intérieurement. Comment avait-elle pu en arriver là ? Elle avait pris ses désirs pour des réalités. Complètement égarée, elle en oubliait le bon sens élémentaire.

Après la manière dont ils s'étaient quittés, Liam ne risquait pas de la recontacter… Quant au pauvre Tony qui ne se rendait compte de rien, il n'avait jamais douté qu'elle accepte.

Elle avait d'autant plus de mal à surmonter sa déception que la présence de Liam dans cet endroit à la mode avait tout d'abord renforcé le malentendu. Quel épouvantable concours de circonstances ! C'était trop cruel…

En même temps, elle ne pouvait pas reprocher à Liam de se trouver chez Smith. Et d'une certaine façon, l'irruption de Tony l'avait sauvée d'une humiliation bien pire encore. Sans lui, elle se serait précipitée dans les bras de Liam !

Mais pour l'instant, il lui fallait subir cette soirée.

Une décoration pastel, des lumières tamisées, un pianiste de blues dans un coin, tout concourait à créer une atmosphère romantique, propice aux amoureux. Quelle sinistre ironie !

— C'est Freddie qui m'a donné ton adresse, dit Tony d'un air satisfait. Il était ravi, d'ailleurs.

Il ne l'aurait pas été autant s'il avait connu la teneur de ses sentiments actuels à son endroit… Si Belinda ne tordait pas le cou de son mari dans les prochains mois, elle se promettait de s'en charger elle-même.

S'efforçant tout de même de faire bonne figure, elle porta son verre de Martini à ses lèvres.

— Freddie et Belinda seront très heureux ensemble, commenta Tony au bout d'un moment. Il fait parfois des bêtises, mais elle saura le surveiller.

A quel prix ? songea-t-elle, se remémorant l'expression de sa cousine au moment de leur départ.

Soudain, elle entendit un bruit de pas qui ne lui était pas inconnu et se dissimula derrière la carte.

Son sixième sens ne l'avait pas trompée, c'était Liam. Mais il la dépassa sans un regard. Bien sûr, il n'était pas seul.

L'espace d'une seconde, elle espéra follement se tromper, mais non. Longue et mince, la jeune femme qui l'accompagnait portait une tunique de soie blanche et une jupe noire qui découvrait des jambes magnifiques. L'image du couple qu'elle formait avec Liam se grava à tout jamais dans la mémoire de Cat.

Heureusement, le restaurant était immense et ils disparurent dans une salle adjacente.

Les coquilles Saint-Jacques étaient exquises, mais Cat toucha à peine à son assiette et demeura très sobre.

Elle aurait dû faire la même chose l'autre soir, se dit-elle avec amertume. Elle n'aurait pas en ce moment l'horrible sensation d'avoir un poignard planté dans le cœur…

Mais l'attirance presque animale qui l'avait poussée vers Liam n'avait rien à voir avec l'alcool. D'une manière ou d'une autre, le désir qui s'était emparé d'eux devait éclater, elle n'aurait pas pu résister.

Contrairement à elle, Tony mangea et surtout but sans modération. Le bon vin lui délia la langue, et il commença à s'épancher, racontant par le menu son divorce jusque dans les détails les plus embarrassants. Il ne s'était pas remis de son échec.

Dès qu'il essaya de se faire plus tendre, elle mit fermement un terme à la soirée, insistant même pour partager l'addition. Ce n'est qu'une fois dans le taxi, après avoir réussi à lui fausser compagnie, qu'elle poussa un soupir de soulagement.

Elle était enfin débarrassée de lui !

Mais elle était aussi *débarrassée* de Liam… Dans la vitre, une jeune femme très pâle la regardait, les lèvres tremblantes, un océan de tristesse au fond des yeux. Elle avait l'impression d'être condamnée à l'enfer pour l'éternité.


Le lendemain soir, Cat rentra chez elle épuisée et morose.

La perspective d'un week-end solitaire la déprimait encore plus que celle de faire le ménage et la lessive.

En dépit de son abattement, elle s'était juré de ne plus s'endormir en pleurant. C'était trop triste de se réveiller avec le goût des larmes sur les lèvres. Elle avait donc soigneusement prévu sa soirée : d'abord, un bain relaxant, puis un repas léger, une salade et un yaourt, en écoutant Mozart, avec un verre de vin. Ensuite, elle se remettrait au travail sur l'ordinateur portable qu'elle avait apporté exprès du bureau.

Elle mit le quintet pour clarinette avant de faire couler son bain, laissant la porte ouverte pour s'imprégner de la sérénité de cette musique céleste. Enfin détendue, en robe de chambre, elle était dans la cuisine quand retentit la sonnette de l'entrée.

Elle hésita à répondre, puis se décida. Sa voisine avait peut-être récupéré un colis en son absence.

— Voilà, j'arrive ! lança-t-elle avec un brin d'impatience.

Elle se figea sur place, stupéfaite.

— Bonsoir, lui dit Liam.

En costume d'homme d'affaires bleu marine, avec une cravate rayée sur une chemise blanche, il avait l'air crispé.

— Que… Qu'est-ce que tu fais ici ? articula-t-elle d'une voix rauque.

— Je n'en sais rien moi-même, avoua-t-il, une légère rougeur au front. J'ai lutté de toutes mes forces contre cette idée de venir, mais c'était trop fort. Je n'ai pas vraiment eu le choix.

Rejetant la tête en arrière, il plongea ses yeux gris dans les siens.

— Si ta proposition tient toujours, je l'accepte. Tes conditions seront les miennes.

Elle secoua la tête.

— Je ne comprends pas.

— Tu m'as proposé une liaison secrète. Sur le moment j'ai refusé. Mais depuis, j'ai réfléchi. Je suis d'accord. Je ferais n'importe quoi pour te revoir.

Il marqua une pause.

— Naturellement, si tu as changé d'avis, je comprendrai. Tu n'entendras plus parler de moi.

Dans le silence qui suivit, elle essaya désespérément de comprendre le sens de ces propos.

— Qu'est-ce qui t'a fait changer d'avis ? l'interrogea-t-elle.

— Quand je t'ai revue au restaurant, hier soir… J'ai réalisé une chose : j'aurais beau déployer tous les efforts possibles et toute mon énergie pour t'oublier, je sais que je n'y arriverai jamais.

— Moi aussi, je suis arrivée à la même conclusion, prononça-t-elle dans un murmure à peine audible.

— Puis-je en conclure que tu acceptes ?

Elle hocha la tête sans le regarder.

— Tu veux entrer ?

— Non, je te remercie. Ce serait une atteinte aux règles de neutralité et d'anonymat auxquelles tu aspires.

— Tu as tout de même recherché mon adresse… Où l'as-tu eue ? A l'hôtel ?

— Oui.

— En usant de ton charme auprès de la ravissante créature de la réception ?

Il haussa les épaules.

— Peu importe. En tout cas, à partir de maintenant, je promets de ne plus tricher.

Un doute s'empara d'elle.

— Y a-t-il réellement eu des problèmes informatiques ?

— Qui sait ? Les ordinateurs tombent souvent en panne…

Cat secoua la tête d'un air incrédule.

— Tu es allé jusque-là !

— J'étais prêt à tout pour te revoir. Que cela ne t'empêche tout de même pas de me faire confiance pour l'avenir. Je vais chercher un lieu sûr, en terrain neutre, pour notre prochain rendez-vous.

Il avait l'air de régler un simple détail matériel. N'allait-il même pas l'embrasser ?

L'esprit engourdi, elle se contenta de hocher la tête.

Liam sortit un agenda de sa poche et le feuilleta.

— Jeudi prochain me conviendrait tout à fait. Qu'en dis-tu ?

— Eh bien… D'accord, répondit-elle avec une curieuse impression d'irréalité.

— Parfait. J'enverrai une voiture te prendre à 22 heures.

C'était ce qui s'appelait aller droit au but. Ils ne dîneraient donc même pas ensemble ?

Il s'éloignait déjà lorsqu'elle murmura son nom.

— J'ai oublié quelque chose ? demanda-t-il en fronçant les sourcils.

Une barrière s'était subitement dressée entre eux, infranchissable.

Elle s'empara du premier prétexte qui se présenta :

— Pour hier soir, je voulais t'expliquer…

— Tu n'as pas à te justifier, répliqua-t-il avec une pointe de raillerie. Nous restons tous les deux, comme tu l'as toi-même décidé, des êtres libres et indépendants, sans aucuns comptes à rendre.

A l'évidence, il se moquait de savoir qui était Tony, alors qu'elle-même mourait de curiosité envers sa ravissante compagne.

— Euh… Oui, bien sûr, murmura-t-elle, dépitée.

Pendant qu'il la considérait avec une expression songeuse, elle prit conscience de sa tenue négligée. Sans maquillage, dans sa vieille robe de chambre, elle n'était guère à son avantage.

Elle redressa fièrement le menton.

— Tu n'as pas changé d'avis ?

— Pas le moins du monde. J'ai hâte d'être à jeudi. Mets une jolie robe, s'il te plaît. Quelque chose que j'aurai plaisir à enlever…

Son sourire la toucha comme une caresse, et elle rougit des pieds à la tête. Confuse, elle referma la porte pour cacher son trouble.

Liam la prenait au mot, interprétant ses paroles au pied de la lettre. Dans quelle histoire s'engageait-elle ? Ces dispositions manquaient singulièrement de romantisme.

Elle se pelotonna sur les coussins du canapé, ramenant sur elle les pans de son peignoir. Elle avait froid, subitement. Pourquoi n'était-il pas entré comme elle l'en avait prié ?

Elle avait tellement envie de sentir la chaleur de son corps, la pression de ses lèvres sur sa peau ! Un désir fou la consumait, inextinguible. Si fort qu'elle dut se mordre les doigts pour s'obliger à penser à autre chose. Elle regrettait de ne pas avoir insisté, de ne pas s'être montrée plus persuasive…

Mais elle ne pouvait pas se plaindre d'être prise à son propre piège ! Après tout, Liam lui offrait ce qu'elle réclamait. Elle était la seule à incriminer.

Elle mit beaucoup de temps à s'endormir, se tournant et se retournant dans son lit jusqu'au milieu de la nuit. Elle se réveilla à l'aube, inquiète et épuisée.


Les jours suivants, Cat se lança à corps perdu dans le travail, déployant une activité exceptionnelle pour éviter de penser à ce qui l'attendait jeudi. Mais ce fut peine perdue. Elle avait beau multiplier les visites de chantier et les rendez-vous avec les clients, la pensée de Liam n'était jamais très loin et affleurait constamment à la surface de sa conscience.

Elle se sentait ridiculement nerveuse et tendue. Ce qui était absurde, puisque Liam était l'amant dont elle rêvait et qu'il s'était rangé à ses conditions…

Elle réserva l'après-midi du jeudi pour se pomponner avec soin, s'octroyant une séance complète dans un salon de beauté.

Pour le soir, elle avait déjà choisi une robe d'intérieur de soie noire à manches longues, avec une série de petits boutons qui commençaient à la pointe du décolleté jusqu'à mi-cuisse.

Elle allait partir le matin quand on sonna à la porte. C'était un garçon de courses, un casque de moto sous le bras.

— Mademoiselle Adamson ? On m'a chargé de vous remettre ceci et d'attendre la réponse si nécessaire.

Cat ouvrit l'enveloppe jaune qu'il lui tendait. Un trousseau de clés se trouvait à l'intérieur, avec une adresse. « Pour le cas où je serais en retard », avait griffonné Liam sur une carte.

« Appartement 2. 53, Wynsbroke Gardens », portait l'étiquette accrochée à l'anneau.

Un des quartiers les plus chic de Londres…

La gorge de Cat se contracta. Jusque-là, la situation avait paru irréelle, mais tout à coup, maintenant que les choses se concrétisaient, elle avait peur.

— Y a-t-il une réponse, mademoiselle ? demanda le coursier.

Liam lui laissait une possibilité de refuser, de revenir en arrière. Elle pouvait rendre les clés, dire qu'elle avait changé d'avis, et rien ne se passerait. Elle serait en sécurité.

Elle inspira profondément.

— Non, pas spécialement, articula-t-elle lentement.

Sa décision était prise.


— Vous êtes très tendue, observa l'esthéticienne en lui massant le dos avec des huiles essentielles.

— J'ai beaucoup de soucis, rétorqua Cat évasivement.

Après les masques et les soins du visage, elle passa un long moment au sauna, mais rien ne parvint à la détendre. Elle courait au désastre, songea-t-elle sombrement. Au lieu de rêver à une délicieuse nuit d'amour, elle devenait de plus en plus crispée au fil des heures.

Elle avait l'impression d'être l'élue d'un soir au harem du sultan. Mais les favorites finissaient toujours par être délaissées, et ce sort, tôt ou tard, lui serait réservé aussi. Comment le vivrait-elle ?

Il ne fallait pas y penser, s'admonesta-t-elle. Dieu merci, l'histoire commençait à peine, et pour l'instant elle devait plutôt se réjouir.

En réglant sa note dans le salon de beauté, elle entendit un cliquetis de clés au fond de son sac. Sous le coup d'une impulsion irrépressible, elle tourna à droite en direction de Notting Hill au lieu de rentrer chez elle.

Elle trouva Wynsbroke Gardens sans difficulté et se gara non loin. Puis elle remonta la rue lentement, sans autre intention que de jeter un coup d'œil sur l'immeuble qui abritait leur futur nid d'amour.

Une grande maison blanche s'élevait à l'emplacement du numéro 53.

Elle pourrait juste essayer une clé, se dit-elle devant la porte cochère. Si c'était la bonne, elle rentrait. Sinon, elle attendrait ce soir.

C'était la bonne. L'appartement du rez-de-chaussée se trouvait à gauche, et à droite une porte avec le numéro 2 s'ouvrait en haut d'un escalier recouvert d'un tapis rouge.

Elle avait l'impression de pénétrer dans l'espace interdit du château de Barbe-Bleue.

A l'étage, après avoir utilisé l'autre clé, elle se retrouva dans un couloir et ouvrit la première porte qui se présenta. Il s'agissait d'une grande pièce qui abritait un salon, avec un canapé et deux fauteuils de part et d'autre d'une cheminée ainsi qu'un coin repas dans une alcôve. De larges baies vitrées donnaient sur le square.

Le plancher sentait bon la cire d'abeille, une odeur de peinture fraîche flottait dans l'air, et le mobilier était neuf.

A l'évidence, tout avait été refait très récemment. Il n'y avait pas de tableaux aux murs ni aucun bibelot ou objet décoratif. C'était un endroit sans âme, totalement impersonnel.

Tout comme la chambre où trônait un lit immense, recouvert d'un dessus-de-lit bleu marine. Comme dans un hôtel, on avait disposé des serviettes dans la salle de bains. Elle se retira sur la pointe des pieds comme si elle était rentrée dans une église au milieu d'un service.

Prenant conscience de l'absurdité de son comportement, elle se dirigea plus fermement vers la cuisine, sans crainte de faire résonner ses talons sur le carrelage.

Les placards renfermaient un peu de vaisselle, mais le réfrigérateur était vide.

Cet endroit inhabité ressemblait à une coquille vide. Appartenait-il à Liam ? Qui sait s'il ne possédait pas d'autres garçonnières disséminées dans la capitale pour abriter ses amours ?

Allons, cela n'avait aucun sens. L'idée de départ venait d'elle, pas de lui. Il n'avait fait que suivre ses directives à la lettre. Mais on n'aurait pas pu dénicher un lieu plus froid et neutre.

Elle soupira. Même si ce n'était pas le nid d'amour idéal, elle pouvait au moins le rendre plus accueillant.

Au supermarché du coin, elle remplit un caddie de produits de première nécessité. Du lait, du thé, du pain, des œufs. Elle ajouta du bacon, du saumon fumé, des fraises et deux bouteilles de champagne. Elle acheta aussi un vase et passa chez le fleuriste pour composer une gerbe de lys et d'œillets.

De retour à l'appartement, elle rangea ses achats dans le frigo et disposa le bouquet au centre de la table dans la salle à manger.

Les fleurs embaumaient, le lieu semblait déjà moins sinistre. Mais on ne s'y sentait toujours pas chez soi…

Ce qui était de toute façon l'effet recherché, conclut-elle avec une moue désabusée.

Il lui faudrait s'y habituer.

# 7.

Le chauffeur, en casquette et uniforme gris, sonna ponctuellement à l'heure dite. Poli mais taciturne, il garda la vitre de séparation fermée, condamnant Cat à une solitude silencieuse.

Elle espérait de toutes ses forces que Liam l'aurait précédée. Malheureusement, personne ne l'attendait. L'appartement était vide.

Elle avait un trac fou. Pour réchauffer l'atmosphère, elle alluma un feu dans la cheminée avant de se diriger vers la chambre pour enfiler sa somptueuse tenue d'intérieur.

Debout devant la glace, elle étudia longuement son reflet en essayant de se voir avec les yeux de Liam. La soie moulait sa silhouette comme une seconde peau, mettant ses courbes en valeur et révélant jusqu'à mi-cuisse ses jambes bien galbées. Le noir de l'étoffe moirée contrastait magnifiquement avec sa peau laiteuse.

Mais pourquoi tardait-il ? Il n'y avait ni télévision ni radio ou chaîne stéréo. Pas même un magazine pour tromper l'ennui de l'attente. Elle avait besoin de lui, du réconfort de sa présence. Son regard de braise lui manquait, ainsi que ses baisers passionnés…

Elle commença à se poser des questions : Liam n'aurait-il pas imaginé toute cette mise en scène comme une plaisanterie cruelle, pour se venger et la punir de l'avoir blessé dans son orgueil ?

Mais bientôt, une porte claqua et elle entendit des pas dans l'escalier.

Au lieu de rester mollement étendue sur le canapé ainsi qu'elle l'avait décidé, elle sauta nerveusement sur ses pieds, cachant ses poings serrés dans les plis de sa robe pour masquer leur tremblement.

Il avança lentement à sa rencontre tout en la détaillant avec attention.

— Bonsoir. Je te présente toutes mes excuses pour mon retard, dit-il très courtoisement, mais sans marquer aucun empressement.

Elle se racla la gorge.

— Ce… Ce n'est pas grave. Puisque tu es là, maintenant. Tu as l'air fatigué.

— Je le suis. Mais rassure-toi, je suis un homme vigoureux, débordant d'énergie. Je ne te décevrai pas.

— Je ne suis pas inquiète, protesta-t-elle, gênée. J'ai fait quelques courses. As-tu faim ? Veux-tu un café ?

— Non merci. Je ne doute pas de tes talents domestiques, mais ce n'est pas exactement ce que j'attends de toi.

Il posa son veston sur le dossier d'une chaise avant d'ajouter :

— Franchement, j'ai eu une journée épouvantable. Un bain me ferait le plus grand bien.

Il se dirigeait vers la salle de bains en desserrant son nœud de cravate quand il s'arrêta un instant.

— Tout de même, je boirais un verre avec plaisir. Mais pas tout de suite. Laisse-moi une dizaine de minutes.

Elle acquiesça d'un signe de tête.

— Un whisky ? Sec ?

Il haussa un sourcil moqueur.

— Quelle mémoire !

— N'est-ce pas ? Je n'ai rien oublié…

— Moi non plus, répliqua-t-il plus gentiment, avec un regard complice.

Quand il eut refermé la porte, elle ouvrit le bar et remplit généreusement un verre. Puis elle se retourna et son regard se posa sur le veston de Liam. Elle s'en approcha sous l'emprise d'une curiosité irrésistible. Elle ne savait pratiquement rien de lui. Trouverait-elle quelques informations au fond de ses poches ?

Au moins son nom ! Mais son portefeuille ne contenait ni passeport ni carte de crédit, seulement une centaine de livres sterling en billets. Le cœur battant de crainte d'être surprise, elle s'apprêtait à le replacer quand le coin d'une photo attira son attention. Une femme, peut-être ?

Le temps pressait, maintenant, il fallait faire vite. Elle s'arma de courage…

Ce n'était qu'un chien, un épagneul à longs poils, tout à fait sympathique d'ailleurs. Sa mauvaise action ne lui avait rien rapporté.

Elle remit tout en place avant d'apporter son scotch à Liam.

Il était allongé dans son bain, les yeux clos. Elle demeura un moment à le regarder avant d'annoncer doucement :

— Ton verre est prêt.

Il bougea un peu et s'étira avant de se redresser.

— Merci. Tu m'accompagnes ? demanda-t-il.

— Je n'aime pas le whisky…

— J'avais autre chose en tête, dit-il malicieusement en posant son whisky sur le rebord de la baignoire.

— Eh bien… Peut-être.

Cat posa les doigts sur le premier bouton.

— Non. Ne l'enlève pas. C'est ma prérogative, déclara-t-il. Aurais-tu oublié ?

— Mais… Ma robe sera toute mouillée.

— Quelle importance ? De toute manière, tu ne pourras plus t'en servir avec moi. Je tiens à l'effet de surprise.

Elle obtempéra et entra dans l'eau chaude, partagée entre l'hésitation et le fou rire devant cette situation saugrenue.

Liam avala une gorgée et reposa son verre. Puis il se pencha en avant pour l'attirer contre lui et ils s'embrassèrent à perdre haleine. A la fin de ce long baiser bouleversant, il se redressa pour écarter une mèche de cheveux de son visage, et ses doigts glissèrent insensiblement vers la naissance de ses seins. Un à un, patiemment, il défit les minuscules boutons noirs qui enserraient sa poitrine.

Osant à peine respirer, elle gardait les yeux baissés sur les longues mains qui effleuraient sa peau satinée. Tout au creux de sa féminité, dans le secret de son corps, le désir naissait et croissait.

Lorsque la robe fut entièrement déboutonnée, Liam ne cacha pas son admiration exaltée.

— Tu es la beauté incarnée, murmura-t-il d'une voix rauque.

Avec un sourire, elle acheva de se déshabiller, tirant sur la soie détrempée qui collait à sa peau. Puis, s'agrippant aux épaules de Liam, elle s'installa à califourchon sur ses cuisses. Le pouls de son amant battait à la base de son cou. Enhardie par son trouble évident, elle se caressa de sa main libre, effleurant la pointe de ses seins dressés avant de s'enfouir dans la douce toison de son ventre. Un gémissement s'échappa de la gorge de Liam tandis qu'il la contemplait sans bouger, littéralement hypnotisé.

Elle prit alors son visage entre ses mains et embrassa longuement ses lèvres. Puis, pendant que ses mains exploraient les mystères du désir masculin, sa bouche se promena sur son torse, goûtant avidement la saveur de sa peau.

Quand elle se redressa, Liam l'entoura par la taille et, les yeux mi-clos, elle le guida délicatement vers le temple secret de sa féminité, qui s'ouvrit comme une fleur.

Leur étreinte fut rapide, presque brutale. Le désir qui les dévorait tous deux ne leur laissait pas le choix. Déjà, au bout de quelques secondes, Cat se sentit aspirée par un tourbillon vertigineux.

— Il n'y a pas de risque ?

La voix de Liam atteignit à peine la surface de sa conscience. A bout de souffle, incapable d'articuler un son, elle se contenta d'un signe de tête.

La main de Liam se posa alors sur la tumescence presque douloureuse de son sexe, la conduisant vers l'apogée de son plaisir puis, brusquement, au-delà.

Un spasme d'une violence inouïe la secoua, et elle poussa un cri déchirant, auquel il répondit en appelant son nom, d'une voix tout aussi bouleversée.

— Catherine !

Elle s'écroula littéralement sur lui, enveloppée dans ses bras, avec le bruit de leurs deux cœurs qui résonnaient à l'unisson dans ses oreilles.

— L'eau est froide, murmura Liam au bout d'un moment. Nous serions mieux au lit.

Elle sourit dans le creux de son cou.

— Oui, beaucoup mieux.

Puis, en se dégageant lentement, elle ajouta :

— Oh, mon Dieu ! Dans quel état est le carrelage ! Complètement trempé !

Il acquiesça en riant et entreprit de la sécher avec un grand drap de bain.

— Attention de ne pas glisser.

— Il faudrait peut-être essuyer, suggéra-t-elle.

— Une serviette par terre fera l'affaire. Quelqu'un s'occupe du ménage.

Elle s'immobilisa, les sourcils froncés.

— Liam… Cet appartement est à toi ?

— Non, à nous, rectifia-t-il en souriant.

— Que veux-tu dire ? Tu l'as loué ?

— Pour nous deux, confirma-t-il. Et pour aussi longtemps que nous le souhaitons.

Devant ce rappel à la réalité, elle trembla légèrement. Mais elle se ressaisit très vite :

— Ce n'est pas équitable. Nous devrions partager les frais.

Liam prit son visage entre ses mains pour déposer un baiser sur ses lèvres.

— Il me suffit que tu sois là, je ne demande rien de plus… Et maintenant, viens te coucher et tâche de me convaincre une nouvelle fois que je ne suis pas en train de rêver.

Jetant la serviette en boule sur le carrelage, il la souleva dans ses bras pour la porter jusque dans la chambre doucement éclairée.

*
* *

Au creux de leur étreinte, Cat oubliait tout du reste de l'univers. Seul comptait le rythme crescendo qui l'emportait vers l'extase et l'embrasement des sens. Bientôt, son cri déchira le silence.

Lorsque, moite de transpiration, elle eut recouvré l'usage de la parole, elle confia à Liam d'une voix encore tout essoufflée :

— Je n'aurais jamais cru possible d'éprouver autant de plaisir.

— Ni autant de fois ? chuchota-t-il dans ses cheveux.

— Tu te moques de moi ! mutina-t-elle.

— Pas du tout. Cela me ravit, au contraire.

Il la serra contre lui de toutes ses forces, comme si son désir, inlassable, jamais ne faiblirait.

Cat se détendit, les paupières lourdes, l'esprit embrumé.

Quand elle faisait l'amour avec Liam, elle avait l'impression de flotter à la surface d'une rivière joueuse. Puis, peu à peu, le courant devenait plus fort, annonçait les rapides qui l'entraîneraient bientôt vers des cascades vertigineuses au vacarme assourdissant. Au-delà l'attendaient des eaux plus calmes et sereines, lumineuses, dans lesquelles elle se plongeait avec délice, sachant que le soleil continuerait à l'inonder de sa chaude lumière dorée.

Liam l'embrasserait, encore et encore, quand elle se réveillerait, songea-t-elle en s'abandonnant à ses délicieuses caresses.

Epuisée, elle sombra dans le sommeil sans même s'en rendre compte.

Mais une réalité toute différente l'attendait à son réveil. A côté d'elle, le lit était vide et la lumière allumée. Du bruit attira son attention et elle se dressa sur son séant.

Liam achevait de s'habiller. Il mettait ses boutons de manchettes.

— Que se passe-t-il ? interrogea-t-elle, stupéfaite. Où vas-tu ?

Il fronça les sourcils avec une expression ennuyée.

— Désolé, Cat. Je ne voulais pas te déranger.

Médusée, elle jeta un coup d'œil au réveil.

— 2 heures du matin ! Tu ne vas pas t'en aller maintenant !

— Je suis obligé, déclara-t-il en nouant sa cravate d'une main experte. Je dois prendre l'avion très tôt à Heathrow. Essaie de te rendormir.

Elle rejeta les couvertures, et à sa vue Liam poussa une exclamation étouffée qui ne lui échappa pas.

Peut-être parviendrait-elle à le retenir ? se dit-elle, prise d'un fol espoir.

— Je croyais que nous passerions la nuit ensemble, reprit-elle doucement. Que nous partagerions le petit déjeuner demain matin. Je… Je suis un peu surprise.

Il la considéra calmement.

— Tu souhaitais une rencontre discrète, purement sexuelle. Il n'a jamais été question de petit déjeuner, il me semble ?

Il s'éclipsa dans le salon pour récupérer sa veste.

— A moins que tu veuilles renégocier les termes de notre arrangement ? ajouta-t-il, mi-figue mi-raisin.

— Non, pas du tout, répondit-elle avec un enjouement affecté. Nous menons tous les deux des existences bien remplies. Je suis pleinement satisfaite de la situation. Pour le moment.

Elle lui adressa un sourire charmeur, qu'elle espérait irrésistible, mais Liam garda ses distances.

— Eh bien, vous m'en voyez ravi, madame, observa-t-il nonchalamment.

Elle s'étira langoureusement, dans l'intention délibérée de se dénuder un peu plus.

— Malgré tout, reprit-elle. Nos relations ne sont pas complètement équilibrées. Tu connais mon nom et mon adresse, alors que moi je ne sais strictement rien de toi.

Liam enfila son veston avec une expression amusée.

— Nous sommes intimes, tout de même… J'allais même te proposer de m'appeler Lee.

— Merci. Mais ce n'est pas tout à fait ce que je voulais dire.

— Tant pis. Je n'ai rien d'autre à t'offrir.

Elle accusa le coup tandis qu'il ajoutait, en sortant une carte de sa poche :

— La voiture passera te prendre à 7 h 30, mais si tu souhaites modifier l'heure, il te suffit d'appeler à ce numéro.

— Il n'y a pas de téléphone dans l'appartement, objecta-t-elle.

— Une femme avisée comme toi ne se sépare jamais de son portable, j'imagine, la railla-t-il doucement. Au fait, inutile de questionner le chauffeur. Je lui ai donné des consignes, il ne répondra pas.

— Tu penses à tout !

Liam haussa les épaules.

— C'est toi qui m'as vanté l'attrait terriblement excitant de l'anonymat.

Il sourit, promenant sur son corps un regard visiblement plein de regret.

— Je ne céderai pas à la tentation, ma chérie. Recouvre-toi, tu risques de prendre froid.

Cat obtempéra en le foudroyant des yeux.

— Quand nous reverrons-nous ? demanda-t-elle sur un ton bref. A moins que tu ne veuilles également cultiver le mystère sur ce sujet ?

— Je reprendrai contact avec toi dans quelque temps.

Liam s'approcha pour l'embrasser furtivement sur la bouche. Puis, en se redressant, il agita son portefeuille sous ses yeux.

Elle se crispa nerveusement pendant qu'il ajoutait sur un ton moqueur :

— Tu auras tout de même appris quelque chose sur mon compte. Tu as fait connaissance avec la photo de mon chien, n'est-ce pas ?

Il lui envoya un baiser et la planta là, rouge de confusion, furieuse et terriblement désemparée.

Naturellement, dans un tel état, elle eut toutes les peines du monde à se rendormir.

Liam la devinait jusqu'au tréfonds de son être dans ses moindres faits et gestes. Il était farouchement déterminé à maintenir ses distances, mentalement et affectivement. Elle était prise à son propre piège, et c'était lui, maintenant, qui tirait les ficelles.

En fait, elle n'avait pas seulement envie de savoir qui il était, où il habitait, ce qu'il faisait… Elle aurait voulu tout connaître de lui, depuis la toute première seconde de son existence jusqu'à ses secrets les plus intimes. Malheureusement, pour l'instant, elle était assaillie par un immense sentiment de solitude.

Enfouissant le visage dans son oreiller, elle réussit à peine à s'assoupir quelques minutes. Quand elle rouvrit les yeux en tendant le bras dans le lit vide à la recherche de Liam, elle éclata en sanglots.

Jamais il ne lui avait traversé l'esprit que la nuit s'achèverait aussi tristement. Elle s'était imaginé que l'aube les trouverait tendrement enlacés. Elle bavarderait avec Liam dans la salle de bains pendant qu'il se raserait. Ils feraient des projets, comme tous les amants… Elle avait même pensé préparer des œufs brouillés avec du saumon fumé pour le petit déjeuner !

Liam n'avait pas perdu de temps pour la rappeler à ses aspirations anti-conventionnelles.

Comme il n'était plus question de se rendormir, elle décida de se lever.

Dans la salle de bains, elle finit d'essuyer le carrelage et mit les serviettes dans le panier à linge sale. Sa robe d'intérieur était massacrée, mais elle l'emporterait dans un sac en plastique pour la jeter chez elle. Elle viderait aussi le frigo pour ne laisser aucune trace de son passage.

Dorénavant, elle se conformerait strictement aux règles de leur arrangement. Ne pas s'appesantir sur les souvenirs ni anticiper sur l'avenir. Se contenter du seul présent…

Mais en dépit de ses bonnes intentions, ses pensées se tournaient implacablement vers Liam. S'il lui arrivait malheur, un accident, ou une attaque terroriste, elle ne serait même pas prévenue, puisque personne ne connaissait son existence ! Elle n'était même pas sûre de son prénom.

S'il venait à disparaître, s'il décidait de ne pas la recontacter, elle se retrouverait à tout jamais dans cette effrayante sensation de vide, sans espoir ni répit.

Accroupie devant la porte ouverte du réfrigérateur, elle prit subitement conscience de ce qui se passait en elle.

Comment en était-elle arrivée là ? Et si rapidement ? Alors qu'en toute lucidité sa volonté se révoltait avec l'énergie du désespoir…

Elle poussa un soupir à fendre l'âme et se redressa.

Liam n'était plus le seul à avoir des secrets… Mais les siens seraient beaucoup plus difficiles à cacher. Il faudrait rester sur ses gardes et se montrer extrêmement prudente.

# 8.

Cat avait le cœur lourd. Presque une semaine s'était maintenant écoulée, et Liam n'avait toujours pas donné signe de vie.

Le désir qu'elle avait de le voir, de le toucher, de l'entendre, lui infligeait un supplice presque intolérable.

« Je reprendrai contact avec toi. »

Les mots qu'il avait prononcés en partant la poursuivaient comme un refrain.

Heureusement, pendant la journée, son travail l'aidait à penser à autre chose. Devenue hyperactive, elle regrettait même de ne pas rester plus longtemps au bureau. Mais le soir, dans son appartement, elle se sentait enfermée comme dans une cage. Elle trompait son ennui en cuisinant des plats qu'elle ne mangeait pas, lisait des romans dont elle ne gardait aucun souvenir et regardait sans les voir des émissions insipides.

Une crainte horrible, obsédante, la hantait : que Liam ait changé d'avis et ne veuille pas la revoir. Elle redoutait constamment de trouver un mot d'adieu glissé sous sa porte ou dans sa boîte aux lettres. D'autres fois, tenaillée par la tentation de retourner à l'appartement, elle se retenait par peur de le découvrir occupé par quelqu'un d'autre. Parfois aussi, elle se disait que Liam la faisait attendre délibérément pour attiser son désir.

Si tel était le cas, son stratagème marchait à merveille…

Le vendredi soir se profila avec la perspective abominable d'un long week-end vide. Elle n'osait même pas faire de projets, pour le cas où Liam se manifesterait. Le comble de l'aliénation, pour quelqu'un qui voulait jouir du moment présent !

Pour tromper son angoisse, elle décida de téléphoner à sa tante Susan.

Curieusement, ce fut Belinda qui décrocha.

— Je ne savais pas que tu étais rentrée de voyage de noces, dit Cat.

— Oui… Je t'aurais bien proposé de passer, mais Tony est avec nous, et il est très vexé de l'accueil que tu lui as réservé l'autre soir.

Dominant sa déconvenue, elle essaya le Savoy.

— Madame Carlton sera absente tout le week-end, mademoiselle. Voulez-vous lui laisser un message ?

Pour finir, elle tomba sur le répondeur de son père en l'appelant à son appartement de Kensington.

— Bonsoir papa ! dit-elle, se souvenant trop tard qu'il préférait qu'elle l'appelle David. Donne-moi de tes nouvelles. Cela me fera plaisir.

Elle enfila un jean et un vieux T-shirt et, pleine d'ardeur, entama un grand ménage.

Elle était vautrée dans son canapé, une tasse de thé à la main, en train d'admirer son œuvre, lorsqu'on frappa à la porte.

Le cœur battant, elle alla ouvrir.

— Ah, tu es là ! lança son père, jovial.

Il l'embrassa sur les deux joues et l'examina avec attention.

— Hum ! Un peu pâle pour la saison ! Tu aurais bien besoin de vacances.

— Malheureusement, ce n'est pas à mon programme pour le moment, répliqua-t-elle en s'efforçant de cacher sa déception. Je suis… débordée.

— Mais seule un vendredi soir ? reprit David Adamson sur un ton réprobateur. Ça ne va pas du tout, ma chérie.

— Ne t'inquiète pas, tout va très bien pour moi.

Sharine ne se montrant pas, elle ajouta :

— Toi aussi, tu es tout seul ?

— Temporairement. J'ai offert à Sharine quelques jours de repos dans un centre de cure.

— Elle a des problèmes de santé ?

— Pas vraiment. Mais nous avons passé une semaine en Ecosse où il a plu constamment. Cela l'a fatiguée nerveusement.

Sortant la main de derrière son dos, il brandit un grand sac rempli de victuailles.

— Tu n'as pas dîné, j'espère ? Je me suis arrêté chez le traiteur du bout de ta rue. J'ai aussi une bouteille de pouilly.

— Magnifique !

Ils allèrent dans la cuisine pour déballer les courses.

— Qu'es-tu allé faire en Ecosse ? interrogea Cat. Tu t'es mis au golf ? Ou à la pêche ?

— Dieu m'en garde ! répliqua son père en riant. J'étais invité chez mon vieil ami Nevil Beverley. Il est en train de finir une nouvelle pièce et compte sur moi pour le rôle principal. C'est d'ailleurs ce qui m'a fait rentrer de Californie. Le metteur en scène, Oliver Ingham, était là aussi.

Elle haussa un sourcil étonné.

— Ah bon ? Tu reviens au théâtre ?

— Mes premières amours, oui.

— Quel est le sujet de la pièce ?

— Shakespeare. Il est amoureux de Mary Fitton, une dame d'honneur de la reine Elizabeth, probablement la grande inspiratrice de ses sonnets. Et il revient à Stratford pour annoncer à sa femme, Anne Hathaway, que leur mariage est fini.

Il s'assit et déboucha la bouteille de vin.

— Mais cette dernière refuse d'être abandonnée, et il a du mal à s'en séparer. Finalement Mary débarque, et les deux femmes se disputent l'amour du grand homme.

— Qui gagne ?

— Ni l'une ni l'autre. Elles se rendent compte toutes les deux qu'il ne vit que pour le théâtre, sa seule, sa vraie passion. J'ai hâte de commencer les répétitions. La pièce est pleine de poésie et d'émotion.

— Sharine va rentrer aux Etats-Unis sans toi ?

— Pas du tout. C'est elle qui a le rôle de Mary Fitton.

Tant qu'il ne la lui imposait pas dans le rôle de belle-mère…, songea Cat.

A voix haute, elle demanda :

— Et qui jouera Anne Hathaway ?

— Ce n'est pas encore décidé. Oliver a plusieurs comédiennes en vue. Avec ce projet en cours, nous aurons davantage l'occasion de nous voir, ma chérie.

Il s'interrompit en fronçant les sourcils.

— La perspective n'a pas l'air de t'emballer.

— Si, papa. Je suis ravie. Je t'assure.

D'humeur bavarde, son père n'était pas pressé de partir.

Tout en refaisant du café, elle se demanda comment sa mère réagirait en apprenant la nouvelle. Mais elle avait déjà bien assez de sujets de préoccupation sans s'inquiéter en plus pour ses parents.

Elle achevait son petit déjeuner le lendemain matin quand la sonnette retentit. Un commissionnaire lui tendit un gros bouquet de roses et de freesias avec une enveloppe.

— On m'a demandé d'attendre la réponse, madame.

Cat lut le message avec impatience.

« Demain soir… S'il te plaît ? »

Elle enfouit son visage dans les fleurs odorantes pour masquer son émoi.

— La réponse est oui, déclara-t-elle en relevant la tête.

Quand la porte se referma, elle demeura un long moment immobile, les paupières closes.

*Demain soir…*

Puis elle se mit à danser et tourbillonner en répétant ces mots et en pressant le bouquet contre son cœur.

Cat trouva le temps interminable jusqu'au dimanche soir. Après avoir passé en revue sa garde-robe et surtout sa lingerie, elle décida que rien n'allait et courut les boutiques tout le samedi après-midi.

Le dimanche, elle tua le temps comme elle put. Elle se promena d'abord au parc, déjeuna dans un bistro de son quartier et essaya de se plonger dans la lecture des journaux. Incapable de fixer son attention, elle appliqua un masque relaxant sur son visage et se vernit les ongles. Puis, horriblement nerveuse, elle revêtit une robe en lin bleu roi. Elle voulait se tenir prête pour ne pas perdre une seule minute du temps que Liam lui consacrerait.

On frappa au moment où elle préparait ses affaires de toilette.

— J'arrive ! lança-t-elle en ôtant la chaîne de sécurité.

Mais, stupéfaite, elle se retrouva nez à nez avec sa mère.

— On m'a transmis ton message, à l'hôtel, déclara cette dernière. Tu avais quelque chose à me dire ?

Cat essaya de masquer son embarras.

— Oh, non. Rien de spécial.

— Tu m'offres quelque chose à boire ?

Quel désastre ! maugréa-t-elle intérieurement en ouvrant son frigo pour en sortir une bouteille de champagne.

— J'aimerais que tu m'accompagnes pour visiter des appartements, reprit Vanessa.

— Tu ne te plais plus au Savoy ?

— Si. Malgré tout, des projets professionnels risquent de me retenir à Londres. Je ne vais donc pas rester à l'hôtel.

— Et Gil ? Il repart en Amérique ?

— Nous sommes en pleines négociations, lui et moi !

Elle sourit en levant son verre.

— Tu es très belle, Cathy. Cette couleur te va à ravir.

Puis elle jeta un coup d'œil à sa montre.

— Dînons ensemble, si tu veux.

Cat s'agita nerveusement.

— C'est-à-dire que… je sors… avec des amis.

— Et tu emportes ton sac pour la nuit !

Rien n'échappait à la sagacité de Vanessa.

— Tu te préoccupes enfin de ta vie privée ! poursuivit celle-ci. Qui est-ce, ma chérie ?

Cat rougit comme une pivoine. Elle ne savait même pas son nom !

— Je préfère ne pas en parler pour l'instant, bredouilla-t-elle.

— Waouh ! C'est sérieux, alors ! Tu ne partagerais même pas ton secret avec une maman qui s'inquiète pour sa fille ?

— Je t'en prie, maman ! Ce rôle ne te va pas du tout, protesta-t-elle avec ironie.

— Parce qu'il est nouveau, mais tu t'y habitueras, répondit Vanessa sans se formaliser.

Tout à coup, la sonnette retentit et elle lança à sa fille un regard triomphant.

— Tes cachotteries vont éclater au grand jour, ma chérie !

Le chauffeur attendait sur le palier, impassible.

— Je suis désolée, lui dit Cat à voix basse d'un ton d'excuse. J'ai une visite inattendue. Je prendrai un taxi dès que je pourrai me libérer.

— On m'a donné des instructions très strictes, madame, répliqua-t-il poliment. Il n'y a aucune urgence. Nous partirons quand vous serez prête.

Elle rejoignit sa mère qui regardait par la fenêtre.

— Quel beau carrosse pour ma Cendrillon ! Malheureusement, le Prince charmant n'est pas en vue. Il me faudra patienter un peu.

Elle revint s'asseoir sur le canapé et se resservit à boire sous le regard impatient de Cat.

— Maman… Je dois vraiment y aller, maintenant.

— Tss, tss ! Laisse-moi te donner un bon conseil, ma fille. Il ne faut jamais avoir l'air trop empressée.

— Je ne crois pas aux recettes miracles, maman.

— Eh bien tu as tort ! Détends-toi et assieds-toi à côté de moi, que nous fixions un jour pour cette chasse à l'appartement. Je suis tout à fait sérieuse.

— Où as-tu passé le week-end ? demanda Cat en obtempérant avec un soupir.

— Chez de vieux amis à moi.

— Gil était avec toi ?

— Il avait des tas de choses à faire de son côté. Nous ne sommes pas complètement inséparables !

Quand Vanessa était lancée, il était difficile de l'arrêter. Elle lui raconta les événements marquants des derniers jours : un défilé de mode auquel elle avait assisté, une exposition à la National Gallery et la générale d'une représentation théâtrale. Le tout avec beaucoup de verve et de drôlerie.

En d'autres circonstances, Cat l'aurait écoutée avec plaisir. Là, elle était sur des charbons ardents, redoutant que Liam ne se lasse de l'attendre.

Quand enfin sa mère reposa son verre pour se saisir de son sac, elle faillit pousser un cri de soulagement.

— Que dirais-tu de mardi matin ? proposa Vanessa en se dirigeant vers la porte. Mon agent immobilier aura effectué une première sélection. Ensuite, nous déjeunerons chez Vanni's.

Cat opina. Elle avait tellement travaillé, ces derniers temps, qu'Andrew lui accorderait sa matinée sans problème.

— D'accord. Vers 10 heures ?

— Pas avant, en tout cas ! commenta Vanessa sur un ton aigrelet.

Elle marqua une pause avant de reprendre :

— J'imagine qu'il est toujours aussi cauchemardesque de trouver un taxi dans ton quartier ? Ton chauffeur pourra sans doute me reconduire après t'avoir déposée ?

— Sauf que nous passerons d'abord au Savoy, précisa Cat pour le plus grand dépit de sa mère.

Ce qui la retarda encore davantage...

Il n'y avait aucun bruit lorsqu'elle arriva à l'appartement. Heureusement, un rai de lumière qui filtrait sous la porte du salon la rassura.

Dieu merci, Liam n'était pas reparti.

Elle s'approcha en répétant mentalement l'excuse qu'elle avait préparée, mais les mots moururent sur ses lèvres.

Etendu sur le canapé, en bras de chemise, Liam dormait profondément, avec une respiration régulière. Il ne broncha même pas quand, à deux reprises, elle l'appela par son prénom.

Elle alla poser son sac dans la chambre. A son retour, Liam n'avait toujours pas bougé. Indécise, elle le contempla un moment puis ôta ses chaussures et se pelotonna sur les coussins à côté de lui, posant la joue sur son torse pour respirer son odeur.

Il marmonna des mots incompréhensibles en passant un bras autour de ses épaules pour la serrer contre lui. Elle se blottit alors plus près et glissa une main sous sa chemise pour sentir la chaleur de sa peau et les battements de son cœur.

Elle pouvait lui accorder quelques instants de repos supplémentaires. Ensuite, elle le réveillerait par un baiser et ils célébreraient leurs retrouvailles. Mais pour le moment, elle se sentait délicieusement bien et un peu somnolente…

Elle ferma les paupières avec un soupir d'aise.

Quand elle rouvrit les yeux, le soleil inondait la chambre. Sa robe bleue était posée sur une chaise, et Liam, couché à côté d'elle dans le lit et appuyé sur un coude, la contemplait.

— Bonjour, lança-t-il avec une expression amusée. Moi, je me suis écroulé à cause du décalage horaire. Et toi, quelle excuse peux-tu invoquer ?

Cat secoua la tête.

— Je ne comprends pas. Que s'est-il passé ?

— Je me suis réveillé vers 2 heures du matin. Nous dormions tous les deux sur le canapé. Je t'ai enlevé ta robe et t'ai couchée sans que tu ouvres un œil.

— Incroyable ! Comment as-tu fait ?

— Des années d'entraînement, ma chérie ! la taquina-t-il en riant.

Lui arrachant des mains l'oreiller qu'elle s'apprêtait à lui lancer, il poursuivit :

— Les trompettes du Jugement dernier n'auraient pas réussi à te réveiller. Alors que moi, après avoir aperçu ta lingerie en dentelle, je n'ai quasiment pas pu me rendormir.

— Tu n'es pas trop fatigué, j'espère ? demanda-t-elle en pressant avec ferveur ses lèvres sur sa peau.

Puis elle déposa des baisers en cascade sur son torse, son ventre… Mais Liam poussa un gémissement de regret.

— Je ne peux pas rester, ma chérie. Tu as vu l'heure ? J'ai des rendez-vous ce matin.

Cat sursauta en jetant un coup d'œil à sa montre.

— Oh. Il faut que je me dépêche, moi aussi. Quelle tristesse !

Liam se pencha pour l'embrasser.

— Serait-ce gravement porter atteinte au règlement si nous nous revoyions ce soir ? murmura-t-il. Cette fois-ci, je promets de ne pas m'endormir.

— Avec joie, répondit-elle aussitôt. Mais seulement si tu passes la nuit entière avec moi.

— Accordé.

Tout en le regardant s'habiller, elle s'enhardit et prit son courage à deux mains.

— A propos de notre arrangement…

Liam redressa vivement la tête.

— Oui ?

— Je n'ai pas vraiment besoin de voiture avec chauffeur. Je peux très bien venir par mes propres moyens.

— Il passera te prendre dans un moment. Mais si tu préfères t'en passer à l'avenir, ce sera la dernière fois.

— Oui, j'aime autant.

Elle marqua une pause embarrassée.

— J'ai été retardée, hier soir, et je n'avais aucun moyen de te prévenir. Nous pourrions échanger nos numéros de portables, en cas d'urgence ?

Liam haussa un sourcil surpris.

— Tu étais pourtant farouchement contre, non ?

— Je sais. Malgré tout, nous avons tous les deux de multiples occupations. Cela éviterait des malentendus.

Et elle s'empressa d'ajouter :

— Evidemment, nous en resterons là. Pas question de donner aucune autre information personnelle.

— Naturellement, confirma-t-il avec une pointe d'ironie. Et à n'utiliser qu'en cas d'extrême urgence.

Après le départ de Liam, elle resta quelques minutes à méditer sur son comportement. Il ne lui avait pas accordé de très bonne grâce la concession qu'elle réclamait. Apparemment, la situation lui convenait tout à fait. Néanmoins, elle avait l'impression qu'il régnait entre eux un climat de confiance.

Cat sortait de réunion lorsque son portable sonna.

En découvrant le nom de son correspondant, elle décrocha fébrilement.

— Liam ! Est-il… arrivé quelque chose ? Tu as un empêchement pour ce soir ?

— Pas du tout. J'avais simplement envie d'entendre le son de ta voix.

Elle eut conscience de sourire béatement, le rose aux joues.

— Ce n'est pas vraiment une urgence ! s'écria-t-elle avec une sévérité feinte.

— Tu as ta définition et moi la mienne. Je compte les heures qui me séparent de toi.

— Moi aussi, répondit-elle en tremblant.

Quand il eut raccroché, elle resta immobile à contempler le petit appareil miraculeux qu'elle tenait au creux de sa main.

Il l'avait appelée ! Quel bonheur !

— Tu as l'air bien joyeuse, ce matin ! observa Meg en la croisant dans le couloir. On t'a fait des promesses ?

Cat se ressaisit en glissant le téléphone dans son sac.

Non, aucune promesse ne la liait à Liam. Leur relation ne les engageait en rien et pouvait cesser d'un moment à l'autre. Il fallait donc en profiter le plus possible.

Tant que cela durait.

# 9.

— Vraiment, ma chérie, tu ne m'aides pas beaucoup ! lança Vanessa sur un ton de reproche.

Toute à son euphorie après sa délicieuse nuit d'amour, Cat sursauta d'un air coupable et s'efforça de se concentrer sur le sujet du jour, tandis que le serveur leur apportait les desserts.

— Eh bien… C'est la petite maison de Chelsea qui a ma préférence. Mais l'appartement de Holland Park n'est pas mal non plus.

Vanessa secoua la tête.

— Non, pas Holland Park. J'y ai senti de mauvaises vibrations. Les précédents occupants n'ont pas dû être très heureux.

— De toute manière, l'avis de Gil compte certainement plus que le mien, déclara Cat, un peu agacée.

— Il se rangera à ma décision, déclara sa mère.

Brusquement, elle s'interrompit avec un air soupçonneux.

— Pourquoi te soucies-tu autant de Gil ? Tu n'as pas des vues sur lui, j'espère ?

— Maman, je t'en prie ! Je trouve simplement étrange que tu ne le consultes pas au préalable.

— Tu n'as pas à t'inquiéter de cela. Nous nous entendons très bien, Gil et moi.

Après une nouvelle pause, elle conclut :

— Bien, tu as raison. Je choisis Chelsea. Le jardin est très agréable et l'atmosphère me plaît. C'est très important pour moi, surtout en ce moment.

Ce fut au tour de Cat d'observer sa mère avec soupçon.

— Que veux-tu dire ? De toute façon, pourquoi es-tu si pressée ?

Vanessa tendit les mains dans un geste d'apaisement.

— J'ai toujours eu besoin d'un calme absolu lorsque j'étudie un rôle.

— Je n'ai jamais connu la villa de Beverly Hills autrement que pleine de monde ! protesta Cat.

— Je travaillais pour le cinéma, à cette époque. Jouer au théâtre exige beaucoup plus de concentration.

Médusée, Cat resta la fourchette en l'air.

— Tu vas faire du théâtre ? demanda-t-elle en se penchant en avant.

Vanessa prit un air important.

— Oliver Ingham m'a proposé le rôle d'Anne Hathaway dans sa nouvelle production. Je suis allée en Ecosse le week-end dernier pour discuter des termes du contrat. C'est Nevil Beverley qui a écrit la pièce. Du grand art. Un chef-d'œuvre, même, si tu veux mon avis.

— Tu ne peux pas ignorer que le grand Will Shakespeare sera incarné par papa ?

— Non, bien sûr. Il sera excellent, je pense, si Oliver arrive à le guérir de quelques tics ennuyeux qui gâchent son jeu. En fait, ce sera un retour au bon vieux temps pour nous deux.

— As-tu complètement perdu la tête ? explosa Cat. Ce sera cauchemardesque, au contraire. Tu t'imagines vraiment sur une scène avec ton ex-mari et sa maîtresse ?

— La tension dramatique gagnera en intensité. Et l'expérience peut se révéler riche d'enseignements pour cette petite Américaine qui ne connaît pas grand-chose en dehors des clips publicitaires.

Vanessa posa sa serviette sur la table.

— Commande les cafés pendant que je passe aux toilettes me refaire une beauté.

Des temps orageux s'annonçaient ! songea Cat en appelant le serveur. La presse à scandales s'en donnerait à cœur joie. David Adamson et Vanessa Carlton, ensemble pour la première fois depuis leur divorce tumultueux ! Les photographes se masseraient comme des vautours à la sortie des répétitions. Elle espérait seulement ne pas être mêlée à leurs histoires. Car une rivalité sourde renaîtrait immanquablement entre David et Vanessa. Plus que jamais elle devrait s'en tenir à une neutralité inébranlable et demeurer à l'écart de leurs querelles. Décidément, cette matinée lui apportait bien des motifs de mécontentement…

En visitant tous ces logements vides avec sa mère, elle s'était surprise plusieurs fois à rêver à sa propre installation. Avec Liam. Sans pouvoir s'en empêcher, elle se représentait les lieux avec un mobilier et une décoration qu'ils auraient choisis ensemble et imaginait leur vie de couple. Ce qui était non seulement stupide, mais aussi très dangereux. Et totalement irréaliste.

A l'évidence, la nuit qu'ils avaient passée ensemble lui avait tourné la tête…

Lorsqu'elle était arrivée, Liam n'avait pas caché l'urgence et l'impatience de son désir. Lui laissant à peine le temps d'ôter sa veste, il l'avait attirée sur le tapis devant la cheminée en lui arrachant ses vêtements presque sauvagement. Ils avaient connu une étreinte brutale, enfiévrée, qui les avait plongés dans un état second, entre le rire et les larmes. Plus tard, il l'avait portée dans ses bras jusqu'à la chambre. Il lui avait alors fait l'amour de nouveau, mais avec retenue et délicatesse, langoureusement, la menant lentement vers l'extase puis, au dernier moment, se retirant délibérément pour attiser son désir. A la fin, oubliant toute inhibition, elle avait dû le supplier pour connaître, enfin, l'apaisement de la plénitude. L'épuisement avait eu raison d'eux, et ils avaient sombré dans le sommeil. Au petit matin, elle avait eu l'impression de poursuivre son rêve quand les caresses de Liam l'avaient doucement tirée du sommeil. Elle s'était tournée vers lui avec un soupir pour lui offrir son corps, dans un émerveillement sans bornes et sans cesse renouvelé.

Cette nuit avait été la plus incroyablement délicieuse de toute son existence. Elle en frissonnait encore en y repensant. Et cela n'avait pas facilité l'inévitable épreuve de la séparation…

238

Ce qu'elle éprouvait pour cet homme transcendait le désir physique. Contre sa volonté, elle était en train de s'attacher à lui durablement, avec des sentiments de plus en plus complexes et perturbants.

Car elle n'avait aucune idée de ce que Liam ressentait de son côté. A part le plaisir, bien sûr, qu'il exprimait très ouvertement de mille et une manières.

Mais il avait accepté sans regimber toutes ses conditions. Alors qu'elle-même, justement, commençait à étouffer dans le carcan d'anonymat qui les enfermait. Elle avait de plus en plus envie de le questionner, de lui raconter sa vie, de partager autre chose que du plaisir physique.

Sa personnalité l'intriguait. Sous une apparence posée, il possédait une énergie et un dynamisme étonnants, toujours en mouvement. Manifestement, il débordait d'activité, sautant d'un avion dans un autre, avec un agenda surchargé de rendez-vous et de réunions. Il était évidemment riche, portait des vêtements luxueux et avait l'habitude d'exercer l'autorité.

Elle s'interrogeait également sur sa famille. Etait-il fils unique ? Avait-il des frères et sœurs ? Ses parents étaient-ils toujours vivants ? Dire qu'elle ignorait tout de lui et ne saurait peut-être jamais rien…

Elle aurait aussi aimé se confier à Liam, lui faire part de ses préoccupations concernant David et Vanessa. Mais c'était impossible, puisque l'interdiction pesait sur tous les sujets personnels.

Mais c'était le partage de la vie quotidienne qui lui manquait peut-être le plus. Ils ne mangeaient jamais ensemble, ne regardaient pas la télévision, ne dormaient pas dans le même lit…

Au départ inflexible et déterminée à refuser toute intimité, elle ne s'expliquait pas elle-même la révolution qui s'opérait dans son esprit. Elle ne pouvait même pas s'en ouvrir à Liam. De toute manière, elle ne se faisait guère d'illusions : s'il avait eu la moindre intuition de ce qui se passait dans sa tête, il aurait rompu. Une perspective qui lui était douloureusement insupportable.

Quand le serveur arriva avec les cafés, elle redressa la tête pour le remercier et s'immobilisa, frappée de stupeur.

Liam était là, en train de franchir le seuil du restaurant, avec deux autres hommes.

Un instant, elle se crut en proie à une hallucination. Comment était-ce possible ? Pareille coïncidence ne pouvait pas se produire deux fois de suite ! Pourtant c'était bien lui, et elle se sentait absolument incapable d'affronter la situation.

Au moment où leurs regards se croisèrent, un étrange silence les enveloppa.

Liam parut d'abord surpris, puis amusé et même ravi. D'un pas décidé, il s'approcha en se faufilant entre les tables.

Vanessa revenait à ce moment-là, distribuant force sourires aux admirateurs qui la reconnaissaient.

— Les gens sont vraiment adorables avec moi ! déclara-t-elle en s'asseyant. Une dame charmante se rappelle m'avoir vue à Stratford dans *La Mégère apprivoisée*. Tu te rends compte ! Après tant d'années… J'étais enceinte de toi à l'époque. La costumière a dû élargir ma robe plusieurs fois au cours de la saison. Je crois qu'elle ne m'a jamais pardonné !

Cat bondit brusquement sur ses pieds en attrapant son sac.

— Il faut que je parte ! Je vais être en retard.

— Déjà ? Je n'ai même pas bu mon café !

— Désolée, mais il le faut absolument. Je m'occupe de l'addition.

Mais Liam les avait déjà rejointes.

— Mademoiselle Adamson ! lança-t-il avec un mélange de défi et d'urbanité. Quelle charmante surprise !

Puis il se tourna vers Vanessa.

— Madame Carlton, quel immense privilège de vous rencontrer ! Je suis l'un de vos plus fervents admirateurs.

— Comme vous êtes gentil !

Vanessa battit des cils en lui adressant un sourire charmeur et lui tendit la main, que Liam porta à ses lèvres avec une galanterie empressée.

— Ainsi, vous connaissez ma petite Catherine ? lança-t-elle.

Liam se redressa.

— J'ai eu le plaisir de rencontrer mademoiselle Adamson une ou deux fois. Dans le cadre de mes affaires. Mais elle ne se souvient peut-être pas de moi.

Un froid glacial s'empara de Cat.

— Bien sûr que je me souviens de vous, répondit-elle. Mais j'étais sur le point de m'en aller. Excusez-moi.

— Vous ne partez pas à cause de moi, j'espère ?

— Pas du tout, articula-t-elle, la bouche sèche.

Puis elle se tourna vers sa mère :

— Tu viens ? Je t'appelle un taxi ?

— Je bois d'abord mon café.

S'adressant à Liam, elle ajouta :

— Ma fille ne tient pas en place. Auriez-vous la bonté de vous asseoir un instant avec moi pour me tenir compagnie ?

— J'en serais très honoré, répondit Liam en prenant la chaise libérée.

Cat se pencha pour déposer un baiser sur la joue de sa mère et s'éloigna pleine de fureur.

Elle avait l'habitude de voir Vanessa faire la coquette, mais pas avec ses amis ! Si elle n'avait pas été aussi en colère, cette situation cocasse l'aurait peut-être amusée…

Sensible au charisme qui émanait de Liam, Vanessa avait immédiatement compris qu'ils appartenaient tous deux à la même race de prédateurs, et cette charmeuse invétérée n'avait pas pu s'empêcher de jouer de sa séduction. Dans quelques minutes, elle aurait probablement découvert qui il était et serait capable de la renseigner sur le nom de son amant !

— Tout va bien, madame ?

Surprise par l'intonation inquiète de la caissière, elle figea un masque poli sur ses traits.

— Oui, je vous remercie. C'était délicieux.

Avant de partir, elle risqua un œil en direction de la table qu'elle avait occupée.

Souriante, Vanessa bavardait, une main sur le bras de Liam.

Elle agrippa nerveusement la bandoulière de son sac et se dépêcha de sortir, tête baissée.

Elle avait la désagréable sensation d'avoir perdu la bataille, alors qu'elle ne savait même pas qu'une guerre était déclarée.

Andrew lui avait accordé sa journée, mais elle avait bien l'intention de retourner travailler pour se changer les idées. Pourtant, sans s'en rendre compte, c'est l'adresse de Wynsbroke Gardens qu'elle donna au chauffeur de taxi. Elle avait besoin de solitude, et aucun autre asile ne se présentait à son esprit.

Malheureusement, dès qu'elle entra, de trop nombreux souvenirs l'assaillirent. L'écho de la voix de Liam flottait dans l'air. Sa présence imprégnait tout l'appartement.

Elle s'affala sur le canapé en fermant les yeux et en se bouchant les oreilles, mais d'autres pensées l'envahirent pour la torturer.

Qui était le véritable Liam ? A peine quelques heures plus tôt, elle soupirait de bonheur dans le refuge de ses bras. Maintenant, elle se sentait seule, abandonnée dans le vent et la froidure. Il était sans doute comme tous les autres hommes, perpétuellement en quête de nouvelles distractions, vite lassé par le quotidien. Pourquoi l'avait-elle cru différent ? Quelle sotte !

Sous le coup d'une impulsion irraisonnée, elle se versa un verre de whisky et retourna s'asseoir.

Elle avait plus d'une fois eu l'occasion d'observer « l'effet Vanessa », comme l'appelait son père. Sa mère était une vraie star, à la beauté sensuelle et irrésistible. Elle ne passait jamais inaperçue, il n'était pas étonnant que Liam tombe sous le charme. Néanmoins, Cat éprouvait un effroyable sentiment de trahison.

Pourtant, il était libre. Aucune promesse ne les liait l'un à l'autre. Elle avait même revendiqué avec insistance cette indépendance, tout était sa faute. Elle n'en serait pas là aujourd'hui si elle n'avait pas proclamé haut et fort ses ridicules prétentions. Dans des circonstances normales, elle aurait présenté son petit ami à sa mère, et Vanessa se serait abstenue de jouer son numéro de femme fatale…

Elle ôta ses chaussures et se pelotonna frileusement sur les coussins, en croisant les bras autour d'elle comme pour se protéger. Mais elle était déjà blessée. Mortellement, peut-être…

Elle ne pouvait même pas se retrancher derrière la morale bien-pensante pour condamner le comportement de sa mère : Vanessa avait tout juste quarante-cinq ans, et Liam plus de trente. La différence d'âge n'était pas énorme…

Elle sursauta en entendant du bruit au rez-de-chaussée. Etait-ce Liam ? Après tout, il était chez lui et avait le droit d'amener qui bon lui semblait.

Elle se leva, hagarde, quand la porte s'ouvrit.

— Tu es livide ! commenta Liam. Tu ne te sens pas bien ?

Elle redressa le menton.

— Je ne m'attendais pas à être dérangée. Que fais-tu ici ?

— Je te cherche. Comme tu n'étais pas chez toi, j'ai supposé que je te trouverais ici.

— Et Vanessa ? interrogea-t-elle, la gorge nouée.

Liam haussa les épaules.

— Elle est partie visiter une maison. A Chelsea, je crois. Mais tu es mieux placée que moi pour le savoir. Après tout, tu es sa fille.

— Elle te l'a dit ?

— Je l'ai deviné. A cause de ton nom, Adamson. Comme je l'ai dit, je suis depuis longtemps un de ses fervents admirateurs.

Il s'interrompit avant de demander :

— Pourquoi l'appelles-tu par son prénom ?

— Elle préfère. Comme mon père, d'ailleurs. Mais je ne les vois pas très souvent tous les deux.

— Je vois.

— Tu rassembles petit à petit pas mal d'informations sur moi, Liam. Le dossier doit être assez épais, maintenant.

Liam esquissa un sourire.

— Il reste encore beaucoup de points à éclaircir.

Il s'avança.

Comme elle reculait, il s'immobilisa, les poings sur les hanches.

— Qu'est-ce qui te prend ? questionna-t-il d'une voix

dure. D'abord, tu m'ignores au restaurant. Maintenant, tu me fuis. Que t'arrive-t-il ?

Incapable de fournir une explication cohérente, elle s'enferma dans un silence embarrassé.

— Je voudrais discuter tranquillement avec toi, reprit Liam.

— Est-ce vraiment nécessaire ?

— Oui. Sinon, je ne serais pas là.

Il marqua une pause avant de demander :

— A quoi rime toute ta mise en scène ? J'arrive chez Vanni's et la femme qui s'est réveillée amoureusement dans mes bras le matin même m'écrase de son dédain, comme si j'avais la peste !

— Il ne fallait pas me dire bonjour ! s'écria-t-elle.

Elle eut un geste vague en expliquant :

— Nous nous rencontrons dans cet appartement et c'est tout. Ailleurs, nous ne nous connaissons pas.

— Cela me paraît impossible ! Autant que de dresser la liste des restaurants à éviter.

Comme elle acquiesçait de mauvaise grâce, Liam poursuivit :

— Dorénavant, promets-moi de te comporter d'une manière plus civilisée à mon égard.

— J'essaierai… Mais je me suis trouvée vraiment gênée. Je ne connais même pas ton nom.

— Hargrave, annonça-t-il calmement.

— Je ne sais pas non plus en quels termes te présenter.

— Un ami ? suggéra-t-il. Quoi qu'il advienne entre nous, cela restera toujours vrai, du moins je l'espère.

C'est-à-dire quand leur liaison serait terminée, se dit-elle intérieurement. Quand il se serait lassé.

Quel effet lugubre ces paroles produisaient ! Comme si les jours étaient comptés…

— De quoi as-tu parlé avec Vanessa ? demanda-t-elle d'une voix blanche.

Liam haussa les sourcils.

— Rassure-toi, je ne lui ai pas posé de questions sur toi. Elle n'avait pas vraiment le temps de s'attarder. Apparemment, elle a des journées très chargées, elle aussi. Comme toi.

— Ne me compare pas à ma mère. Je ne lui ressemble en rien, protesta Cat avec force. Ni à mon père, d'ailleurs.

Liam s'approcha pour la prendre dans ses bras en dépit de sa résistance.

— Qu'y a-t-il, Cat ? Pourquoi es-tu au bord des larmes, tout à coup ?

Les nerfs à vif, elle s'effondra. Les événements de la journée l'avaient anéantie. Tout d'un coup le passé la submergeait, et une rancœur profondément enfouie refit surface :

— Je n'étais pas une enfant désirée, s'écria-t-elle en tremblant. C'était un accident. Ils remportaient un triomphe dans les rôles de Katharine et Petruchio dans *La Mégère apprivoisée*, c'était le pire moment pour avoir un bébé. Vanessa en a encore parlé au déjeuner.

— Si vraiment ta naissance avait été aussi désastreuse, tu ne serais pas là.

— Détrompe-toi ! Comme ma mère souffrait de nausées le matin, toute la troupe savait qu'elle était enceinte. Si elle avait avorté, cela aurait fait la une de tous les journaux… Elle a donc mené sa grossesse à terme. Et ils ont eu le toupet de m'appeler Katharine !

— Imagine un peu si tu avais été un garçon ! commenta Liam.

Malgré elle, Cat se mit à rire.

— Je n'avais jamais envisagé les choses sous cet aspect. Quoi qu'il en soit, dès que j'ai été assez grande pour comprendre, j'ai changé le K en C.

— Qu'ont dit tes parents ?

— Rien. J'ai été élevée par mon oncle et ma tante. Leur mariage battait déjà de l'aile, ils avaient d'autres soucis.

— En tout cas, j'ai vu *La Mégère apprivoisée* avec ma classe quand j'étais au lycée, dit Liam. Ta mère était magnifique. J'ai même conservé une photo dédicacée.

— Tu le lui as dit, j'espère ?

— Oui. Cela l'a enchantée.

Cat avait l'impression de lutter contre le vertige en marchant au bord d'un précipice.

— Est-elle au courant de… notre liaison ?

— Pas par moi, en tout cas.

— Alors gardons le secret.

— Tu tiens toujours à notre arrangement ? la questionna-t-il en scrutant attentivement son expression.

— Bien sûr. Même si tu as rencontré ma mère par hasard, pour le reste, rien n'est changé.

Une grimace altéra légèrement les traits de Liam.

— Puisque nous sommes là tous les deux… N'as-tu rien à me demander ? Un désir, peut-être, que je pourrais satisfaire ?

Quand il effleura ses lèvres d'un baiser, le cœur de Cat bondit de joie dans sa poitrine.

— Je croyais que tu étais venu pour parler, lui rappela-t-elle malicieusement.

— J'ai menti, avoua-t-il en l'embrassant.

# 10.

*Septembre*

Après avoir raccroché, Cat replaça le téléphone portable sur la table basse à côté de la baignoire en poussant un long soupir d'anticipation. Après presque quinze jours de séparation, son désir pour Liam atteignait une intensité douloureusement insupportable.

Elle sortit de l'eau et commença à se sécher. Puis elle se dirigea à pas menus vers une grande boîte bleu et or posée sur le lit. C'était le dernier cadeau de Liam. Il lui faisait régulièrement livrer des fleurs, ou du parfum. Parfois des bijoux ou alors, comme ce soir, des articles de lingerie de luxe.

Elle enfila délicatement la ravissante nuisette, un voile de chiffon translucide retenu par des rubans noués sur les épaules, que Liam, sans nul doute, s'appliquerait bientôt à dénouer.

Le vœu qu'elle avait formé trois mois auparavant semblait se réaliser. Il ne se lassait pas d'elle. La passion qui les unissait gardait toute son intensité. Ils passaient ensemble des heures enfiévrées.

Cependant, à son immense regret, elle ignorait toujours tout de la vie de son amant. Après leur rencontre inopinée avec Vanessa, elle avait espéré quelques révélations. Malheureusement, aucune autre brèche ne s'était creusée dans les défenses de Liam, et toute tentative de sa part se soldait invariablement par un échec.

Elle avait par exemple égrené une liste d'endroits qu'elle fréquentait et où ils risquaient de se croiser. Y compris l'aéroport. Il ne trahit jamais rien. C'était un amant généreux pour le temps qu'il lui consacrait, mais très secret sur le reste de son existence.

Elle essayait parfois d'imaginer sa réaction si un jour elle osait lui demander de renégocier leur arrangement. De sortir de l'anonymat, par exemple.

En fait, l'angoisse de le perdre l'empêchait de prendre ce genre de risques. Elle avait trop peur qu'il ne l'abandonne, qu'il ne la quitte. Elle craignait aussi l'existence d'une autre femme dans sa vie. Une femme qui partageait son existence publique, l'accompagnait au théâtre et au restaurant et attendait ses retours de voyage…

Malgré tout, elle le cherchait constamment. Dans les endroits à la mode, elle scrutait les tables, partagée entre l'espoir et la crainte de l'apercevoir, seul ou accompagné. Elle avait même recensé tous les Hargrave de l'annuaire téléphonique et les avait appelés un à un. Aucun ne correspondait. La vie privée de Liam était bien protégée. Il était sur liste rouge.

Elle ne pouvait pas se plaindre des termes de leur liaison, puisque c'était elle qui les avait proposés, exigés même. Liam n'avait fait que lui obéir.

« Ni passé ni avenir. Simplement le plaisir du moment présent. »

Comment avait-elle pu proférer pareille sottise ?

Parce qu'elle n'aurait jamais imaginé que cet homme possédait le pouvoir de lui briser le cœur… Elle se souviendrait longtemps de l'atroce jalousie qui l'avait transpercée en voyant sa mère lui sourire. Elle aurait donné cher pour savoir de quoi ils avaient parlé tous les deux, mais ni l'un ni l'autre ne lui en avaient jamais reparlé, et elle-même n'avait pas le courage d'aborder la question.

D'autant plus que sa mère traversait une période difficile. Les répétitions dans le cadre d'*Auteurs en résidence* avaient commencé.

En découvrant le nom de son ex-femme dans la distribution, son père avait violemment réagi :

— Tout le monde va se moquer de nous ! David Adamson

déchiré entre ses deux femmes ! Nous serons la risée du spectacle. Tu dois absolument dissuader ta mère.

— Ce n'est pas mon problème. Débrouille-toi ! avait-elle rétorqué.

Il avait ensuite menacé de quitter la production. Puis, petit à petit, il s'était radouci. A présent, il s'amusait presque des gros titres étalés sur les premières pages des journaux.

Vanessa, elle, répondait avec entrain aux questions des journalistes. Après tant de temps, elle trouvait merveilleux de se retrouver sur une scène avec David, et elle entretenait d'excellentes relations avec Sharine, qui acceptait ses conseils avec reconnaissance. En apprenant les fiançailles de son ex-mari avec la jeune actrice, elle avait même formulé des vœux de bonheur à leur intention.

Cette gentillesse de façade ne trompait pas Cat. Néanmoins, il lui fallait reconnaître que ses parents s'étaient assagis. Ils se comportaient avec une réserve très professionnelle. Elle avait du mal à y croire.

Ce soir, en tout cas, elle se sentait loin de ces préoccupations. Elle ne pensait qu'aux plaisirs de l'amour…

Quand enfin elle entendit la porte d'entrée, il lui sembla qu'elle attendait depuis une éternité.

Sur le seuil, Liam s'immobilisa. Elle vit la flamme du désir s'allumer dans ses yeux gris-vert.

Quand elle s'approcha, il l'attira vers lui d'un geste presque brutal pour écraser un baiser sur ses lèvres.

— Mon Dieu, gémit-il. Si tu savais comme tu es belle…

Puis les doigts de Liam tirèrent sur les rubans noués sur ses épaules, et la nuisette glissa comme un rayon de lune à ses pieds.

Cat rêvait. Elle marchait dans les ruines d'un château en suivant Liam à grand-peine au milieu des blocs de pierre. Plusieurs fois elle faillit tomber et essaya de crier pour attirer son attention. Mais aucun son ne sortait de sa gorge nouée, et bientôt Liam disparut totalement à sa vue.

Elle se réveilla en sursaut, haletante, et tâta la place vide à côté d'elle. Affolée, elle se redressa en écarquillant les yeux. Il était là, debout devant la fenêtre, perdu dans la contemplation du square laiteux sous la lune.

— Liam ? appela-t-elle, hésitante. Quelque chose ne va pas ?

Il la rassura très calmement.

— Pas du tout. Je n'arrive pas à dormir, c'est tout. Je ne voulais pas te réveiller.

Souplement, elle se glissa hors du lit pour le rejoindre. L'enlaçant par la taille, elle déposa un baiser sur son épaule nue.

— Je viens de faire un cauchemar horrible, dit-elle avec un petit rire forcé.

Il tendit la main pour attraper sa chemise et l'en enveloppa.

— Ne prends pas froid... Qu'as-tu rêvé ? Tu me racontes ?

La température avait baissé, ces derniers jours. On sentait l'automne arriver.

— Je t'avais perdu de vue et je te cherchais, expliqua-t-elle.

— Mais tu vois, je suis là, murmura Liam en lui caressant les cheveux.

— C'est sans doute parce que j'ai trouvé le temps très long pendant ton absence...

Comme il ne répondait rien, elle demanda :

— Pourquoi t'es-tu levé ? Tu n'étais pas bien ? Je te dérangeais ?

— J'avais besoin de réfléchir.

Elle se frotta contre lui et il se retourna.

— Mais je suis bien incapable de penser à quoi que ce soit maintenant, adorable sorcière ! s'exclama-t-il en la soulevant dans ses bras pour retourner au lit.


Ce fut au tour de Cat, ensuite, de souffrir d'insomnie. Quels problèmes remuaient Liam dans sa tête, tout à l'heure, pour avoir l'air si sombre ?

Elle le trouvait changé. Même s'il lui avait donné autant de plaisir que d'habitude, elle avait senti chez lui une certaine retenue. Peut-être avait-il des soucis professionnels ? Elle n'en saurait évidemment rien, puisqu'ils ne livraient jamais rien de personnel.

Elle regrettait de ne pas pouvoir confier à son amant ses propres difficultés.

Andrew avait la mine sombre, ces temps-ci. La conjoncture internationale n'encourageait pas les chefs d'entreprise à puiser dans les maigres bénéfices pour améliorer le cadre de vie des employés. Si le carnet de commandes ne se remplissait pas, il faudrait se résoudre à des licenciements.

Elle écouta la respiration régulière de Liam. Comme elle aurait aimé, à cet instant, qu'il la prenne dans ses bras et la serre contre lui !

— Nous avons signé avec Venner, annonça Andrew un matin.

— Voilà une excellente nouvelle ! commenta Cat.

— A propos de nouvelles, il y a un article sur ta mère dans le *Clarion*. Tu as vu ?

— Non.

Andrew déplia le journal devant elle.

— Tiens, lis !

Elle poussa un soupir de lassitude.

Depuis ce matin, la morosité la poursuivait. Liam, l'amant merveilleux auprès duquel elle adorait s'éveiller, semblait soucieux, l'esprit ailleurs. Il avait à peine effleuré ses lèvres avant de la quitter... Elle devait absolument découvrir la cause de ses préoccupations. Mais comment ? Son téléphone portable était éteint, elle n'avait aucun moyen de le joindre. Plus elle s'interrogeait, plus son malaise s'accentuait.

Ce n'était pas le moment que sa mère en rajoute !

« Il manquera quelqu'un dans le public de l'Excelsior pour applaudir Vanessa Carlton le soir de la générale, dans quinze jours. Elle joue l'un des trois personnages principaux de la dernière pièce de Nevil Beverley, une histoire de triangle amoureux au XVIᵉ siècle. Gil Granger, le beau et jeune ami de la comédienne, retourne en effet en Californie pour y poursuivre sa carrière de photographe. Vanessa, déjà mariée et divorcée trois fois de suite à David Adamson, son partenaire dans la pièce, ne semble cependant pas du tout attristée par ce départ. On raconte même qu'elle aurait déjà remplacé Gil Granger. Mais elle nous a refusé une interview sur le sujet, se contentant d'un laconique *no comment*. »

Cat reposa le journal, soucieuse.

Même si Gil et Vanessa étaient loin de former le couple idéal, le moment était mal venu pour une rupture... Pourquoi Gil n'avait-il pas attendu un peu ? Qui sait si Vanessa elle-même n'était pas à l'origine de cette rumeur ?

Quand elle lui téléphona, sa mère lui parut beaucoup trop désinvolte, d'une manière qui ne correspondait pas à la situation qu'elle vivait.

— Non, ma chérie, je ne répète pas ce matin, expliqua-t-elle. La blonde de David a besoin de travailler le deuxième acte, et ma présence l'intimide, figure-toi !

— J'ai lu l'article du *Clarion*, dit Cat. Je suis désolée pour toi, maman.

— Oh, je ne suis pas triste ! Gil n'avait plus rien à faire à mes côtés. En plus, il se languissait de Patrick, et ça me déprimait de le voir si morose.

— Qui est Patrick ? questionna-t-elle, perplexe.

— Son petit ami, chérie. Un antiquaire de Santa Barbara à qui je l'avais « emprunté ». Je n'avais personne et ne pouvais tout de même pas venir seule au mariage alors que ton père s'affichait partout avec sa Lolita. En tout cas, mon stratagème a fonctionné à merveille. Ton père n'y a vu que du feu.

Elle s'interrompit.

— Catherine, tu m'écoutes ?

— Oui, répondit Cat faiblement. Parfois, vraiment, tu me sidères. Comment... comment vas-tu faire sans lui, maintenant ?

— Ne t'inquiète pas. Je ne l'aurais pas laissé partir si je n'avais pas des vues sur quelqu'un d'autre.

Vanessa se mit à rire.

— Prépare-toi à d'autres surprises ! Ce n'est rien à côté de ce qui va suivre !

Cat raccrocha, stupéfaite et intriguée à la fois. Le *Clarion* ne colportait pas des rumeurs sans fondement. Et sa mère jubilait littéralement.

Sans trop savoir pourquoi, tout d'un coup, elle éprouva une peur diffuse.

Ce soir-là, elle appela son père.

— Que me vaut cet honneur ? demanda-t-il, surpris.

— Que dirais-tu de déjeuner avec moi demain ?

— Je préférerais un dîner. Nous avons pas mal de répétitions supplémentaires en ce moment…

Après une légère pause, il reprit d'une voix lasse :

— Je réserverai une table au *Bonnet Rouge*. Nous ne serons que tous les deux. Sharine doit finir d'apprendre l'acte trois.

Si celle-ci en était encore à ce stade, elle ne devait pas être très à l'aise sur scène ! songea Cat. En tout cas, la soirée serait plus légère en son absence. Elle gardait un souvenir mitigé de la dernière invitation de son père avec Sharine. Très égocentrique, la jeune comédienne avait peu de sujets de conversation en dehors d'elle-même.

En tout cas, l'absence de Sharine lui simplifiait plutôt les choses, car ce qu'elle allait faire manquait d'élégance et de tact. Mais elle avait terriblement peur, et c'était le seul moyen d'en avoir le cœur net.

Pour l'occasion, elle s'habilla très élégamment, d'un fourreau en crêpe de chine noir. Elle se maquilla aussi avec soin pour se donner bonne mine et cacher les cernes occasionnés par le manque de sommeil.

David était déjà assis lorsqu'elle arriva. A son approche, il se leva pour l'embrasser, à sa manière théâtrale et démonstrative.

Plusieurs clients le reconnurent et chuchotèrent avec curiosité.

— Tu es resplendissante, la complimenta-t-il.

— Toi aussi, tu as l'air en pleine forme.

Ce qui n'était pas du tout vrai…

David Adamson soupira.

— Les années me rattrapent, ma chérie. J'ai essayé de laisser pousser ma barbe pour le rôle. Elle était gris argent. Quel choc !

— Maman est incroyable, observa Cat sur un ton désinvolte tout en sirotant le Martini sec que son père lui avait commandé. Elle ne change pas.

— Elle a sûrement un portrait qui vieillit à sa place dans son grenier, répondit son père. Comme Dorian Gray.

Quand ils eurent commandé, elle lui posa des questions sur la pièce.

— Nous avons atteint un moment critique. Mais je pense que tout se passera sans problèmes. Sharine s'en sort plutôt bien, malgré quelques difficultés à cause de son accent américain. Ta mère a la gentillesse de la corriger. Pas toujours de façon très délicate, mais enfin…

— Maman est peut-être un peu agressive à cause du départ de Gil ?

— Je ne vois vraiment pas pourquoi. Ce type était gay, et de toute façon elle a quelqu'un d'autre.

— Ah bon ? lança-t-elle en s'efforçant de paraître naturelle. Il est comment ?

— Beaucoup plus jeune qu'elle, évidemment. Brun, riche. Je n'ai pas fait très attention. Pourquoi me demandes-tu cela ?

Elle haussa les épaules.

— Simple curiosité de ma part. Pour savoir à quoi ressemblera mon beau-père si elle se remarie. Il est beau ?

Les lèvres pincées, David regardait ailleurs.

— Juge par toi-même, murmura-t-il. Elle vient de rentrer avec lui. Nous pouvons même manger en famille tous les quatre, si le cœur t'en dit.

Cat reposa son verre très doucement.

Au XVI$^e$ siècle avait vécu une autre Cat, une des femmes d'Henry VIII, qui était morte décapitée. Au moment de se retourner, elle eut l'impression de comprendre ce qu'elle avait dû ressentir, la tête sur le billot, en attendant que tombe l'épée du bourreau…

— David ! s'écria Vanessa en s'approchant avec un sourire. Et ma petite Cathy. Quelle bonne surprise !

Puis elle se tourna vers son compagnon.

— Tu te souviens de ma fille, n'est-ce pas ? Et voici David qui était autrefois mon acteur fétiche.

Avec un rire délicieusement cristallin, elle ajouta :

— David, je te présente Liam Hargrave.

# 11.

Cat resta figée d'horreur. Ses pires craintes se réalisaient. Un effroi glacé la paralysa. Elle se sentait absolument incapable de proférer un son.

Liam, lui, n'avait même pas l'air embarrassé, simplement un peu las et circonspect. Sans doute redoutait-il qu'elle se mette à hurler ou qu'elle lui jette son verre de vin à la figure…

— Bonsoir, mademoiselle Adamson, dit-il. Nous fréquentons décidément les mêmes restaurants !

C'était la troisième fois que le hasard les mettait en présence l'un de l'autre…

— Ne vous inquiétez pas, monsieur Hargrave, répliqua-t-elle d'une voix haut perchée pour dissimuler à quel point elle était bouleversée. Je vous garantis que cela ne se reproduira plus.

Les deux hommes se serrèrent la main comme deux duellistes avant un combat meurtrier. Pourtant, c'était elle qui se sentait sur le point de défaillir. Elle s'était montrée trop curieuse, et le ciel la punissait pour sa témérité.

— Nous pourrions peut-être manger tous ensemble ? proposa Vanessa.

*Non, par pitié !*

— Nous avons déjà largement commencé. Une autre fois, peut-être, répondit David.

— Tu as sans doute raison.

Puis, glissant son bras sous celui de Liam, elle ajouta :

— Eh bien, mon cher, dirigeons-nous vers notre table.

Cat porta une bouchée de coquille Saint-Jacques à ses lèvres et réussit à l'avaler, sous le regard attentif de son père.

— Tu connais ce… Liam Hargrave ?

— Je l'ai déjà rencontré. Mais je le connais à peine.

— Hum. Il n'a pas l'air trop écervelé. C'est peut-être sérieux, cette fois-ci.

— Qui sait ?

Aux prises avec une épouvantable envie de pleurer, elle se força encore à manger un peu mais refusa dessert et café. Elle n'avait qu'une hâte : sortir de ce restaurant le plus vite possible, se retrouver seule et hurler de désespoir.

Heureusement, son père ne souhaitait pas s'attarder non plus. Ils prirent un taxi ensemble, et elle demanda à être déposée la première.

En arrivant chez elle, prise d'une horrible nausée, elle se précipita dans la salle de bains. La tête lui tournait et des sanglots violents la secouaient tandis que les larmes se mettaient à ruisseler sur ses joues.

Liam et Vanessa. Vanessa et Liam.

Ce n'était pas possible ! Elle allait bientôt sortir de cet épouvantable cauchemar. Il la prendrait dans ses bras pour la rassurer, la consoler… Hélas, il n'y avait plus aucun espoir, tout était fini.

Et pourtant, c'était le seul homme qu'elle aimerait jamais.

Il lui en coûtait de le reconnaître, même si ce n'était pas vraiment une révélation. Depuis le tout début, elle avait lutté contre cet aveu avec l'énergie du désespoir. Au mépris de toute lucidité, elle avait essayé de se persuader qu'elle n'était pas vraiment amoureuse, qu'il s'agissait d'une simple attirance physique. En n'écoutant pas ce que son cœur essayait de lui dire, elle avait compromis à tout jamais ses chances de bonheur. Elle avait refusé la vérité, elle avait préféré inventer cette histoire ridicule. Et maintenant elle n'avait plus rien.

C'est elle qui avait insisté pour que Liam garde son indépendance. Mais jamais elle n'aurait imaginé le pire : il était tombé amoureux de la déesse de son enfance !

Elle poussa un gémissement d'animal blessé.

Pourquoi ne s'était-elle pas rendue à l'évidence quand il en était encore temps ? Elle aurait dû lui avouer ses sentiments, accepter de s'afficher avec lui. Faire le pari de croire en l'amour.

Mais cela aurait-il changé le cours des choses ? Vanessa lui aurait peut-être malgré tout volé le cœur de Liam. Elle aurait alors été encore plus malheureuse…

Elle se déshabilla et se mit au lit en sanglotant.

Dans quelques heures, il lui faudrait se lever et aller travailler comme si de rien n'était, sans pouvoir rien dire à personne. Liam était le seul être au monde qui aurait pu la consoler… Et il ne voulait plus d'elle !

Si elle continuait à se lamenter de la sorte, elle deviendrait folle. Il fallait absolument réagir, prendre des mesures pratiques et rationnelles. D'abord effacer son numéro de téléphone de son agenda, puis se débarrasser de tous les cadeaux qu'il lui avait offerts. Ensuite, retourner à l'appartement pour y laisser ses clés.

Il n'apprendrait jamais combien elle avait souffert. Cette humiliation lui serait au moins épargnée. Il devait continuer à croire qu'elle n'attachait pas d'importance à cette aventure et qu'elle n'aurait aucune difficulté à le remplacer.

Si elle réussissait à sauver au moins les apparences, peut-être un jour parviendrait-elle aussi à s'en convaincre elle-même ?

Cat avait beau être très courageuse, retourner à l'appartement s'avéra une épreuve à la limite de ses forces. Déjà, en garant la voiture, elle avait le cœur battant et les mains moites. Elle faillit glisser les clés dans la boîte aux lettres, mais elle voulait profiter de l'occasion pour chercher une boucle d'oreille qu'elle avait égarée. Elle avait dû la laisser dans la chambre.

Seulement, il y avait quelqu'un.

Dès qu'elle passa la porte du salon, Liam se leva du canapé.

— Je… Je suis désolée, bredouilla-t-elle. Je ne savais pas que tu étais là. Je ne reste pas.

— Pourquoi ? demanda-t-il d'une voix posée. Tu avais sans doute une bonne raison de venir ici.

— Oui. J'étais venue rendre mes clés.

Elle les lui tendit mais se ravisa pour les poser sur le manteau de la cheminée. L'idée d'effleurer la main de Liam même du bout des doigts lui était insupportable.

— Je voulais aussi m'assurer que je n'avais laissé aucun objet personnel.

— J'ai déjà regardé, dit Liam. Il n'y a rien à toi.

Le regard grave, il ajouta :

— Nous avons suivi les règles à la lettre. Exactement comme tu le souhaitais.

— J'aimerais vérifier par moi-même, si tu n'y vois pas d'objection.

— Je t'en prie.

Mais sa boucle d'oreille n'était pas dans la chambre.

Quand elle repassa par le salon, Liam se détourna et leurs regards se croisèrent. Rassemblant ses forces pour ne rien trahir de son effondrement intérieur, elle demanda :

— Pourquoi ne pas m'avoir dit en face que tout était fini, l'autre nuit ? Tu voulais continuer à jouer sur les deux tableaux ?

Une expression indéfinissable traversa le visage de Liam. Puis il répondit, avec une indifférence amusée :

— Quelle idée intéressante ! Pourtant, ça ne m'est même pas venu à l'esprit.

— Tu en es sûr ? demanda-t-elle d'une voix méprisante. Je voudrais juste savoir une chose… Quand as-tu commencé à voir Vanessa ?

— Cela a-t-il vraiment de l'importance ? Et en quoi cela te regarde-t-il ?

— Vanessa est ma mère, après tout, observa-t-elle avec un aplomb qui la sidéra elle-même.

Liam ne répondit pas tout de suite.

— Très bien, déclara-t-il enfin. Nous nous voyons depuis le jour où nous nous sommes croisés chez Vanni's. Cette information satisfait-elle ta curiosité ?

— Est-elle venue ici ? poursuivit-elle avec un léger tremblement.

— Non. Personne d'autre que toi n'est venu ici.

— Quel gâchis. Alors que ce serait si pratique ! Les draps et les serviettes sont changés tous les jours, comme à l'hôtel. Il n'y a rien qui trahisse… ma présence dans ce lieu anonyme.

Au bout d'un instant, elle questionna :

— Vas-tu continuer à louer cet appartement ?

— Non.

— Pourquoi ?

— Je n'en ai plus l'utilité, répondit-il avec dureté. La femme que j'aime mérite mieux. Une vraie maison.

Une douleur fulgurante lacéra le cœur de Cat tandis qu'il poursuivait :

— J'aurais dû te demander si tu souhaitais le garder pour toi ? Tu disposerais d'un endroit pour tes… diverses expériences sexuelles.

— Non merci ! Ce lieu ne présente aucun intérêt pour moi.

En fait, il était trop plein de souvenirs intimes. Elle revoyait leurs vêtements éparpillés sur le sol, Liam et elle buvant, nus, du champagne dans la même coupe… D'innombrables images, maintenant effroyablement douloureuses, se pressaient dans son esprit. Elles hanteraient longtemps sa mémoire. Tout comme le son de sa voix, la texture de sa peau et son odeur unique, si particulière.

— Tu as raison, acquiesça Liam. C'est bien pourquoi je veux m'installer dans une demeure confortable avec la femme de ma vie.

— Quel tableau idyllique !

Cat chercha désespérément comment lui faire mal.

— J'espère que tu n'as pas envie d'avoir des enfants, parce qu'il est un peu tard pour ma mère, ajouta-t-elle.

— Détrompe-toi, déclara-t-il froidement. C'est tout à fait possible. Des femmes plus âgées qu'elles mettent des bébés au monde tous les jours.

Comment osait-il proférer de telles obscénités ? Alors que c'était elle qui aurait dû porter l'enfant de Liam !

— Grands dieux ! s'écria-t-elle en écarquillant les yeux. Vous avez déjà envisagé ce genre de projets !

— Nous avons beaucoup parlé.

— J'imagine…

Elle hésita.

— Est-elle au courant… de notre histoire ?

Liam plongea son regard dans le sien.

— As-tu envie qu'elle sache ?

— Non. Ce n'est pas nécessaire. Gardons le secret.

Un sourire amer se dessina sur ses lèvres.

— Imagine un peu le scandale si la presse étalait l'histoire au grand jour ! Toute publicité n'est pas bonne à prendre, même pour mes parents.

— Je m'incline devant ton jugement.

Il se dirigea vers la cheminée pour mettre les clés dans sa poche.

— Y a-t-il autre chose ?

— Je ne crois pas.

Avec une hardiesse dont elle ne se serait pas crue capable, elle l'examina lentement, des pieds à la tête.

— A moins que tu n'aies envie d'une dernière fois ? Nous nous dirions adieu avec panache !

— Merci pour ta proposition, répondit Liam avec une gravité polie. Curieusement, je me suis toujours promis que je serais fidèle lorsque j'aurais rencontré la femme de ma vie.

Cat se mordit la lèvre.

— Eh bien je te souhaite beaucoup de bonheur, articula-t-elle avec un goût de sang dans la bouche. Merci pour tous les souvenirs.

— Au revoir… Catherine.

Elle parvint à sortir la tête haute. Maintenant l'objectif était d'atteindre sa voiture, deux rues plus loin, avant de se mettre à hurler ou à fondre en larmes.

Elle l'avait perdu pour toujours.


Si seulement Cat avait pu effacer de sa mémoire les trois derniers mois !

Comment avait-elle pu vouloir une existence sans mariage

et sans amour? Pourquoi s'était-elle tant accrochée à son indépendance?

Elle qui jusque-là se maquillait à peine, elle passait maintenant un temps fou dans la salle de bains pour masquer les ravages de son chagrin et ressusciter une jeune femme qui puisse répondre au nom de Cat Adamson.

Bizarrement, elle continuait à donner l'illusion qu'elle était toujours vivante, alors qu'au-dedans elle se sentait complètement morte. L'espace de quelques jours, elle avait follement espéré qu'elle était enceinte de Liam. Mais la nature avait repris son cours normal, et elle faisait semblant de s'en féliciter.

En plus de l'angoisse lancinante d'avoir perdu Liam, il lui fallait endurer les coups de téléphone de Vanessa. Elle se tenait constamment sur ses gardes, de peur d'entendre prononcer le nom de Liam. Heureusement, cela ne se produisait pas très fréquemment et elle parvenait à peu près à maîtriser ses émotions. Sa mère n'en parlait pas beaucoup, se contentant de l'évoquer avec désinvolture, comme s'il était maintenant évident pour tout le monde qu'il faisait partie de son existence.

En fait, elle était bien plus préoccupée par le projet *Auteurs en résidence* et les difficultés causées par Sharine que par son histoire avec Liam. D'autant plus que la date de la générale approchait dangereusement.

— Elle a encore eu un trou de mémoire hier soir! lui confia-t-elle avec irritation au cours d'une conversation. Sans parler des hésitations. Et elle a complètement raté une sortie de scène.

— Comment papa prend-il tout cela? questionna Cat avec curiosité.

— Avec une tolérance étonnante, répondit Vanessa sur un ton acerbe. Tu viendras le soir de la première, n'est-ce pas? Attends-toi au pire. Nous serons probablement hués et sifflés copieusement à cause de cette péronnelle.

— Je ne sais pas si je pourrai, répondit Cat évasivement. Nous sommes surchargés de travail en ce moment.

— Oh, mais je compte sur toi! En plus, nous donnerons

une petite réception après la représentation. Je laisserai ton billet à l'accueil.

Cat soupira. Il était évidemment hors de question qu'elle fête l'événement avec eux, mais ni sa mère ni son père ne comprendraient qu'elle ne soit pas au théâtre. Elle n'avait pas le choix.


Malgré tout, lorsque arriva le jeudi fatidique, elle s'attarda au bureau, indécise.

— Oh, tu es là, lança Andrew en apparaissant sur le seuil. Parfait. J'ai une bonne nouvelle à t'annoncer, pour changer.

Il se frotta les mains joyeusement.

— Nous avons été contactés par les hôtels Durant. Ce sont des établissements de luxe, très sélects. Après s'être implantés en Europe et dans les Caraïbes, ils projettent de réaménager entièrement leurs résidences britanniques et nous ont demandé un devis. Anscote Manor se trouve en tête de liste. Tu pourras t'y rendre la semaine prochaine.

Cat sursauta. Anscote Manor !

— Je préférerais que tu envoies quelqu'un d'autre, répondit-elle.

— Pourquoi ?

— C'est là que ma cousine Belinda s'est mariée. Je ne tiens pas à y remettre les pieds.

— Réfléchis, Cat ! Le directeur a mentionné ton nom. Il est très admiratif de ton travail de l'an dernier au London Phoenix. Et nous devons absolument décrocher ce contrat !

Andrew jeta un coup d'œil à sa montre.

— Que fais-tu encore ici à une heure pareille ? Tu ne devrais pas être au théâtre ?

— Si…, maugréa-t-elle sans enthousiasme.

Elle n'avait plus le temps de passer chez elle se changer. Sa jupe noire et son chemisier de taffetas blanc devraient convenir, se dit-elle en se remettant du rouge à lèvres à l'arrière du taxi.

Elle arriva juste à temps. Les lumières s'éteignaient

263

quand elle pénétra dans sa loge, où elle eut la contrariété de découvrir Liam.

— Bonsoir, lui dit-il courtoisement.

— Je n'ai pas la moindre envie de m'asseoir à côté de toi, répondit-elle avec humeur.

— Je te dérange tant que cela ?

Elle faillit repartir sur-le-champ au risque de se dévoiler, mais Liam insista.

— Assieds-toi donc, le rideau va se lever. On vient d'annoncer que le rôle de Mary Fitton serait tenu par Jana Leslie, contrairement à ce qui était prévu.

La doublure de Sharine ! songea-t-elle, éberluée, en se laissant tomber sur son siège. Que s'était-il passé ?

— Qui a eu l'idée de nous placer l'un à côté de l'autre ? demanda-t-elle sèchement.

— Certainement pas moi, observa Liam.

La pièce était très brillante et spirituelle. Elle comprenait parfaitement pourquoi ses parents avaient oublié leurs désaccords pour accepter les rôles. Elle se surprit même à rire de bon cœur malgré la colère sourde qui la tenaillait. Petit à petit, elle se détendait, prenant même plaisir à échanger des regards entendus avec Liam.

— Un jeune talent est né, commenta Liam quand le rideau tomba pour l'entracte.

Cat opina. Jana Leslie exécutait en effet une performance tout à fait intéressante.

— A-t-on donné une explication pour l'absence de Sharine ? répliqua-t-elle.

— Non. Mais je soupçonne le reste de la troupe de l'avoir étranglée pour ne plus avoir à la supporter. J'ai commandé du champagne. Tu m'accompagnes au bar ?

— Non merci. Je préfère rester ici.

Liam pinça les lèvres.

— Comme tu voudras.

Cependant, demeurée seule, elle s'admonesta vivement. Son comportement était ridicule.

Elle se ravisa et se leva pour rejoindre Liam.

— Pardonne-moi, dit-elle en forçant un sourire sur ses lèvres. Je suis un peu fatiguée.

— Tu es tout excusée.

Il lui tendit son verre.

— Cette pièce est un succès, observa-t-elle. Tout le monde a l'air ravi. Et Vanessa est merveilleuse. Tu le lui diras de ma part, s'il te plaît.

— Pourquoi ne pas le lui dire toi-même ?

Elle rougit.

— Parce que je n'assisterai pas à la fête.

— Ah. Tu préfères rester à l'écart et jouer les solitaires.

— Epargne-moi tes commentaires, veux-tu ?

Il eut un sourire moqueur et leva son verre.

— Aux jours heureux ! Sans parler des nuits.

Cat serra les dents. Elle qui avait si souvent espéré se retrouver en compagnie de Liam dans un lieu public, jamais elle n'avait pensé que ce serait cauchemardesque, comme ce soir.

— Finalement, je n'ai pas soif, dit-elle en reposant sa flûte. Je crois que je vais rentrer. Tant pis pour la deuxième partie.

— Tu n'as pas envie de voir le dénouement ?

— Je sais comment cela finit. Mal. Comme si souvent dans la vie.

Au moment où elle partait, Liam posa une main sur son bras.

— Cat… Ne t'en va pas. Pas comme cela. Nous avons besoin de parler, toi et moi.

Elle se dégagea brutalement, sans se soucier des curieux qui la regardaient avec étonnement.

— Ne me touche pas ! De toute façon, parler ne servirait à rien. Je ne veux plus rien avoir à faire avec toi.

Elle s'interrompit en redressant fièrement le menton, avant de conclure :

— J'espère que tout ira bien entre ma mère et toi. Mais ne m'invitez pas au mariage. Et sache que je ne te considérerai jamais comme mon beau-père.

Puis elle tourna les talons sans un regard en arrière.

# 12.

Les critiques furent dithyrambiques dans tous les journaux.

Tout le monde célébrait les retrouvailles de Vanessa Carlton et David Adamson, le couple magique. Quant à Jana Leslie, sa carrière était lancée.

Le soir de la première, Sharine avait cédé la place à sa doublure à cause d'un trac paralysant qui l'avait empêchée d'entrer en scène. Ulcérée par la révélation du talent de Jana, elle était ensuite repartie en Californie sur un coup de tête, en menaçant la compagnie d'un procès en bonne et due forme. Elle espérait aussi que David l'aurait suppliée de revenir, mais il lui avait préféré la gloire. Au théâtre comme dans la vraie vie.

Cat retourna voir la pièce et applaudit avec enthousiasme avant d'aller rejoindre son père pour le féliciter de sa prestation.

Elle le trouva seul dans sa loge. Il avait l'air abattu et, d'une manière assez surprenante chez lui, presque mutique, ce qui inquiéta Cat.

— Je l'ai laissée partir, et maintenant c'est trop tard, lui expliqua-t-il. Je l'ai perdue pour toujours. Comment ai-je pu être aussi idiot ?

Par une curieuse ironie du sort, ce triomphe avait valu un échec sentimental à David, qui se retrouvait seul, comme elle ! Même si, dans son for intérieur, elle pensait que cela valait mieux ainsi, il eût été cruel d'en faire l'aveu à son père. Ce dernier avait beaucoup vieilli d'un seul coup. Son abattement et sa tristesse donnaient de la profondeur au personnage qu'il incarnait dans la pièce. Mais cela non plus, elle ne pouvait pas le lui dire.

Comprenant à quel point il souffrait, parce qu'elle vivait le même calvaire, elle prit tendrement son père par le cou. Mais celui-ci s'esquiva et changea immédiatement de sujet, avec une détermination farouche.

Vanessa, elle, semblait flotter sur un nuage de sérénité. Elle avait violemment reproché à Cat de ne pas avoir participé à la fête de la première représentation.

— Je compte organiser une autre réception d'ici une à deux semaines, lui avait-elle confié. Cette fois, je compte sur ta présence.

Cat resta évasive. Si c'était pour apprendre la nouvelle du prochain mariage de Vanessa avec Liam, elle ne risquait pas d'y aller non plus ! Le supplice serait trop intolérable.

Tout semblait conspirer contre elle.

Ses relations avec sa mère le rappelaient inévitablement à la surface de sa conscience. Et les journalistes ne tarderaient pas à s'emparer des nouvelles amours de Vanessa Carlton pour en rendre compte régulièrement dans les magazines. Pour son père aussi, c'était un moment difficile. Il ne se remettait pas du départ de Sharine et se coupait du monde pour ruminer des idées noires. Les quelques déjeuners qu'ils partageaient, Cat et lui, étaient devenus ses seules sorties.

Elle commença à se renseigner pour partir travailler à l'étranger. Elle n'avait pas vraiment envie de quitter l'Angleterre, mais il lui paraissait impossible de supporter la vue du couple formé par Liam et Vanessa en affectant l'indifférence.

En attendant, elle se rabattrait sur le projet d'Anscote Manor. Si peu enthousiasmant qu'il soit, ce projet de réaménagement lui apporterait peut-être la dérivation psychologique dont elle avait besoin. Il fallait qu'elle oublie Liam, qu'elle le chasse définitivement de ses pensées et de ses rêveries. Elle ne voulait plus se réveiller le matin avec ce sentiment de désolation qui l'étreignait, ni s'endormir le soir pleine de détresse.

Elle ne pourrait même pas rendre visite à sa tante Susan,

qui avait mis sa maison en vente et passait des vacances en Toscane avec des amies.

Qui sait si celle-ci parviendrait à refaire sa vie ? Un jour peut-être, elle lui demanderait des conseils pour rebâtir la sienne ?


C'est un jour gris et pluvieux qui accueillit Cat à Anscote Manor pour sa deuxième visite en ce lieu.

En un sens, c'était mieux ainsi, car le soleil aurait ravivé des souvenirs importuns.

Elle gara sa voiture dans une allée et redressa les épaules avant de se diriger vers l'hôtel d'un pas décidé. Elle avait rendez-vous avec une certaine Mlle Trevor.

Cette dernière l'attendait dans la salle de réunion. A son grand désarroi, Cat la reconnut instantanément : c'était la jolie brune aux longues jambes qui accompagnait Liam chez Smith ! Elle l'aurait reconnue n'importe où.

Mlle Trevor la salua avec froideur.

— C'est moi qui vous reçois aujourd'hui. Mais vous aurez ensuite directement affaire à notre directeur qui tient à suivre personnellement le projet.

Cat murmurait une vague réponse en s'asseyant quand, brusquement, son cerveau refusa de fonctionner normalement. Les mains moites, elle fut assaillie par une nervosité extrême.

Sauf à avoir sombré dans un délire paranoïaque, elle venait de deviner l'identité du directeur !

— Les hôtels Durant ont le souci de l'excellence, commença Mlle Trevor.

— J'ai passé une nuit à Anscote Manor, répliqua Cat. J'ai eu une impression plutôt favorable, dans l'ensemble.

— Dans l'ensemble seulement, mademoiselle Adamson ? lança une voix bien connue derrière son dos. Puis-je vous demander quels ont été vos motifs d'insatisfaction ?

Les pires craintes de Cat se confirmaient.

Elle se raidit sans se retourner.

— Un souci matériel. Une panne d'ordinateur, expliqua-t-elle. Rien à voir avec l'accueil ou le personnel.

— Le système informatique a été entièrement changé. Vous serez rassurée de l'apprendre, j'espère ?

— Je ne suis pas ici comme cliente, mais en tant que conseillère en décoration. Vos problèmes informatiques ne me concernent pas.

Mlle Trevor ouvrait de grands yeux. A l'évidence, elle désapprouvait cet échange un peu vif qu'elle ne s'expliquait pas.

— Voulez-vous que je fasse visiter les lieux à Mlle Adamson ? suggéra-t-elle.

— Puisque je suis là, je m'en charge, Sandra. Apportez-nous un café, je vous prie.

— Non merci. Pas pour moi, intervint Cat sèchement.

Elle se leva pour faire face à Liam.

— Etes-vous certain d'avoir besoin de mes services, monsieur Hargrave ? Votre hôtel semble en parfait état.

— Je m'appelle Durant, rectifia-t-il. Hargrave est mon second prénom.

— Excusez-moi. On m'a mal renseignée.

— Ce n'est pas grave. Quant à la décoration… Quelques chambres, ainsi que le restaurant, ne répondent pas à nos exigences de qualité. Allons jeter un coup d'œil.

Il se tourna vers Mlle Trevor.

— Sandra, accompagnez-nous. Vous prendrez des notes. Je pensais à la chambre 10, en particulier.

L'esprit engourdi, complètement déstabilisée par la situation, Cat ramassa maladroitement son dossier qui glissa à terre. Elle avait au moins une excuse pour expliquer son visage cramoisi.

Pourquoi Liam avait-il manigancé cette situation pénible ?

— Vous avez une raison particulière de choisir cette chambre ? demanda-t-elle avec une désinvolture qu'elle était loin de ressentir.

— Je ne suis pas certain qu'elle dégage une impression assez forte pour laisser à ses occupants un souvenir inoubliable.

— Le client moyen est probablement moins exigeant que vous.

Liam secoua la tête.

— Je ne suis pas d'accord avec vous.

— Puis-je vous parler en toute franchise, monsieur Durant ?

— J'en serais ravi.

— Anscote Manor n'a nullement besoin de rénovation. Vous en avez pleinement conscience, d'ailleurs. Je ne sais pas à quoi vous jouez. Mais cela ne m'intéresse pas de le découvrir et je vais repartir à Londres sur-le-champ. Ne vous inquiétez pas, je ne vous facturerai pas cette perte de temps.

— Je suis tout à fait sérieux, au contraire. Mais je crains de ne pas m'être fait suffisamment comprendre.

Il se tourna vers son assistante.

— Sandra, laissez-nous seuls quelques minutes, pendant que j'essaie de convaincre Mlle Adamson.

— C'est inutile, l'interrompit Cat. De toute manière, votre projet n'intéresse pas mon agence. Quant à la chambre 10, je suggère quelque chose de complètement minimaliste. Une peinture blanche, neutre, qui puisse s'oublier instantanément. Et maintenant, si vous voulez bien m'excuser…

Inspirant profondément, elle tourna les talons et s'éloigna, la tête haute.

Elle tremblait comme une feuille en arrivant à sa voiture. Heureusement, Liam ne l'avait pas suivie…

Elle asséna un violent coup de poing sur le tableau de bord. Ce que ce type venait de faire était impardonnable ! Comment avait-il osé imaginer cette mise en scène ? L'obliger à réveiller des souvenirs qui la mettaient au supplice ! En plus, Andrew, qui avait déjà bâti des châteaux en Espagne sur ce contrat, serait effroyablement déçu… Seule la présence de son assistante l'avait retenue de l'insulter.

Et que devenait Vanessa, dans cette histoire ? Fallait-il tout lui raconter pour la protéger ? Elle croyait avoir trouvé un amour durable, mais l'homme qu'elle avait choisi n'était pas digne de sa confiance. Comment réagirait-elle si elle apprenait que Liam avait tendu ce piège pervers à son ancienne maîtresse ?

Lui qui prétendait rester fidèle à la femme qu'il aimait… Ses agissements d'aujourd'hui apportaient la preuve éclatante du contraire.

Que serait-il arrivé si elle l'avait suivi jusqu'à cette fameuse chambre 10 ? Aurait-il tenté des manœuvres de séduction ? Comment aurait-elle répondu ?

Un frémissement la parcourut tout entière au souvenir des caresses de Liam. En même temps un grand dégoût d'elle-même l'envahit. Comment son corps pouvait-il encore réagir ainsi alors que cet homme l'avait rejetée pour sa propre mère ?

Elle l'aimait et le haïssait tout à la fois. Elle lui était vouée corps et âme, sans le moindre espoir d'arriver un jour à se dégager de cette emprise. Quelle folie ! Et quelle tristesse…

Maintenant, il fallait qu'elle retourne à Londres annoncer la mauvaise nouvelle à Andrew. En tout cas, elle serait incapable de rien dire à Vanessa.

Il valait mieux partir. Le plus loin possible de Liam Hargrave Durant. Et aussi longtemps que nécessaire.


Quand la lumière indiqua qu'il fallait attacher les ceintures, Cat rangea son roman dans son sac à main et releva le dossier de son fauteuil.

Le commandant de bord avait annoncé une température automnale très douce à Londres, mais après trois semaines à la Jamaïque, elle aurait certainement un peu froid.

Elle avait passé des vacances fabuleuses à plonger et nager dans la mer turquoise, à prendre le soleil sur une chaise longue… Mais elle était contente de rentrer en Angleterre.

Certes, elle n'était pas encore guérie de Liam, lequel hantait toujours ses pensées et ses rêves. Seul le temps lui permettrait de se remettre tout à fait. Mais elle parvenait mieux à maîtriser ses émotions. Et si jamais, en son absence, l'histoire de Liam avec sa mère avait par chance tourné court, ce serait parfait.

À son retour d'Anscote Manor, elle avait redouté l'entrevue qui l'attendait avec son patron. Heureusement, à son grand étonnement d'ailleurs, il avait réagi avec philosophie et refusé sa démission.

— J'ai eu tort d'insister pour t'envoyer là-bas, avait-il déclaré. Tu es fatiguée en ce moment. Tu devrais prendre des vacances et partir au soleil.

Elle avait sauté sur l'occasion. Même si elle s'était sentie un peu esseulée dans un monde de couples, elle n'en dirait rien à personne et se vanterait d'avoir passé un séjour mémorable.

Son répondeur téléphonique clignotait furieusement quand elle rentra chez elle. Sa mère réclamait d'urgence son attention. Effectivement, elle avait une grande nouvelle à lui annoncer.

— Enfin, tu es de retour ! Que fais-tu demain matin à 10 heures ? demanda Vanessa.

— La lessive et le ménage, j'imagine.

— Je voudrais que tu sois ma demoiselle d'honneur.

Les oreilles de Cat se mirent à bourdonner. Les jambes molles, elle tomba à genoux, les doigts recroquevillés sur le téléphone.

— Tu… Tu as bien dit « demoiselle d'honneur » ? articula-t-elle faiblement.

— Oui, ma chérie. Je me marie dans l'intimité, à la mairie du quartier, et naturellement je souhaite que tu sois présente. Tu seras là, n'est-ce pas ?

— Tu te maries ! répéta-t-elle sur un ton hagard, désespérée. Quand as-tu pris ta décision ?

Vanessa se mit à rire.

— Il y a environ quinze jours. Oh, cette histoire est tellement incroyable ! Je ne croyais plus possible d'être aussi heureuse. Après tant d'années…

La douleur, atroce, empêchait Cat de parler. Evidemment, elle savait bien que cela risquait de se produire un jour ou l'autre. Mais maintenant que la réalité l'avait cruellement rattrapée, elle avait la sensation de sombrer dans le néant. Elle n'osait même plus ouvrir la bouche de peur de se mettre à gémir en prononçant le nom de Liam Durant.

— Catherine ? Cathy, tu es toujours là ?

Un son rauque sortit de la gorge de Cat.

— Oui… Je suis très heureuse pour toi, maman. Mais tu n'as pas l'impression de précipiter un peu les choses ?

— Oh, pas du tout ! Au contraire, j'avais peur d'avoir tout gâché en temporisant autant. Je me rends compte du choc que cette nouvelle représente pour toi, mais promets-moi de venir quand même.

Cat déplia les doigts de sa main libre. Elle avait tellement serré le poing que ses ongles lui avaient meurtri la chair. Malgré tout, elle s'entendit répondre à sa mère d'une voix étrangement calme.

— Je ne sais vraiment pas quoi te dire. La présence de ta grande fille, adulte, ne fera peut-être pas très plaisir au marié ?

— C'est ridicule ! se récria Vanessa. Nous avons tous les deux envie que tu sois avec nous ce jour-là. Tu es même la seule personne dont la présence nous importe vraiment.

Elle soupira avant d'ajouter :

— Liam m'avait tout de même prévenue que tu refuserais peut-être de venir.

Cat se raidit. Liam lui lançait une sorte de défi. Manifestement, il pensait qu'elle n'aurait pas le cran d'assister au mariage de sa mère…

Et il avait raison. Néanmoins, par respect pour elle-même, elle se devait de le détromper. De relever le défi. Sinon, elle ne se sentirait plus jamais capable de le rencontrer dans aucune situation.

— Eh bien, il a tort, déclara-t-elle sèchement. Comment dois-je m'habiller ?

— Je porterai un tailleur crème. Pourquoi ne remettrais-tu pas la ravissante toilette que tu avais pour le mariage de Belinda ?

Rien ne lui serait épargné…

— Si tel est ton désir…, murmura-t-elle.

— Et nous ne voulons aucun cadeau. Ce serait ridicule. Par cette cérémonie, nous voulons simplement donner de la solennité à notre engagement.

Avec un petit rire de collégienne, elle reprit :

— J'ai horriblement le trac, comme si c'était la première fois ! Je te rappellerai demain pour les derniers détails.

Après avoir raccroché, Cat demeura prostrée sur le sol, incapable de se relever. Elle était glacée et la nausée lui tordait l'estomac.

Quelques instants avaient suffi pour détruire le bel édifice de sa fierté reconquise. Elle qui avait atterri à Heathrow pleine d'assurance ! Orgueilleusement, elle croyait avoir dompté les sentiments qu'elle éprouvait pour Liam Durant. C'était loin d'être le cas ! Le revoir la mettrait au supplice. Elle aimait cet homme plus que sa propre vie. Et elle l'avait perdu à tout jamais parce que, aveuglée par un orgueil stupide, elle ne s'était jamais autorisée à rien en laisser paraître. Maintenant, il était trop tard. Irrémédiablement.

Dans deux jours, il lui faudrait se tenir en souriant à côté du couple qu'il formerait avec sa mère. Aurait-elle la force de jouer cette comédie ?

— Comment suis-je ? questionna Vanessa pour la énième fois.

Elle sortit un miroir de son sac pour examiner son rouge à lèvres.

— Radieuse, la rassura sa fille, assise à côté d'elle dans le taxi. Et très belle.

D'une voix altérée, elle ajouta :

— Ton mari sera fier de toi.

Brusquement, les yeux de Vanessa s'embuèrent de larmes. Elle prit la main de Cat et la serra convulsivement.

— Merci pour tout, ma chérie. Tu es une fille merveilleuse. Pourtant, je ne te mérite pas, parce que j'ai souvent été une mère infernale. Malgré toutes les erreurs que j'ai pu commettre, je suis contente d'avoir une nouvelle chance dans la vie. Pour tout recommencer.

Cat passa tendrement un bras autour de ses épaules. Elle

qui n'avait fait qu'une seule erreur, elle était pourtant punie pour le restant de ses jours…

Elle baissa les yeux sur son bouquet de roses. Elle se sentait horriblement mal dans sa robe turquoise, celle-là même qu'elle portait le jour où elle avait rencontré Liam. Pourquoi avait-elle accepté ? Par un savant maquillage, elle avait tenté de masquer ses yeux cernés, mais le manque de sommeil et la tristesse creusaient ses traits. Avec un peu de chance, la joie de Vanessa capterait tous les regards, et elle passerait inaperçue…

Liam fut la première personne qu'elle vit en entrant dans le hall de la mairie derrière sa mère. Aussitôt, son cœur s'arrêta de battre.

Il était magnifique, vêtu d'un costume gris anthracite, avec une cravate bleue et une rose à la boutonnière. Cat s'immobilisa, abattue et désemparée, tandis que Vanessa s'approchait de lui en souriant, les mains tendues.

Il allait l'embrasser, c'était inéluctable. Quoi qu'elle fasse, elle ne réussirait pas à dissimuler son désespoir, et elle ne pouvait plus s'échapper.

Elle se détourna et ouvrit la première porte qui se présenta. La mine défaite, elle s'appuya contre le mur pour récupérer ses esprits, tout en se rendant compte qu'elle était dans une sorte de salon d'attente. Puis elle aperçut son père qui se levait pour venir à sa rencontre.

— Chérie, que fais-tu ici ?

Elle inspira profondément en le considérant avec une expression incrédule.

— C'est plutôt à moi de te poser la question !

David Adamson esquissa un sourire contraint.

— Je ne m'en glorifie pas…

Il s'interrompit une seconde avant d'ajouter :

— Ta place n'est-elle pas auprès de ta mère ?

— Si, je suppose, murmura-t-elle d'une voix hachée. Mais… Contrairement à toi, apparemment, je… J'ai subitement pris conscience que je n'aurai ni la force ni le courage d'assister à ce mariage.

Le sourire de David s'estompa, et un pli soucieux creusa son front. Pour la première fois de sa carrière de comédien, il eut un geste maladroit.

— J'espérais que tu serais contente malgré tout. Que, une fois le premier choc passé, tu ferais contre mauvaise fortune bon cœur.

— Non, répondit-elle fermement. Cela m'est impossible. Je te charge de m'excuser auprès de tout le monde, papa. Invente n'importe quoi. Dis-leur que je suis malade… Je ne voudrais pas gâcher le bonheur de maman.

— Et mes sentiments ? Ils ne comptent pas ?

— Si, évidemment. Comment peux-tu me poser cette question ? répliqua Cat, les larmes aux yeux. J'ai d'ailleurs du mal à comprendre les raisons de ta présence. Comment peux-tu supporter cela ?

Une ironie désabusée se peignit sur le visage de son père.

— Sans moi, le mariage ne se ferait pas, tout simplement… Je ne te cache pas ma déception, Cat. Cependant, si tu n'arrives absolument pas à t'y résoudre, je trouverai le moyen de calmer ta mère.

Il soupira.

— Evidemment, pour Liam, ce sera différent. Je ne sais pas du tout comment il réagira lorsqu'il apprendra ton départ.

Un bourdonnement sourd emplit la tête de Cat. Elle remua les lèvres, mais aucun son ne se forma.

David se mit à l'étudier avec un regain d'inquiétude.

— Ma petite fille, qu'y a-t-il ? Tu ne te sens pas bien ?

Elle ne reconnut pas sa propre voix dans le chuchotement qui sortit de sa bouche.

— Je ne comprends rien à… ce que tu racontes. Que se passe-t-il ?

— Eh bien, ta mère et moi, nous nous remarions.

Il prit ses deux mains dans les siennes.

— Fais un effort. Reste, je t'en prie.

— Mais… C'est impossible. Et Sharine ?

David secoua la tête.

— Ce n'était qu'une façade, comme toutes mes autres

liaisons. J'ai besoin de séduire pour me rassurer. Mais j'ai compris il y a longtemps que mon dernier divorce avec ta mère est la plus grosse erreur que j'aie jamais faite. J'ai vécu un véritable enfer, toutes ces années, à l'idée qu'un autre homme puisse la rendre plus heureuse que moi. Seulement, je suis si orgueilleux que je n'osais rien dire, de peur qu'elle n'éprouve pas la même chose.

— Mais Liam et elle se voyaient.

— Je sais. Cela me rendait malade de la voir avec quelqu'un de plus jeune, encore une fois. Et puis, par hasard, il y a quelques semaines, je suis rentré dans sa loge et je les ai surpris tous les deux. Liam avait son bras autour de sa taille et elle pleurait sur son épaule.

Il fit la grimace.

— Pensant qu'il lui avait fait du mal, je suis sorti de mes gonds. J'ai carrément voulu me battre avec lui. J'avais envie de l'assommer. Sans perdre son sang-froid, il m'a fait la morale, en m'expliquant qu'il était grand temps que nous parlions, ta mère et moi, en toute franchise. Que nous avions causé suffisamment de dégâts autour de nous. Sur toi en particulier, parce que tu souffrais d'une véritable phobie du mariage. Tu refusais de t'engager, alors que tu étais la seule femme au monde qu'il ait jamais eu envie d'épouser.

Il marqua une pause.

— C'est vrai, ma chérie ? C'était de notre faute ?

La gorge de Cat se serra convulsivement.

— C'était peut-être une des raisons, mais pas la seule. Liam ne m'a pas demandé de l'épouser, papa. Jamais. Il est simplement… parti.

— Il espérait un signe de toi, observa doucement David. Mais tu n'as rien manifesté. Vanessa a été la seule personne à lui redonner confiance et espoir. Elle avait parfaitement compris que tu l'aimais, mais en te débattant, sans rien vouloir admettre. Elle était certaine qu'il te fallait juste un peu de temps. Lui, en retour, l'a assurée que Sharine ne m'intéressait pas plus qu'aucune autre femme. Mais elle doutait que j'éprouve encore quelque chose pour elle. C'est pour cela qu'elle pleurait lorsque je suis entré.

— Que… s'est-il passé ensuite ?

— Il est parti, et Vanessa et moi, nous avons discuté. En tout cas au début…

Un instant, son père parut curieusement intimidé.

— Et voici où nous en sommes, conclut-il.

On frappa à ce moment-là et une dame aux cheveux blancs passa la tête dans l'entrebâillement de la porte.

— Nous vous attendons, monsieur Adamson, dit-elle avec un soupçon de reproche.

— Nous arrivons.

David sortit son mouchoir pour tamponner les yeux de sa fille. Puis il la considéra avec gravité.

— Tu viens, n'est-ce pas ?

— Je… Je ne sais pas.

— Tu l'aimes ?

Elle esquissa un sourire tremblant.

— Oui. Je… J'ai été si malheureuse.

Il l'embrassa sur le front.

— Alors il est grand temps d'être heureuse, maintenant.

A côté de Liam, très rigide, Cat entendit à peine ses parents renouveler leurs vœux de bonheur et de fidélité. Elle n'avait conscience que de la proximité de Liam, et en même temps du gouffre qui les séparait encore.

Elle était tellement amoureuse… Mais réussirait-elle jamais à rétablir la communication ?

Et puis, au moment de l'échange des anneaux, Liam effleura sa main.

Immédiatement, leurs doigts tremblants s'entremêlèrent et se serrèrent avec une telle force, une telle chaleur, que les mots devinrent inutiles.

A quoi bon les excuses et les explications, désormais ? A ce moment-là, elle sut qu'ils passeraient ensemble le reste de leurs vies.

Et qu'elle ne serait plus jamais seule.

Elle leva vers Liam ses yeux embués de larmes. Manifestement, lui aussi était très ému.

— Vous pouvez embrasser la mariée, annonça le maire.

Liam se tourna franchement vers elle.

— Je peux ? chuchota-t-il.

— Oui, répondit Cat en se blottissant dans ses bras pour lui offrir ses lèvres.

# Epilogue

*Le mois de septembre suivant*

La flamme des bougies jetait une lueur douce et mystérieuse dans la salle de bains imprégnée de senteurs.

Cat versa quelques gouttes d'huile parfumée au creux de sa paume. Puis elle s'en oignit doucement la peau, en insistant délicatement sur la courbe de ses seins et de son ventre.

On entendait de la musique dans la chambre à côté. Avec un soupir d'aise, elle rejeta la tête en arrière, s'abandonnant aux caresses de l'eau chaude. Un verre d'eau minérale était posé sur une petite table à portée de main, ainsi qu'un téléphone portable dont elle guettait la sonnerie.

Lorsqu'il sonna, elle décrocha en souriant.

— Mon chéri, enfin! Il me semble que tu es parti depuis une éternité.

Son sourire s'élargit pendant qu'elle écoutait la voix de Liam.

— Dans vingt minutes? Oh, tant mieux. Je suis ravie.

Elle s'interrompit pour poser une main sur son ventre épanoui de femme enceinte.

— Nous t'attendons, mon amour. Tous les deux. Dépêche-toi.

Du nouveau dans
votre collection *Azur*

Découvrez la nouvelle saga

## La Fierté des Corretti
**PASSIONS SICILIENNES**

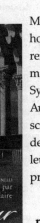

Magnats de la presse, impitoyables hommes d'affaires ou artistes renommés, les Corretti règnent en maîtres incontestés, de Palerme à Syracuse, depuis des générations.
Aujourd'hui, leur arrogance, les scandales, ainsi que de terribles secrets de famille, menacent de précipiter leur chute et de sonner le glas de cette prestigieuse dynastie.

**Et si seul l'amour avait le pouvoir de sauver les Corretti ?**

**8 romans à découvrir à partir d'AVRIL 2014.**

Rendez-vous dans vos points de vente habituels ou sur
www.harlequin.fr

*éditions* **H HARLEQUIN**

collection *Azur*

# Ne manquez pas, dès le 1er avril

### *PIÉGÉE PAR LE DÉSIR*, Kelly Hunter • N°3455

Lorsque son meilleur ami et associé lui propose un mariage de convenance afin de pouvoir toucher son héritage — un héritage qui leur permettra de financer l'ambitieux projet qu'ils ont pour leur petite entreprise —, Evie n'hésite guère avant d'accepter. Hélas, à peine a-t-elle franchi le seuil de la maison dans laquelle se déroulera leur fête de fiançailles, qu'elle sent son sang se glacer. Car l'homme qui la foudroie du regard et qu'on vient de lui présenter comme le frère de son futur époux, n'est autre que Logan Black. L'homme avec lequel elle a vécu une aventure tumultueuse et passionnée dix ans plus tôt. L'homme qu'elle a tout fait pour oublier sans jamais y parvenir...

### *RENDEZ-VOUS AVEC UN PLAY-BOY*, Carole Mortimer • N°3456

Quand elle apprend que sa belle-mère a vendu Bartholomew House, Gemini est furieuse. Non seulement cette décision lui brise le cœur, mais elle la remplit d'un profond sentiment d'injustice : son père ne lui avait-il pas promis de lui léguer la demeure familiale où elle a passé toute son enfance ? Aussi est-elle déterminée à convaincre le nouveau propriétaire de Bartholomew House, Drakon Lyonedes, un homme d'affaires aussi séduisant qu'implacable, de lui revendre la maison. Mais lorsque Drakon lui propose d'en discuter autours d'un dîner en tête-à-tête — chez lui... — Gemini sent la panique l'envahir. S'il entreprend de la séduire, saura-t-elle résister et rester concentrée sur son objectif : sauver son héritage ?

### *AU BRAS DE SON ENNEMI*, Caitlin Crews • N°3457

Comment a-t-elle pu être assez stupide pour se laisser embrasser, publiquement, par Ivan Korovin, le célèbre acteur qu'elle a décrit dans son livre comme un homme sans morale et sans scrupules ? Pire, elle s'est littéralement *abandonnée* à son baiser ! Si Miranda ne veut pas perdre toute crédibilité et voir sa carrière détruite, elle va devoir accepter le marché que lui propose Ivan : elle l'aidera à réhabiliter son image en jouant, elle sa plus farouche ennemie, la comédie de l'amour devant les caméras ! En échange, il lui confiera tout ce dont elle a besoin pour écrire un nouveau best-seller. Mais bientôt, Miranda doit se rendre à l'évidence : elle va avoir bien du mal à maîtriser ce qu'elle ressent face à cet homme qu'elle croyait détester...

### *L'ENFANT D'UNE SEULE NUIT*, Chantelle Shaw • N°3458

Céder à la passion entre les bras de Drago Cassari, cet homme aussi troublant que ténébreux ? Jess n'aurait pu commettre pire erreur, elle le sait. N'avait-elle pas juré de se protéger des séducteurs dans son genre ? Mais, quand elle découvre, quelque temps plus tard, qu'elle est enceinte après cette brûlante nuit d'amour, Jess comprend que sa situation est bien plus terrible qu'elle ne le pensait. Car Drago ne voit en elle qu'une aventurière. Pire, il semble la croire coupable d'avoir volé une importante somme d'argent à sa famille. Dans ces conditions, comment imaginer un avenir avec cet homme qui ne dissimule rien du mépris qu'il a pour elle ?

### *LE PRIX DE LA PASSION*, Trish Morey • N°3459

Luca Barbarigo. L'homme qui l'a cruellement rejetée trois ans plus tôt, après une nuit d'amour aussi magique qu'inoubliable… et qui tient aujourd'hui le destin de sa famille entre ses mains. Si elle veut éviter à celle-ci la ruine et la honte, Valentina doit en effet convaincre Luca d'effacer les dettes de sa mère. Mais lorsqu'il lui annonce ses conditions, elle sent son sang se glacer. C'est elle qu'il veut, dans sa vie et dans son lit, et pendant tout un mois. Un marché odieux, mais surtout terrifiant. Car si elle veut à tout prix aider sa famille, Valentina peut-elle pour autant prendre le risque d'avoir une nouvelle fois le cœur brisé par cet homme sans pitié ?

### *TROUBLANTES FIANÇAILLES*, Kate Walker • N°3460

Du chantage ! Comment qualifier autrement l'ultimatum que Jake Taverner vient d'adresser à Mercedes ? Elle devra faire croire qu'ils sont fiancés, faute de quoi il révélera qu'elle a failli commettre l'irréparable entre ses bras. Un instant, Mercedes a la tentation de refuser : elle déteste de toute son âme ce play-boy qui n'a pas hésité à la séduire, quelques semaines plus tôt, alors qu'il était engagé auprès d'une autre femme. Mais comment le pourrait-elle, sans risquer de blesser cruellement ses parents, si attachés au qu'en dira-t-on ? A contrecœur, elle se résout donc à jouer cette odieuse comédie. Une résignation qui se change en angoisse lorsqu'elle comprend que Jake a bien l'intention de profiter de ces fausses fiançailles pour faire d'elle sa maîtresse...

### *UNE TENTATION INTERDITE*, Dani Collins • N°3461

Depuis toujours, Rowan O'Brien représente le fruit défendu pour Nico. Rowan, la femme dont les traits délicats et les courbes voluptueuses hantent ses longues nuits d'insomnie, mais aussi la seule femme qui lui soit interdite. Non seulement parce que son propre père considérait Rowan comme la fille qu'il n'avait jamais eue, mais aussi parce qu'il déteste l'homme brûlant de désir et impulsif qu'il devient en sa présence. Pourtant, lorsque la mort de leurs parents les oblige à cohabiter, le temps de régler la succession, Nico sent ses résolutions vaciller. Pourquoi ne pas céder à la tentation, juste une fois, et prendre tout ce que son désir exige, avant que leurs chemins ne se séparent définitivement ?

### UN SECRET ARGENTIN, *Jennie Lucas* • N°3462

Laura est révoltée. Comment Gabriel Santos ose-t-il exiger qu'elle l'accompagne à Rio de Janeiro pour conclure une importante affaire, alors qu'elle ne travaille plus pour lui depuis un an ? A l'époque, elle avait voulu croire que leur incroyable nuit d'amour avait du sens pour lui, mais au matin, devant sa froideur, elle avait compris l'étendue de son erreur. Terriblement blessée, elle avait ensuite préféré lui cacher sa grossesse et disparaître à tout jamais. Aujourd'hui pourtant, elle n'a pas le choix. Pour élever leur fils, elle a terriblement besoin de l'argent que Gabriel lui offre pour cette dernière mission. Mais en le suivant à Rio, ne prend-elle pas un risque insensé : qu'il découvre son précieux secret ?

### L'ORGUEIL D'UN SÉDUCTEUR, *Mélanie Milburne* • N°3463

#### - Héritières Secrètes - 1ère partie

Emilio Andreoni est abasourdi. Giselle avait une sœur jumelle ? Impossible ! Et pourtant, cela expliquerait tant de choses : ses protestations, deux ans plus tôt, lorsqu'il l'a accusée de l'avoir trompé ; ses larmes - qu'il avait alors prises pour une preuve de plus qu'elle n'était qu'une excellente actrice, déterminée à se jouer de lui – lorsqu'il a rompu leurs fiançailles et l'a chassée de sa vie à tout jamais. Aujourd'hui, Emilio a la preuve qu'il s'est cruellement trompé. Et il se jure qu'il n'aura désormais plus qu'un but : retrouver Giselle Carter, la femme qu'il a failli épouser et qui continue à hanter ses nuits. Puis, la convaincre, par *tous* les moyens, de reprendre leur relation là où elle s'est arrêtée...

### CONQUISE PAR UN MILLIARDAIRE, *Carol Marinelli* • N°3464

#### - La fierté des Corretti - 1ère partie

Depuis qu'elle travaille pour Santo Corretti, Ella n'a plus une seconde à elle. Jour et nuit elle se tient prête à répondre à tous ses désirs. Enfin... presque tous. Car elle a toujours tenu à ce que leur relation demeure strictement professionnelle. N'a-t-elle pas vu trop de cœurs brisés par ce play-boy impénitent ? Mais aujourd'hui, alors que le scandale frappe la puissante famille Corretti, Ella découvre un autre visage de Santo. Une facette de sa personnalité qui la bouleverse si intensément qu'elle cède à la passion entre ses bras. Une expérience aussi magique que terrifiante. Car si elle ne peut être qu'une maîtresse de plus pour cet homme qui refuse tout engagement, elle sait qu'elle sera, quant à elle, marquée à tout jamais par cette nuit inoubliable...

Attention, numérotation des livres différente
pour le Canada : numéros 1882 à 1891.

www.harlequin.fr

Composé et édité par les
*éditions*  **HARLEQUIN**
Achevé d'imprimer en février 2014

La Flèche
Dépôt légal : mars 2014

*Imprimé en France*